Hanna Meyer

Jenseits der Flut - Eine Liebe in Prag

Roman

AF140070

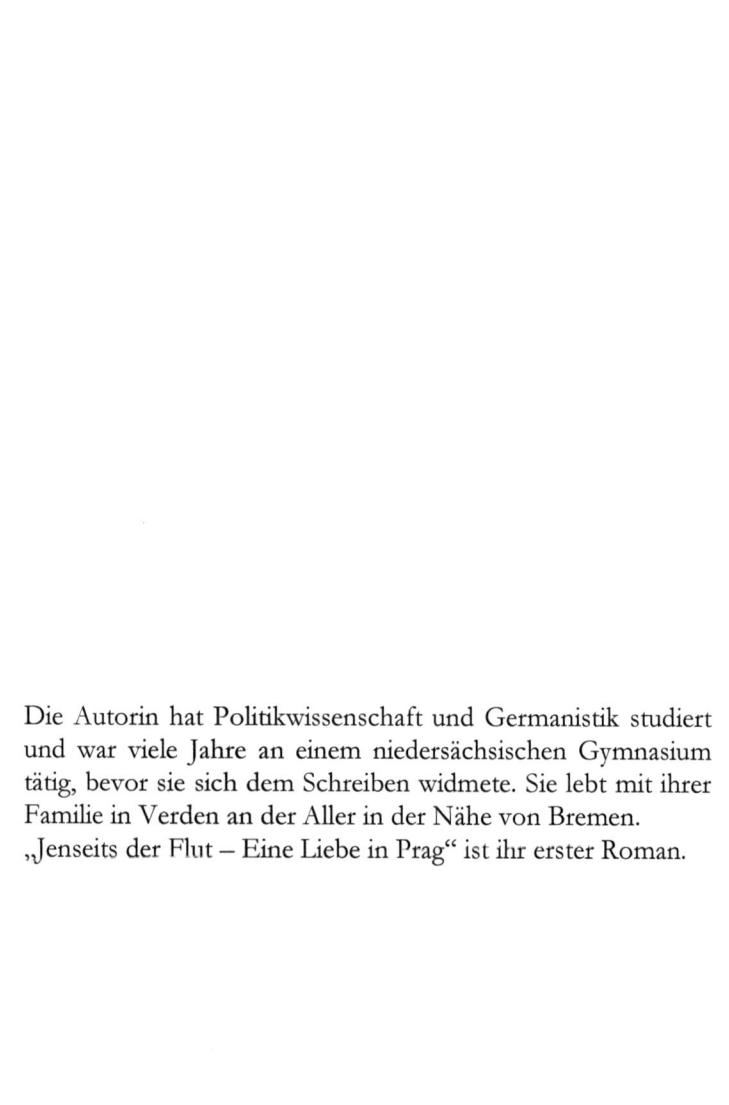

Die Autorin hat Politikwissenschaft und Germanistik studiert und war viele Jahre an einem niedersächsischen Gymnasium tätig, bevor sie sich dem Schreiben widmete. Sie lebt mit ihrer Familie in Verden an der Aller in der Nähe von Bremen.

„Jenseits der Flut – Eine Liebe in Prag" ist ihr erster Roman.

Für meine Mutter

Bibliografische Information der Deutschen Nationalbibliothek:
Die Deutsche Nationalbibliothek verzeichnet diese Publikation in der Deutschen Nationalbibliografie; detaillierte bibliografische Daten sind im Internet über http://dnb.d-nb.de abrufbar.

Herstellung und Verlag:
BoD – Books on Demand GmbH, Norderstedt

Foto © Christina Bachmann

ISBN 978-3-73920-6035

Montag

1.

Komm zu mir, Gesa, schneide dir einen Haselnusszweig und fahre nach Prag.

Wider alle Vernunft war sie seinem Lockruf gefolgt, nicht einmal die Jahrhundertflut hatte sie davon abbringen können.

Einmal noch Gesa, ein allerletztes Mal!

Elf Stunden war sie unterwegs gewesen und hatte fünfmal umsteigen müssen, weil die Eisenbahnstrecke über Dresden wegen der Hochwasserschäden immer noch gesperrt war. Einen Flug hatte sie nicht bekommen können so kurzfristig. Die Fluten des August hatten nicht nur Dresden und die Sächsische Schweiz, sondern auch weite Teile Tschechiens überrollt, sodass die Konferenz über die europäische Minderheitenpolitik, zu der Laursen sie eingeladen hatte, buchstäblich ins Wasser gefallen war.

Praha hlavní nádraží. Da stand sie nun, drei Wochen später als ursprünglich geplant, unter der gläsernen Kuppel des prachtvollen, alten Bahnhofs, doch jegliches Interesse an Jugendstil war erloschen. Ihre neue Uhr, Max` Geschenk zu ihrem neununddreißigsten Geburtstag, war verschwunden. Beschämt und etwas verloren sah sie hinauf zu einer der eleganten Skulpturen, als erwarte sie eine Entschuldigung.

Gleichwohl war die Situation nicht ganz frei von Komik, war sie doch gewissermaßen in geheimer Mission in Prag.

5

Dilettantin, dachte sie und dann dachte sie an die seltsame Frau aus dem Zug, vermutlich eine Romni, die ihr seit Pilsen gegenübergessen und sie unentwegt gemustert hatte, verwarf diesen Gedanken aber gleich wieder, da die Frau und ihre Söhne das Abteil schon vor Prag verlassen hatten, und danach hatte sie noch einige Male auf ihre Uhr geschaut.

Es konnte nur beim Aussteigen passiert sein.

Der Zug war mit Verspätung angekommen und es war turbulent zugegangen. Viele Reisende mussten hier umsteigen, und auf den schmalen, mit Gepäckstücken übersäten Gängen war es zu einem Gedränge gekommen. Ein besonders ungeduldiger Mann war schließlich über ihren Koffer gestürzt, sie hatte ihm aufgeholfen, doch ohne eine Geste des Dankes war er nach draußen geeilt und in der Masse untergetaucht. Der könnte es gewesen sein.

Die Polizei würde ihr vermutlich nicht weiterhelfen können, aber auf jeden Fall würde sie den Diebstahl anzeigen. Doch das hatte Zeit bis zum nächsten Tag. Vielleicht hatte sie die Uhr ja auch nur verloren und es meldete sich bis dahin ein ehrlicher Finder. Max Conradi jedenfalls brauchte vorerst nichts davon zu erfahren. Er war ohnehin gegen diese Reise gewesen, doch darüber wollte sie sich nicht den Kopf zerbrechen, nun, da sie einmal hier war.

Am besten nahm sie es mit Gelassenheit und machte sich auf den Weg in die Nekázanka. „Dahin kannst du vom Bahnhof aus gut zu Fuß gehen", hatte Laursen gesagt. „Ein Taxi dürfte in diesen Tagen kaum zu bekommen sein. In *Barboras Bar* wird man dir weiterhelfen, *min elskede*."

Sin elskede, seine Liebste. War sie das jemals gewesen?

2.

Das Bistro war gut besucht, alle Tische besetzt, und um die Theke herum hatte sich eine Traube gebildet.

Sie stellte ihren Regenschirm zu den anderen in den Ständer an der Eingangstür, kämpfte sich zum Tresen durch und erkundigte sich nach Barbora Karlová.

„Die Chefin erwartet Sie schon", wurde sie von einer jungen Kellnerin auf Englisch begrüßt und ohne Umschweife über einen engen Flur zur Küche gebracht, wo eine kleine, energische Frau mittleren Alters das Regiment führte.

„Schön, dass Sie da sind, Frau Dr. Jaboksen", rief sie ihr auf Deutsch zu. „Ich setze nur noch die Knödelchen ins Wasser."

Gesa, die mit ihrem Gepäck in der Küchentür stehen geblieben war, fragte sich, was diese Frau wohl mit Laursen zu tun haben mochte.

Es roch angenehm nach Braten, die Küche war blitzblank und anscheinend genauso gut organisiert wie die Salatküche ihrer Mutter Margarethe in Barkenstedt.

„Entschuldigung, dass ich Ihnen nicht die Hand gebe", kam Barbora in Kochmontur und Einweghandschuhen auf sie zu. „Um diese Zeit ist hier der Teufel los."

Sie warf einen Blick auf Gesas leichten Trench, trat zu ihr hinaus auf den Flur und schloss die Tür zur Küche.

„Hier sind wir ungestört, Frau Jakobsen. Hat Prag Sie also mit Regen begrüßt."

„In Deutschland schien heute Morgen die Sonne", sagte Gesa, doch die Köchin schien nicht weiter an Small-Talk interessiert zu sein.

„Sie werden in Prag neun wohnen, im Hotel *U lipy*, *Zur Linde*, etwas außerhalb des Zentrums", setzte sie unvermittelt mit gedämpfter Stimme an und sah ihr dabei fest in die Augen.

Gesa zog die Stirn in Falten, hatte Laursen ihr doch erzählt, dass sie in einem Hotel an der Kleinseite, im Stadtteil Malá

Strana, wohnen würde, nicht weit entfernt von der deutschen Botschaft, wo Genscher im September 1989 die Ausreisegenehmigung für tausende DDR-Flüchtlinge verkündet hatte. Das war der Beginn vom Ende der DDR gewesen.

Anscheinend blieben der Frau ihre Bedenken nicht verborgen.

„Es musste kurzfristig umdisponiert werden, weil die Schäden, die das Hochwasser angerichtet hat, schlimmer als befürchtet waren und die Renovierung des Hotels an der Kleinseite noch einige Zeit in Anspruch nehmen wird."

Gesa nickte ihr zu, aber sie wusste nicht mehr, wohin mit ihren Blicken, denn die Frau starrte ihr immer noch direkt in die Augen, eine Methode, die sie von Laursen und seinen Leuten kannte und die ihr auch dieses Mal einen Schauer über den Rücken jagte. Das war keine harmlose Köchin.

„Der Fahrer, der Sie in Ihr Hotel bringen wird, steckt noch im Stau, dürfte aber in Kürze hier sein. Wir beide, Frau Dr. Jakobsen, kennen uns von gemeinsamen Bekannten aus Hannover. Ich habe dort einige Zeit im Hotel *Interconti* gearbeitet. Sie besuchen Prag, weil Tschechien die Mitgliedschaft in der EU beantragt hat und Sie als Politologin sich ein Bild von unserem Land machen wollen. Außerdem treffen Sie sich mit alten Studienfreunden. Mehr braucht niemand zu wissen. Der offizielle Anlass Ihres Besuches, die Minderheitenkonferenz, ist ja leider weggefallen."

Immer noch fixierte die Frau sie mit ihrem Blick.

„Morgen früh besuchen Sie den Markt vor ihrem Hotel und halten Ausschau nach Glasmalereien. Dort werden Sie der betreffenden Person begegnen. Mehr kann ich Ihnen im Moment nicht sagen."

Sie solle für eine tschechische Romni, der er sich verpflichtet fühle, in einer Familienangelegenheit vermitteln, hatte Laursen gesagt, als er sich Ende Juli überraschend bei ihr gemeldet hatte. Dieser Auftrag hatte von Anfang an ihr Misstrauen geweckt und jetzt fühlte sie sich darin bestätigt.

„Für diese Aufgabe lassen Sie extra eine Politologin aus Deutschland anreisen? Weshalb hat Laursen mich nach Prag gelockt?"

„Das Schicksal der Frau liegt uns am Herzen. Wir setzen auf Ihr Einfühlungsvermögen und Ihren sechsten Sinn."

Das war zwar keine Antwort auf ihre Frage, doch die Worte der Köchin hatten ehrlich geklungen und auch das Lächeln, das Barbora Karlová ihr jetzt zuwarf, wirkte echt. Was sollte sie von dieser Frau halten?

„Sie kennen die Gepflogenheiten. Bleibt es bei unserer Abmachung?"

Gesa nickte, obwohl sie immer noch nicht an die Geschichte mit der Zigeunerin glaubte. Sie vermutete vielmehr, dass Laursen sich im Vorfeld der NATO-Osterweiterung zu geheimen Verhandlungen in Prag aufhielt und sie zur Ablenkung möglicher Beobachter noch einmal die Rolle seiner Geliebten spielen sollte.

Doch deshalb war sie nicht nach Prag gekommen. Für diese Leute würde sie nichts mehr riskieren, jetzt, da sie zwei kleine Kinder hatte. Aber das würde sie der anderen, die hier offenbar die Rolle von Laursens Adjutantin spielte, nicht auf die Nase binden.

Barbora Karlová bedankte sich für die Hilfe und die Situation entspannte sich.

„Nach der langen Reise sollten Sie sich etwas stärken. Vera, das ist die junge Kellnerin, die Sie zu mir gebracht hat, wird sich um Sie kümmern. Ich selbst habe heute keine Zeit, aber vielleicht schauen Sie ja während Ihres Urlaubs noch einmal vorbei. Dass Laursen sich von seiner Frau getrennt hat, wissen Sie?"

„Nein, das habe ich nicht gewusst", konnte sie gerade noch herausbringen, bevor sie fluchtartig mit ihrem Gepäck den Flur verließ. Fast wäre dieses Mal sie über ihren eigenen Koffer gestolpert.

3.

Als sie in den Gastraum zurückkam, waren ihre Beine immer noch wacklig. Zum Glück hatte Vera bereits einen Platz für sie organisiert, einen kleinen Tisch, noch dazu direkt am Fenster.

Nun hatte Laursen sich doch noch von seiner Frau getrennt! Nach all den Jahren!

Hatte er sie etwa deshalb nach Prag eingeladen? Nein, das traute sie ihm dann doch nicht zu.

Außerdem käme das alles fünf Jahre zu spät, fünf lange Jahre, die er sie mit allem allein gelassen hatte.

Immer noch verwirrt darüber, dass Barboras Nachricht sie so durcheinandergebracht hatte, kramte sie in ihrer Tasche nach ihrem Reiseführer.

Da war auch schon Vera mit den Getränken zurück.

Der Kaffee schmeckte fast so gut wie in Bremen, die Palmen schützten vor neugierigen Blicken, aber ihre Hände waren immer noch zittrig und sie war froh, dass der Fahrer noch auf sich warten ließ und sie erst einmal in Ruhe ihre Gedanken sammeln und sich auf die neue Situation einstellen konnte.

Sie starrte noch einen Moment ins Leere, dann fand sie in die Gegenwart zurück.

Es war wirklich viel Betrieb in diesem lauten, böhmischen Bistro. Vermutlich handelte es sich nicht um ein Touristenlokal, sondern um einen Ort, wo sich die jungen Angestellten nach Büroschluss trafen, auf einen Kaffee oder ein Bier, und wo sie eine Kleinigkeit aßen, bevor sie sich auf den Weg nach Hause machten.

Sie selbst hatte noch keinen Hunger. Dafür hatte Natalia gesorgt mit ihren leckeren Sandwiches. Ohnehin hätte sie jetzt, nachdem Barbora ihr von Laursens Trennung erzählt hatte, sowieso keinen Bissen herunterbekommen.

Natalia. Ohne die Hilfe der jungen Russlanddeutschen und die ihrer Mutter Margarethe hätte sie es wohl nicht geschafft in den ersten Monaten nach der Geburt der Zwillinge, wenn beide Babys schrien und Hunger hatten in der Nacht.

Unruhig blätterte sie in ihrem Stadtführer und suchte Prag neun und das Hotel *U lipy*. Keine Angaben?

Erst auf dem Falkplan ganz oben rechts wurde sie fündig. Prag IX.

So weit außerhalb hatte Laursen sie untergebracht? Noch dazu in der Nähe eines riesigen Industrieareals. ĈKD.

Nach der langen Zugfahrt fühlte sie sich schmutzig und sehnte sich nach einem Bad und etwas Komfort. Sie wäre gern in einem guten Hotel im Zentrum abgestiegen.

In ihrem Reiseführer stieß sie auf klangvolle Namen.

Als schönstes Hotel galt immer noch das *Evropa* am Wenzelsplatz. Es beherberge das berühmteste Café Prags, doch die Ausstattung der Zimmer lasse zu wünschen übrig, hieß es.

Von dem kleinen, exklusiven *Ungelt* nah am Altstädter Ring hatte sie schon gehört, aber es hatte nur wenige Zimmer, es war zu wenig anonym.

Wenn sie die Wahl gehabt hätte, hätte sie sich für das *Paříž* entschieden. Die renovierten Zimmer seien zwar nicht besonders originell in der Gestaltung, dafür aber ausgesprochen komfortabel. Zudem befand es sich ganz in der Nähe der Nekánzanka und des Bahnhofs. U Obecniho domu 1, Náměstí Republiky.

Die Namen und Straßenbezeichnungen mit den ungewohnten Sonderzeichen gingen ihr kaum über die Lippen. Zwar konnte sie Russisch und erkannte einige Wörter wieder - Dom, Dům - doch der Klang des Tschechischen war ihr völlig fremd. Das war ihr schon beim Umsteigen in Cheb aufgefallen.

Cheb, vormals Eger.

Obwohl es sich um einen zentralen Grenzbahnhof handelte, waren die Durchsagen nur auf Tschechisch erfolgt und ein

Bahnsteig war nirgendwo angegeben gewesen, sodass sie und die vielen anderen deutschen Reisenden orientierungslos auf dem Bahnhof herumgeirrt waren und den völlig überbuchten Schnellzug nach Prag erst in letzter Minute erreicht hatten.

So ganz war Tschechien wohl noch nicht in der EU angekommen.

Sie horchte noch einmal in den Raum und versuchte einige Brocken der fremden Sprache zu entschlüsseln. Vergebens. Dann wandte sie sich wieder ihrem Stadtführer zu.

Ja, das *Paříž*. Dorthin könnte sie mit ihrem Rollkoffer weiter zu Fuß gehen und ihr Glück versuchen. Doch schnell kam sie auf den Boden der Tatsachen zurück. Es gab sicher einen Grund dafür, dass Laursen sie so weit außerhalb unterbrachte, und das, was sie mit ihm zu klären hatte, könnten sie zur Not auch in der billigsten Absteige regeln. Die entsprechenden Dokumente hatte sie dabei, akribisch vorbereitet von ihrem Anwalt, darunter sogar eine Ausfertigung auf Dänisch, obwohl Laursen perfekt Deutsch sprach.

Mir machst du nichts vor, mein Kind, hatte ihre Mutter vor ihrer Abreise zu bedenken gegeben. Du liebst ihn immer noch.

Welch abwegiger Gedanke!

Längst hatte sie in Max Conradi einen neuen Lebenspartner gefunden!

Fünf Jahre war es her, dass Laursen sie verlassen hatte, damals im Sommer in Kopenhagen. Seitdem hatten sie sich nicht mehr gesehen. Ab und zu rief er an, aber über Belanglosigkeiten gingen diese Gespräche selten hinaus, und er hatte sie bis zu dieser Einladung nach Prag auch nie wieder gebeten, für ihn zu arbeiten.

Ein Mittel, sie unter Druck zu setzen, besaß er nicht mehr. Ohnehin hatte er sich während all der Jahre, die sie für ihn tätig gewesen war, nur einmal zu einer Drohung hinreißen lassen. Damals war sie noch wissenschaftliche Mitarbeiterin an der Leibniz Universität Hannover gewesen und hatte an ihrer Promotion gearbeitet. Ein Gerücht im Fachbereich Politik hätte ausgereicht, das Ende ihrer Karriere zu besiegeln, wusste sie doch, wie skeptisch die meisten ihrer Kollegen und Studenten der NATO gegenüberstanden. Ungesetzliches hatte sie nicht getan, sie hatte ihn nur begleitet auf seinen Reisen, aber in ihrer jugendlichen Naivität hatte sie damals auch eine Geheimhaltungsverpflichtung unterschrieben.

Inzwischen wussten Max und ihre Eltern um ihre Vergangenheit, ihre wissenschaftliche Karriere war ohnehin schon vor der Geburt der Kinder beendet gewesen, und mittlerweile hatte sie sich mit ihrer Buchhandlung in Barkenstedt eine neue Existenz aufgebaut.

Nun wurde sie allmählich doch ungeduldig, dass der Fahrer so lange auf sich warten ließ.

Sie holte ihr Handy aus der Tasche. Keine neue SMS.

Noch immer hatte Laursen ihr nicht mitgeteilt, wann genau und wo sie sich treffen würden am nächsten Tag in Prag.

4.

„Entschuldigen Sie, ist hier noch ein Platz frei?"

Ein junger Mann, der nach Hamburg klang, um die Dreißig und teuer gekleidet, stand vor ihr. Zwar wäre sie lieber allein geblieben, aber die Höflichkeit gebot, ihm einen Platz anzubieten. Also räumte sie ihre Reiseutensilien beiseite. Er dankte ihr, blieb aber stehen.

„Sind Sie auch gerade mit dem Zug aus Deutschland angekommen?", erkundigte sie sich.

„Nein, ich bin schon länger in Prag. Ich fliege Morgen zurück nach Berlin". Er lächelte verkrampft. „Bis vor wenigen Minuten war das hier noch mein Tisch. Ich wollte mir nur schnell eine aktuelle, deutsche Zeitung holen. Die Kellnerin wusste Bescheid und trotzdem hat sie meine Getränke weggeräumt. Ich besorge mir schnell einen neuen Kaffee."

Sie musterte ihn etwas genauer. „Tut mir leid", sagte sie nicht ganz wahrheitsgemäß, und da eilte er schon zur Theke hinüber.

Er erinnerte sie an die eilfertigen, jungen Brüsseler Bürokraten. Da würde er hinpassen, meldeten sich ihre Vorurteile, auch nach Berlin Mitte. Freiwillig hätte der seinen Platz nicht geräumt.

Anders als Laursen, der bereit war, seine einflussreiche Brüsseler Position aufzugeben für einen Botschafterposten am anderen Ende der Welt. Er würde in Kürze nach Australien gehen, und nur deshalb war sie seiner Einladung gefolgt. Prag würde vermutlich für Jahre die letzte Möglichkeit sein, sich mit ihm zu treffen, und es gab da tatsächlich eine Familienangelegenheit, die sie zu regeln hatte, das war sie ihren Kindern schuldig und auch sich selbst, damit sie endlich wieder schlafen konnte ohne Tabletten oder die aufwändigen Entspannungsübungen, die der Arzt ihr empfohlen hatte.

Als Laursen sie damals in Kopenhagen so unvermittelt und eiskalt abserviert hatte, war sie schwanger von ihm gewesen, und dann hatte sie ihm aus verletztem Stolz verschwiegen, dass er der Vater ihrer Söhne war.

Ja, Laursen und die Kinder mussten endlich die Wahrheit erfahren. Gerade in letzter Zeit, seitdem die Zwillinge in die Kita gingen, waren ihre Fragen immer bohrender geworden und sie hatte sich zunehmend in Widersprüche verstrickt oder die beiden mit Halbwahrheiten abgespeist, wie noch vor ein paar Tagen.

Euer Vater ist Pilot und muss viel herumreisen in der Welt.

Zwar hatte Laursen gelernt, eine F-16 und auch Helikopter zu steuern, doch seine aktive Zeit bei der dänischen Luftwaffe und der NATO war längst vorbei. Immerhin hatten die Zwillinge etwas anfangen können mit dieser Antwort und ihr nur einen Tag später stolz verkündet, dass keines der anderen Kinder in ihrer Kita-Gruppe einen Vater habe, der Hubschrauberpilot sei.

Höchste Zeit, den Zwillingen nicht länger etwas vorzumachen. Noch hatten die beiden anders als andere Trennungskinder keine Angststörungen und rissen sich auch nicht büschelweise die Haare aus. Doch sie wurden bald fünf, ein Alter, in dem Kinder anfingen, alles auf sich zu beziehen und sich für alles Mögliche die Schuld zu geben, sogar für die Abwesenheit des Vaters.

Auch Max hatte darauf gedrängt, dass sie endlich klar Schiff machte, doch als sie ihm erzählt hatte, dass sie sich in Prag mit Laursen treffen würde, war ihm das gar nicht recht gewesen. Prag ist sein Terrain, hatte er gesagt. Wie konntest du dich nur darauf einlassen!

Da war der Berliner auch schon zurück. Nachdem er seinen Kaffee auf den Tisch gestellt hatte, setzte er sich neben sie und warf einen Blick auf ihren Reiseführer.

„Sind Sie als Touristin in Prag?"

„Ja, ich mache hier ein paar Tage Urlaub."

„Trotz des Hochwassers?"

„Ich konnte meinen Urlaub nicht verschieben und so schlimm dürfte es jetzt, Wochen nach der Flut, wohl nicht mehr sein."

„Sie werden sich wundern. Vieles funktioniert nicht, die Verkehrsverhältnisse sind chaotisch, weil die U-Bahn überflutet wurde, und einige wichtige Sehenswürdigkeiten sind immer noch geschlossen. Haben Sie wenigstens ein gutes Hotel gebucht?"

„Ich bin mir noch nicht ganz sicher", spielte sie die Unentschlossene und deutete auf das Hotelverzeichnis. Was er ihr wohl empfehlen würde?

„Das *Ungelt* ist ein gutes Haus, zentral gelegen am Altstädter Ring."

„Ich habe auch schon mit dem Gedanken gespielt."

Der junge Mann schien es nicht besonders eilig zu haben, doch irgendwie musste sie ihn loswerden, bevor der Fahrer aus Prag IX auftauchte.

Wie spät es wohl war?

„Sind Sie beruflich in Prag?", wollte sie ihm etwas auf den Zahn fühlen.

„Ich habe Freunde besucht", wich er aus und rührte in seinem Kaffee.

Sie wollte gerade wieder ihr Handy hervorkramen, um nach der Zeit zu sehen, da sprang er völlig unvermittelt auf und starrte in Richtung Theke. Von einem Moment auf den anderen wollte er sich nun von ihr verabschieden. Doch er hatte zu langsam reagiert, denn schon kam ein Mann in seinem Alter, der ein Glas Cola in der Hand hielt, an ihren Tisch.

Und jetzt wurde auch sie unruhig, denn dieser Fremde war ihr irgendwie vertraut, ihr fiel aber nicht ein, woher sie ihn kennen könnte. Ein schlanker, gepflegter Typ, nicht ganz so groß wie der andere und wohl auch etwas jünger, das Haar fiel ihm ins Gesicht und unter seinem modisch zerzausten Pagenkopf blinzelten zwei wache, braune Augen hervor.

Auch er war gut gekleidet, wenn auch vermutlich nicht so teuer wie der junge Deutsche. Dafür besaß er eine natürliche Eleganz und eine Ausstrahlung, die sie sofort an einen Künstler denken ließen, und schon fühlte sie sich in ein anderes Jahrhundert zurückversetzt, in die goldenen Jahre von Prag und Paris, die Zeit Kafkas und Prousts.

Sie ermahnte sich. Ihre Phantasie ging mit ihr durch. Er erinnerte sie an den britischen Schauspieler, der diese beiden Künstler im Film verkörpert hatte.

„*Ahoj*, Sören. Entschuldige die Verspätung, ich hatte noch in der Redaktion zu tun. Störe ich?", fragte der vermeintliche Schriftsteller freundlich auf Deutsch. Er hatte eine wohlklingende Stimme.

„Du störst nicht", versicherte der andere seinem Bekannten. „Außerdem wollte ich mich gerade verabschieden."

„Willst du uns nicht bekannt machen?", hakte der Tscheche mit einem Blick auf Gesa nach.

16

Der Berliner, der immer noch nach Hamburg klang, reagierte ausgesprochen unruhig.

„Ich habe mich noch gar nicht vorgestellt. Sören Reuter. Und das ist mein Freund Pavel Klima aus Prag."

„Gesa Jakobsen aus Bremen", stellte sie sich vor.

Mit einem verschmitzten Lächeln sah der Tscheche sie an und da war keine Spur von künstlerischer Unrast auszumachen, er wirkte - auf den ersten Blick - ganz gelassen, ganz so, als habe er anders als sein nervöser Freund längst seinen Weg gefunden.

Nun stand er also vor ihnen mit seinem Glas Cola in der Hand. Wollte der junge Deutsche nicht unhöflich wirken, musste er seinem Freund einen Platz an ihrem Tisch anbieten. Ein Stuhl war noch frei.

Klima. Ob er wohl etwas mit dem tschechischen Schriftsteller zu tun hatte?

Als sie ihre schwere Umhängetasche vom Stuhl nehmen wollte, um für Pavel Klima Platz zu schaffen, war dieser ihr sofort behilflich und dabei berührten sich kurz ihre Hände. Und plötzlich wusste sie, an wen er sie erinnerte. Er hatte die gleichen Augen wie die geheimnisvolle Frau aus dem Zug. Allerdings war er größer und seine Haare waren nicht so dunkel wie die der Frau. Auch seine Haut war heller. Aber er ähnelte ihr - und ihren Söhnen.

Am liebsten hätte sie ihn sofort gefragt, was er mit der Fremden zu tun habe. - Unsinn! Die Frau war eine Zufallsbekanntschaft gewesen.

Oder sollte Laursen sie doch nicht belogen und bereits seine Hände im Spiel gehabt haben?

Für einen Moment hielt der Tscheche in seiner Bewegung inne und sein Blick suchte ihre Hände. Auch er schien zu überlegen, woher er sie kenne, aber schon im nächsten Augenblick hatte er sich besonnen und stellte ihre Tasche auf den Boden.

„Dr. Jakobsen aus Bremen?", erkundigte er sich und sie nickte ihm zu.

Sie wusste, was jetzt kommen würde.

„Die Autorin der hochgelobten, neuen Kleist-Biografie?"

„Leider stammt das Buch nicht von mir, sondern von meiner Tante, Professor Dr. Gesine Jakobsen. Sie interessieren sich für deutschsprachige Literatur?"

„Als Journalist interessiert mich fast alles."

Er musterte sie etwas genauer.

„Als Politologin geht es mir ähnlich", sagte sie.

Höchste Zeit, das Gespräch auf eine etwas weniger persönliche Ebene zu lenken.

„Von Kollegen aus Magdeburg weiß ich, dass es auch in Prag riesige Plattenbausiedlungen gibt."

Wie kam sie nur auf dieses abseitige Thema?

Doch er ging tatsächlich darauf ein.

„Wir haben noch keine Leerstände wie in Ostdeutschland, weil hier nach der Wende kaum neue Wohnungen entstanden sind. Ein Großteil der Prager, auch die sogenannte Mittelschicht, lebt immer noch dort."

„In der ehemaligen DDR schrumpfen die Städte und die Plattenbauten werden abgerissen, weil niemand mehr darin wohnen will."

„Diese ausrangierten Teile wollte man uns verkaufen, wussten Sie das? Wir haben dankend abgelehnt."

Plötzlich sah er sie, wie ihr schien, etwas abschätzig an und schaute auf ihr silbernes Feuerzeug.

„Unsere Löhne sind noch sehr bescheiden. Daher werden Sie im Zentrum Prags, in den Cafés und Geschäften rund um den Altstädter Ring, anders als in unserer Partnerstadt Hamburg kaum auf einheimische Kundschaft treffen."

Bevor er sie, nicht ganz zu Unrecht, noch in die Ecke für verwöhnte Westfrauen stellte, wollte sie sich lieber noch etwas zu trinken holen und sich dabei nach dem Fahrer aus Prag IX erkundigen. Es wurde Zeit, dass sie hier rauskam.

5.

Die Spuren der Reise waren ihrem Gesicht anzusehen, etwas Wasser und etwas neue Farbe würden ihr guttun.

Nachdem sie sich in dem kleinen Waschraum zurechtgemacht hatte, musterte sie sich noch einmal in dem barocken Spiegel, den man wegen seiner Größe nicht über dem Waschbecken, sondern an der gegenüberliegenden Wand angebracht hatte, und fuhr sich mit der Bürste einige Male durch ihr schulterlanges, blondes Haar, das nach dem Regen etwas aus der Fasson geraten war.

Die Babypfunde hatte sie schnell wieder verloren, die beiden Jungen und das Geschäft hielten sie auf Trab. Ihr Körper war etwas weicher geworden und sie wirkte nicht mehr ganz so knabenhaft wie vor der Geburt der Zwillinge.

Immer noch fielen ihre im Verhältnis zu ihrer mittleren Größe langen, schlanken Beine auf. Etwas half sie nach, denn wenn sie unterwegs war, trug sie meistens Schuhe mit höheren Absätzen. Fast schon ein kleiner Tick und dafür war Laursen verantwortlich. In Brüssel, kurz nach ihrem Kennenlernen, hatte er ihr erzählt, dass er sie vor allem wegen einer gewissen Alltagseleganz und der braun lackierten Nägel zunächst für eine der belgischen Dolmetscherinnen gehalten habe, aber als sie dann vom Tisch aufgestanden sei und er an der zarten Person die unförmigen, flachen Schuhe entdeckt habe, sei ihm sofort klar gewesen: Die kommt aus dem Norden Europas.

Damals hatte sie keinen Sinn für diese Art von Humor gehabt, jetzt musste sie schmunzeln.

Als sie sich bei Vera nach dem Fahrer erkundigte, wirkte diese überrascht.

„Er sitzt bereits bei Ihnen am Tisch."

Sie schluckte. Demnach hatte der Tscheche von Anfang an gewusst, wen er vor sich hatte und ihr die ganze Zeit etwas vorgespielt. Vielleicht wollte er aber auch nur die Vertraulichkeit wahren, schließlich saß noch ein Dritter am Tisch.

Sie würde sich nichts anmerken lassen, nahm das Tonic-Wasser und machte sich auf den Weg zurück zu den beiden jungen Männern, die in ein Gespräch vertieft waren. Offensichtlich ein Streitgespräch.

Sie hielt für einen Moment inne, dann räusperte sie sich. Pavel Klima stand auf, und sie bemerkte, dass seine Augen kurz auf ihren Beinen verweilten und dann erst wieder ihr Gesicht fanden. Und dann sah er ihr auf den Mund. Sie schmeckte den teuren Lippenstift und versuchte zu lächeln. Er rückte ihr den Stuhl zurecht, blieb dann aber hinter ihr stehen und plötzlich strich er ihr mit seinen Händen sanft über die Schultern, als wollte er ein paar Fussel von ihrem neuen Blazer entfernen.

Dann berührte er ihren Nacken.

Sie zuckte zusammen. So etwas war ihr noch nie begegnet. Sie gehörte nicht zu den Frauen, die die Blicke der Männer bewusst herausforderten, und selten war ihr ein Mann unvermittelt zu nahe getreten.

Zum Glück hatte der Berliner sich inzwischen seiner Zeitung gewidmet und von der ganzen Szene vermutlich nichts mitbekommen.

Langsam drehte sie sich zu dem Fremden hin und er lächelte sie an. Es durchfuhr sie. Er lächelte sie an auf eine Weise, wie sie schon einmal ein Mann angelächelt hatte, damals, so unvermutet, vor vielen Jahren.

Was bildete dieser Tscheche sich ein!

Sie sah ihm fest in die Augen und sofort senkte er seinen Blick.

Nachdem er sich wieder gesetzt hatte, gab er ihr mit einer entwaffnenden Geste zu verstehen, dass er selbst nicht wisse, was da in ihn gefahren sei. Sie glaubte ihm und spürte, dass sich da eine befremdende Nähe zwischen ihnen zeigte. Wieder musste sie, ohne genau zu wissen warum, an die seltsame Frau aus dem Zug denken.

Jetzt kam er direkt zum Thema.

„Wo werden Sie wohnen, Frau Dr. Jakobsen?"

„Ich habe mich für eines der Nobelhotels der Stadt entschieden, für das *Paříž*", spielte sie die Unwissende.

„Eine gute Wahl, Madame! Das Haus hat nicht von ungefähr fünf Sterne", konterte der Tscheche.

Auf dieses Stichwort schien der Deutsche nur gewartet zu haben.

„Es wird Zeit, dass ich mich auf den Weg mache. Ich habe vor meiner Abreise noch einiges zu erledigen."

Hektisch griff er nach seiner Zeitung, fast hätte er ihr Tonic umgestoßen, und verabschiedete sich von ihnen.

Für einen Moment saßen sie und der Tscheche nun da und schwiegen. Dann atmete Pavel Klima durch.

„Jetzt können wir reden."

Er trank noch etwas von seiner Cola, bevor er fortfuhr. „Wissen Sie, als ich Sie sah, war mir sofort klar, dass unser Hotel nicht zu Ihnen passt. Das hätte auch Barbora wissen müssen, kennen Sie sich doch aus Hannover. Ich vermute, sie wollte meiner Schwester einen Gefallen tun, denn momentan läuft es nicht besonders gut. Die Touristen meiden Prag noch immer und da zählt jeder Gast. Wir werden die Buchung selbstverständlich kostenlos stornieren."

„Das ist sehr freundlich von Ihnen, aber Barbora wird sich schon etwas dabei gedacht haben. Vielleicht gibt es bei Ihnen in der Nähe ja sogar Plattenbauten."

Er grinste. „Reichlich, Frau Dr. Jakobsen. Wenn Sie mich kurz entschuldigen würden. Ich bin gleich zurück."

Es war die erste längere Reise, die sie allein unternahm seit der Geburt der Kinder, die beiden freuten sich über ihren Anruf, doch sie schienen sie nicht weiter zu vermissen.

„Oma hat heute Pfannkuchen gebacken, mit Bickbeeren."

Margarethe war gerade dabei, die beiden ins Bett zu bringen. Aufgeregt erzählten sie Gesa, dass sie am Nachmittag mit dem Großvater eine Fahrradtour unternommen und dabei sogar ein kleines Wettrennen veranstaltet hätten. Auf der Kanalbrücke, immer hin und her.

Gesa seufzte. In letzter Zeit wollte immer einer der Jungen besser sein als der andere, aber das war bei eineiigen Zwillingen wohl nicht anders zu erwarten.

Margarethe wirkte etwas nervös. Sie hatte es eilig und so vereinbarten sie, dass Gesa sich am nächsten Tag aus dem Hotel wieder melden würde.

6.

Immer noch regnete es in Strömen und es war wesentlich kälter als in Barkenstedt, wo Max und sie am letzten Abend noch auf der Terrasse seines Sommerhauses hoch über der Weser gesessen und den Ausklang des milden Spätsommertags genossen hatten - bis es zu einem heftigen Streit gekommen war. Dabei hatte er ihr nur einen Gefallen tun und ihr noch ein paar Tipps für das Gespräch mit Laursen geben wollen. Er hatte ihr sogar einige Kopien von aktuellen Kommentaren zum Sorgerecht zusammengestellt, doch sie hatte verärgert darauf reagiert und ihm vorgeworfen, sie wieder einmal zu bevormunden. So hatte ein Wort das andere ergeben und schließlich hatte sie ihn aufgefordert, sich vorerst nicht weiter in ihre Angelegenheiten einzumischen, sie würde sich melden, sobald sie alles mit Laursen geklärt habe. Daraufhin war er, anders als sonst, schon am Sonntagabend nach Hamburg zurückgefahren.

Nun stand dieser Streit immer noch zwischen ihnen.

Inzwischen wusste sie, dass sie überreagiert hatte. Und jetzt noch das Malheur mit der verschwundenen Uhr!

Höchste Zeit, ihn anzurufen und sich bei ihm zu entschuldigen. Doch das musste warten bis zum nächsten Abend, denn er war für zwei Tage mit Bekker, seiner hochgelobten Juniorpartnerin, auf einem Fachkongress in Berlin, und da wollte sie nicht hinterhertelefonieren. Diese Bekker war ihr ohnehin nicht ganz geheuer.

Es gab kaum Autoverkehr im Zentrum Prags. Obwohl das Hochwasser sich längst zurückgezogen hatte, waren die meisten Brücken noch gesperrt. Pavel Klima erzählte ihr, dass die Behörden in aufwendigen Verfahren überprüften, ob die Statik dem Druck der gewaltigen Wassermassen hatte standhalten können.

Im Radio lief Popmusik. *Show me heaven.*

Er fuhr einen VW Kombi, ein altes Modell, in dessen hinterem Teil er allerlei gläserne Behältnisse verstaut hatte.

„Darin werden die *Utopenci*, die Ersoffenen transportiert", scherzte er und erklärte ihr, dass es sich dabei um Knackwürste handelte, die mit Zwiebeln in Essig und Öl eingelegt wurden und die die Tschechen gerne zum Bier verzehrten.

„Meine Schwester Marie ist bekannt für die Qualität ihrer Würste. Sie beliefert auch Barbora. Es ist ein kleines, steuerfreies Zubrot. Es heißt, Brüssel wolle nach unserem EU-Beitritt die *Utopenci* verbieten, weil sie im offenen Glas auf dem Tresen angeboten werden."

Er lachte. „Und unser eigener Rum, der zugegebenermaßen nichts mit Zuckerrohr zu tun hat, gefällt ihnen auch nicht, dabei wirkt er wesentlich schneller als echter Rum und ist auch viel billiger."

„Ich werde beides probieren", versprach sie und nun lachten sie gemeinsam.

Aber Barboras Worte gingen ihr nicht aus dem Kopf. Weshalb sie ihr wohl von Laursens Trennung erzählt hatte? Das ergab keinen Sinn.

Plötzlich musste sie daran denken, dass es auch in der ehemaligen Tschechoslowakei eine gut funktionierende Staatssicherheit gegeben hatte.

„Kennen Sie Barbora schon lange?"

„Sie ist eine alte Freundin unserer Familie. Als junges Mädchen hat sie bei meiner Großmutter das Kochen gelernt. Später war sie dann bei der Prager Stadtverwaltung tätig."

Stadtverwaltung. Dahinter konnte sich vieles verbergen.

„Und dann ist sie nach Deutschland gegangen?"

„Das war gleich nach der Wende. Sie hat zwei Jahre in dem Hotel in Hannover gearbeitet, aber das wissen Sie ja. Anfang der neunziger Jahre hat sie dann das Lokal in der Nekázanka eröffnet."

Das hörte sich alles ganz harmlos an. Vielleicht hatte sie sich ja auch in der Frau getäuscht.

Je weiter sie sich vom Stadtzentrum entfernten, desto dichter wurde der Verkehr. Von der berühmten Silhouette Prags war wegen der Dunkelheit und des Regens wenig zu erkennen.

Pavel Klima vertröstete sie auf den nächsten Tag, da würde sie die Stadt vom Hradschin aus in ihrer ganzen Pracht bewundern können.

Nun, da sie allein und in gelöster Stimmung waren, traute sie sich auch, ihn auf das Roma-Thema anzusprechen, mit dem Hintergedanken, vielleicht etwas über eine mögliche Verbindung zwischen ihm und der Fremden aus dem Zug zu erfahren.

„Eigentlich wollte ich ein paar Wochen früher nach Prag reisen, um an einer Konferenz über europäische Minderheiten teilzunehmen."

„Die Tagung ist wegen des Hochwassers ausgefallen." Er zögerte. „Nennen wir das Problem beim Namen, Frau Dr. Jakobsen. Die größte ethnische Minderheit in Europa sind die Roma. Es dürften an die zwölf Millionen sein, das sind mehr als manche Staaten Einwohner haben."

„In Deutschland sind die Roma, abgesehen von der einen oder anderen Bettlerin in Bahnhofsnähe, nahezu aus dem Straßenbild verschwunden."

„Das wird sich ändern, sobald die Grenzen offen sind."

„Im Zug bin ich heute einer seltsamen Familie begegnet, ich vermute, es handelte sich um Roma", warf sie ihm unvermittelt hin. „Die Frau trug ein, wenn auch etwas zu kurzes, hellgrünes Chanel-Kostüm und an den Füßen rosa Lackstiefeletten, sie war über und über mit Goldschmuck behängt und hielt sich nicht an das Rauchverbot. Es waren teure, britische Zigaretten. Auch die Söhne trugen Markenkleidung. Von Armut keine Spur."

„Da haben Sie wohl sehr genau hingesehen."

„Die Frau saß mir seit Pilsen gegenüber."

Er kurbelte das Fenster herunter, als brauchte er frische Luft, schloss es aber gleich wieder, da es hereinregnete. Dann beugte er sich nach vorne, als müsste er sich stärker auf die Straße konzentrieren.

„Das hört sich weniger nach einer tschechischen Romni an als nach einer Figur der Gebrüder Grimm. Der Schmuck war nicht echt und die Zigaretten dürften unverzollt gewesen sein."

Gut gekontert. Die Frau aus dem Zug schien er nicht zu kennen.

Nun setzte er zu einer kleinen Belehrung an.

„Den meisten Roma in Osteuropa geht es schlecht. Sie waren die ersten, die nach der Wende ihren Arbeitsplatz verloren haben, da sie oftmals wenig qualifiziert sind, kaum lesen und schreiben können. In den letzten Jahren hat es Übergriffe gegeben, auch in Tschechien, und immer mehr Roma verlassen unser Land, weil sie sich nicht ausreichend vor der Gewalt der Rechtsradikalen geschützt fühlen."

Er war laut geworden und fast bedauerte sie, dieses Thema angesprochen zu haben.

„Die meisten meiner Landsleute lässt das Schicksal der *cikani* kalt. Nicht einmal meine Redaktionskollegen interessieren sich dafür und mir geht es inzwischen schon fast genauso."

Das hatte sie nicht erwartet und beschloss, noch einmal nachzuhaken.

„Haben Sie eigentlich auch Freunde oder Bekannte unter den Roma?"

„Das Thema scheint Sie ja brennend zu interessieren. Privat habe ich vermutlich genauso wenig Kontakt zu diesen Menschen wie Sie."

Er räusperte sich.

„Früher habe ich regelmäßig über ihre miserablen Lebensbedingungen berichtet, manchmal auch über erfolgreiche Künstler aus ihren Reihen und ich hatte tatsächlich einen Schulfreund, der Rom ist. Allerdings fällt der ebenso aus dem

Raster wie Ihre Märchentante aus dem Zug. Er hat das Konservatorium besucht und ist Cellist bei den Wiener Philharmonikern. Aber auch er bekennt sich ungern zu seiner Herkunft und das kann ich gut verstehen."

Sie dachte an Marianne Rosenberg, die sich auch erst spät dazu bekannt hatte, dass sie eine Sintezza war.

„In Ústí nad Labem haben sie sogar eine Mauer gebaut."

Der Verkehr stockte.

„Die Mauer ist wieder abgerissen worden, aber allmählich bezweifle ich, dass man den Roma überhaupt helfen kann. Sie fügen sich einfach nicht in unsere Gesellschaft ein, die einzelnen Gruppen sind zerstritten, viele der Clanchefs halten nichts von Demokratie, geschweige denn von Bildung der Kinder oder Emanzipation der Frau. Sie lehnen unsere Werte ab und verlassen sich lieber auf ihre alten, traditionellen Strukturen."

„Wundert Sie das?", schaltete sie sich ein. „Vielen deutschen Sinti geht es ähnlich. Sie sind über Jahrhunderte immer wieder verfolgt und ausgegrenzt worden. Von Schlimmerem ganz zu schweigen."

„Die Juden haben es auch geschafft", entgegnete er schroff.

„Das kann man nicht vergleichen und das wissen Sie genauso gut wie ich. Die Juden sind das Volk des Buches und haben sich auch nach der Vertreibung aus ihrer Heimat immer als eine Schicksalsgemeinschaft empfunden."

„Die Roma haben schon unter den Kommunisten ihre Chancen nicht genutzt", beharrte er. „Heute leben die meisten von ihnen auf Kosten des Staates und scheuen die Arbeit. Meine Schwester Marie kann ein Lied davon singen, sie musste Anfang der neunziger Jahre einige Zeit mit ihnen zusammen in einer Gemeindesiedlung leben. Mit Sozialromantik kommt man da nicht weiter."

Mit einer derart barschen Haltung hatte sie bei einem jungen Intellektuellen nicht gerechnet. Er schien ein seltsam gebrochenes Verhältnis gegenüber dieser Volksgruppe entwickelt zu haben.

Erneut ließ er für einen Moment das Fenster hinunter und vermittelte ihr den Eindruck, dass er nicht weiter über dieses Thema reden wollte.

Da war so viel Bitternis gewesen in seinen Worten.

Beide schwiegen.

Plötzlich beugte er sich zu ihr herüber und nahm eine Kassette mit Aufnahmen einer britischen Gruppe, von der sie bis dahin noch nie gehört hatte, aus der Ablage unter dem Handschuhfach. 0P8. Dabei berührte er wie versehentlich ihre Schenkel.

„Musik ist eine gute Idee", sagte er und stellte das Radio aus. „Lassen Sie uns etwas gute Musik hören".

Ein altes Lied. *Sand.*

Sie kannte es in der amerikanischen Originalversion, aber jetzt sang die Frau, die eine betörende Stimme besaß, den Part des Mannes.

Mein Herz ist kalt, die Seele frei.

Das gefiel ihr.

7.

Das Hotel war kein Plattenbau. Es lag weit oberhalb des Stadtzentrums an einer Durchgangsstraße und bestand aus einer mächtigen Jugendstilvilla und etlichen Erweiterungsbauten. Auch die Gebäude in der Nachbarschaft stammten vermutlich aus der Zeit um 1900 und waren höchstens dreigeschossig.

Auf dem Parkplatz vor dem Hotel standen nur wenige Autos und außer der Veranda war alles dunkel. Demnach herrschte wenig Betrieb. Gegenüber, auf der anderen Seite der Straße, befand sich auf einem unbefestigten Gelände eine Art Busbahnhof.

Sie wurden von Pavels Schwester Marie, einer freundlichen jüngeren Frau, die gut Deutsch sprach, empfangen und an einen liebevoll gedeckten Tisch in der Veranda geführt, wo sie keine fetten Knackwürste, sondern eine kleine, warme Mahlzeit erwartete, ein leichtes Gericht aus Fleisch und Gemüse, das Gesa auch kurz vor dem Schlafengehen ohne Bedenken genießen konnte.

Sie fühlte sich wohl und fand schnell Kontakt zu Marie Schumanová, die etwa in ihrem Alter sein mochte und keinerlei Ähnlichkeit mit ihrem Bruder aufwies. Die Frau schien ein Gespür für Mode zu besitzen, denn das lange, blonde Haar war apart hochgezwirbelt und die Kleidung schrill bunt und stilsicher zugleich.

Die Wirtin berichtete ihr, dass sie im Hotel die Stellung halte, bis der Nachtportier seinen Dienst antrete. Das Servicepersonal habe sie schon nach Hause geschickt, es sei nichts los gewesen an diesem Abend.

In dem kleinen Restaurant, das nur durch eine spanische Wand und einige Grünpflanzen von der Rezeption abgeteilt war, gab es außer Gesa keine weiteren Gäste.

Nachdem sie sich für die freundliche Bewirtung bedankt hatte, wollte sie sich allmählich verabschieden.

Da machte ihr Pavel Klima ein überraschendes Angebot.

„Sie sind ja nur drei Tage hier. Was halten Sie davon, wenn ich Ihnen morgen die Prager Burg zeige?"

Erwartungsvoll sah er sie an.

„Haben Sie denn Zeit?"

„Ich könnte mir die Arbeit so einteilen."

Laursen hatte sie gebeten, sich den Dienstag freizuhalten. Danach machst du dir ein paar schöne Tage in Prag, hatte er gesagt, als sie das letzte Mal miteinander telefoniert hatten.

Sie überlegte.

„Natürlich würde ich mich freuen, den Hradschin in Begleitung eines Pragers zu besuchen, aber ich weiß noch nicht, ob ich morgen Zeit haben werde. Könnten wir das vielleicht beim Frühstück klären, Herr Klima?"

„Kein Problem", sagte er. „Aber bitte nennen Sie mich Pavel."

Sie zögerte einen Moment, ihm ebenfalls den Vornamen anzubieten. Irgendwie ging ihr das zu schnell, da war sie hanseatisch zurückhaltend. Dann entschied sie sich doch anders, schließlich war sie höchstens zehn Jahre älter als er.

„Ich übernachte heute in der Stadt, Gesa. Morgen beim Frühstück sehen wir uns wieder", verabschiedete er sich mit einem zufriedenen Lächeln.

Das Zimmer lag im zweiten Stock der alten Villa, in einem Teil des Gebäudes, der für die anderen Hotelgäste nicht zugänglich war. Hier, in den oberen Etagen, so die Wirtin, befanden sich die privat genutzten Räume. Sie bewohne mit ihrer Familie die erste Etage, in der zweiten befänden sich außer Gesas Zimmer nur Pavels Räume und auf der anderen Seite des Treppenhauses Alzbetas Wohnung.

„Sie ist unsere Hausdame. Man könnte auch sagen, unser Hausdragoner. Die Gäste fürchten sie", fügte sie lachend hinzu. „Ich habe Sie hier oben untergebracht, weil es ruhiger ist als im Zwischentrakt oder im Altbau, wo die anderen Gäste wohnen. Ich glaube, es wird Ihnen gefallen", meinte sie, als sie eine breite Tür mit farbigen Glasfensterchen öffnete und sie in einen bezaubernden Salon führte, der im Jugendstil gehalten war. Der Raum war offensichtlich erst vor kurzem renoviert worden, man konnte die frische Farbe fast noch riechen. Auch die Vorhänge, die geblümten Bezüge der Sessel und das Bett schienen neu zu sein. An der Wand zwischen den beiden Fenstern hing eine moderne Pendeluhr.

Das Zimmer gefiel ihr.

„Wir nennen es das Rilke-Zimmer. Wenn Sie sich umsehen, werden Sie einiges entdecken, das auf ihn hindeutet."

René Maria Rilke, geboren am 4. Dezember 1875 in der Heinrichstraße in Prag, stand da unter einem Jugendbild des berühmten Dichters.

Verheiratet mit Clara Westhoff aus Bremen-Oberneuland, ergänzte Gesa in Gedanken. Rilke und die verrückten Künstlerinnen aus Worpswede. Da schloss sich ein kleiner Kreis.

Bevor Marie sich verabschiedete, erklärte sie Gesa noch die moderne Telefonanlage.

Internet gab es nicht.

Es war kein Anruf für sie eingegangen. Dabei kannte Laursen doch sicher diese Nummer.

Sie ärgerte sich, dass sie sich wieder in die alte Rolle hatte drängen lassen. Doch die Zeiten, wo sie stundenlang auf ihrem Zimmer gesessen und auf seinen Anruf gewartet hatte, waren vorbei. Wozu gab es heutzutage Handys? Wenn Laursen sich bis zum Frühstück nicht bei ihr gemeldet hatte, würde sie dem jungen Tschechen zusagen und mit ihm auf den Hradschin fahren. Den Ausflug könnte sie schließlich jederzeit abbrechen.

Dienstag

Die Liebe, sagt man, steht am Pfahl gebunden,
Geht endlich arm, zerrüttet, unbeschuht;
Dies edle Haupt hat nicht mehr, wo es ruht,
Mit Tränen netzet sie der Füße Wunden.
(Eduard Mörike)

8.

Als sie erwachte, wunderte sie sich, dass es schon halb sieben war. Sie hatte tief und fest geschlafen wie schon lange nicht mehr, ohne die lästigen Grübeleien, die meistens gegen drei Uhr nachts einsetzten und sie dann bis zum Aufstehen nicht wieder losließen. Offensichtlich war ihr die Reise trotz aller Aufregungen und Strapazen gut bekommen.

In der ersten Zeit nach der Geburt der Zwillinge hatte sie keine Probleme damit gehabt, wieder einzuschlafen, wenn sie die Babys gefüttert hatte, das hatte die Natur wohl so eingerichtet, damit die Mütter sich um ihre kleinen Kinder kümmern konnten. Später glaube sie dann sogar, auch die Sache mit Laursen bereits verarbeitet zu haben, doch da hatte sie sich getäuscht, denn völlig unvermittelt, am dritten Geburtstag ihrer Söhne, als sich eine Nachbarin nach dem Vater der beiden erkundigt hatte, war alles wieder hochgekommen und sie hatte tagelang nur dagesessen und in die Luft gestarrt. Die Buchhandlung hatte sie nicht interessiert, Max Conradi hatte sie nicht anfassen dürfen und den Kindern hatte sie nicht einmal eine Gutenachtgeschichte vorlesen mögen. Ihre Mutter hatte schon befürchtet, sie leide unter einer Depression, doch dann waren ihre Lebensgeister von einem Tag auf den anderen wieder dagewesen, aber richtig schlafen konnte sie seitdem nur noch selten.

Vielleicht würde nun ja doch noch alles gut werden, nun, da Laursen sich von seiner Frau getrennt hatte.

Ihr Magen zog sich zusammen.

Wie konnte sie auch nur einen Gedanken daran verschwenden!

Woher wohl die eigenartigen Geräusche kommen mochten, die sich unter den Verkehrslärm mischten?

Schnell stand sie auf und öffnete die schweren Vorhänge.

Ihr Zimmer lag an einer kleinen Gasse und auf der gegenüberliegenden Seite befand sich ein größeres Gelände, auf dem ein Markt vorbereitet wurde. Das Areal war hell erleuchtet und überall konnte man Händler beim Öffnen oder Einrichten ihrer Stände beobachten. An einem der Verkaufswagen, es handelte sich offensichtlich um einen Kiosk, hatte sich schon eine Schlange gebildet. Anscheinend deckten sich dort die Pendler vom Busbahnhof mit Proviant für den Tag ein. Über eine kleine Behelfsampel konnten sie die dicht befahrene Hauptverkehrsstraße überqueren. Alles wirkte irgendwie provisorisch.

Auf dem kleinen Markt vor ihrem Hotel, hatte Barbora gesagt, würde sie die Romni finden. Auch wenn Laursen sie aus anderen Gründen nach Prag gelockt haben sollte, inzwischen war sie neugierig auf die Geschichte der Frau. Die Romni, sollte sie denn tatsächlich existieren, würde sie erst einmal ablenken von den Gedanken an ihn. Er hatte sich immer noch nicht gemeldet.

Viel hatte er bisher nicht preisgegeben über die Frau. Es sei kein wissenschaftlicher Auftrag. Sie müsse nicht meterweise Fachliteratur wälzen, die Frau sei keine typische Zigeunerin, falls es das überhaupt gebe, sie spreche fließend Englisch und lebe auch nicht in einer dieser erbärmlichen Siedlungen. Er hatte gezögert, bevor er ihr den Namen genannt hatte. Sie heiße Zuzana Farkasz und sei etwas eigen und was Gesa betreffe, etwas skeptisch. Daher möchte die Romni sie erst etwas näher kennen lernen, bevor sie entscheide, ob sie sie mit ihren Angelegenheiten betraue.

Nachdem sie sich in dem gut geheizten, ebenfalls neu renovierten Bad zurechtgemacht und anschließend im Salon eine Kleinigkeit gegessen und getrunken hatte, ähnlich wie in England gab es auf dem Zimmer einen Wasserkocher, diverse Sorten Tee sowie Instantkaffee und sogar Gebäck, telefonierte sie kurz mit Margarethe.

Die Kinder würden heute mit mehreren Kitagruppen den *Zoo am Meer* in Bremerhaven besuchen und wollten gerade frühstücken. Sie waren schon ganz aufgeregt und schienen ihre Mutter immer noch nicht zu vermissen.

Im Geschäft lief alles nach Plan. Auch die noch ausstehenden Materialien für die Volkshochschulkurse sowie die Kunstkalender aus Fischerhude waren endlich eingetroffen.

Dann beschloss sie, obwohl sie eigentlich bis zum Abend hatte warten wollen, Max anzurufen, um sich endlich mit ihm zu versöhnen. Er war gemeinhin nicht nachtragend und um diese Zeit müsste er eigentlich in seinem Hotel oder beim Joggen zu erreichen sein.

Doch sein Handy war ausgeschaltet. Seltsam, dachte sie, das war so gar nicht seine Art.

Da sie bis zum Frühstück mit Pavel und Marie noch Zeit hatte, beschloss sie, sofort auf den Markt zu gehen, um nach der Romni Ausschau zu halten.

Unten im Hotel an der Rezeption standen Jugendliche nach Briefmarken und tschechischen Kronen an, und dort führte eine stattliche, ältere Frau ein strenges Regiment. Vermutlich handelte es sich um Alzbeta. Sie war über Gesa informiert, denn sie begrüßte sie mit einem „Herzlichen guten Morgen, Frau Dr. Jakobsen."

Selten hatte sie in so kalte Augen geschaut.

In der Veranda herrschte Hochbetrieb. Alle Tische waren besetzt und die Gäste unterhielten sich lebhaft.

9.

Es regnete nicht mehr, aber es war noch kälter als am letzten Abend und sie war froh, dass sie sich ihr wollenes Schultertuch umgelegt hatte. Bevor sie mit Pavel in die Stadt fuhr, würde sie sich noch einen Pullover unterziehen.

Draußen auf dem Parkplatz vor dem Hotel standen jetzt mehrere Autos sowie zwei Reisebusse, ein großer, moderner mit tschechischem Kennzeichen und ein kleinerer aus Neumünster, der vermutlich zu der Schülergruppe gehörte, denn einige junge Leute, die offensichtlich schon Besorgungen auf dem Markt gemacht hatten, waren dabei, ihre Plastiktüten im Bus zu verstauen.

Als sie in die Seitengasse einbog, kam ihr Pavel bereits mit gefüllten Einkaufstaschen entgegen.

Sie freute sich, ihn zu sehen.

„Guten Morgen Gesa. Wie haben Sie geschlafen in unserem Klein *Paříž*?"

„Wunderbar".

Sie deutete auf seine Einkäufe, darunter ein Strauß Dahlien.

„Sind das die Ergebnisse Ihrer nächtlichen Recherche? Rosa Dahlien mag ich besonders gern. Woher wussten Sie das?"

Er lachte.

„Es ist fast wie in alten, sozialistischen Zeiten, andere Blumen gab es heute nicht. Unseren Garten, wo die Rosen noch so schön blühen, können wir zurzeit nicht betreten, weil der Regen und die Bauarbeiten ihn in Morast verwandelt haben. Was ist mit unserem Ausflug, Gesa? Haben Sie heute Zeit."

Wenn sie das nur wüsste.

„Ich freue mich darauf", sagte sie und wich seinem Blick aus.

„Gleich nach dem Frühstück können wir aufbrechen. Gibt es

hier eigentlich auch Schmuck zu kaufen? Und Uhren?" Sie hielt kurz inne. „Oder Glasmalereien?"

Er sah sie verwundert an.

„Von der Salatgurke bis zur Satellitenantenne gibt es nahezu alles. Ich würde Ihnen aber dringend abraten, hier Schmuck zu kaufen. Warten Sie bis heute Nachmittag, im Zentrum kenne ich einige Juweliergeschäfte, die ich Ihnen empfehlen kann."

Ich brauche eine einfache, funktionstüchtige Uhr, hätte sie ihn am liebsten aufgeklärt, aber sie wollte den Tag nicht damit beginnen, ihm von dem Diebstahl zu erzählen.

Dann verabschiedeten sie sich bis zum Frühstück und sie begab sich auf die Suche nach der Romni und einer einfachen Uhr.

Plötzlich hatte sie das Gefühl, dass jemand sie beobachtete. Ob Pavel ihr womöglich folgte, um zu verhindern, dass man sie übervorteilte? Zuzutrauen wäre es ihm.

Sie blieb stehen und sah sich um, konnte aber nichts Auffälliges entdecken. Dennoch – sie hatte ein gutes Gespür für diese Dinge.

Uhren fand sie vorerst nicht. Die größten Sortimente auf dem Markt bildeten Kleidung, Schuhe und Haushaltsartikel, die Preise waren ungewöhnlich niedrig. Schon am Abend, als sie bei Marie das Essen bezahlt hatte, wollte sie zunächst gar nicht glauben, dass es umgerechnet nur knapp drei Euro kosten sollte. Doch ein Blick in die Speisekarte hatte bestätigt, dass auch die meisten anderen Gerichte so preiswert waren.

Ihr kleiner Rundgang führte sie schließlich auch an den Verkaufswagen, den sie von ihrem Fenster aus gesehen hatte. Es roch nach frisch gebrühtem Kaffee und die belegten Baguettes sahen appetitlich aus, so dass sie beschloss, sich ebenfalls mit etwas Proviant für den Tag zu versorgen.

Dann entdeckte sie die Romni. Und es verschlug ihr die Sprache.

Die Frau, die da vor ihr stand, war tatsächlich die fremdländische Frau aus dem Zug.

Aber sie wirkte ärmlicher und provinzieller, auch älter und zerbrechlicher, als sie sie in Erinnerung gehabt hatte. Jetzt, mit dem langem, weiten Rock und den Creolen entsprach sie zudem ganz dem Klischee von einer Zigeunerin.

Einen eigenen Stand schien die Frau, die hier Glasarbeiten und Armreifen feilbot, nicht zu besitzen, denn sie saß an einem winzigen Tisch, den sie zwischen zwei langen, fest installierten Verkaufstheken eines asiatischen Lederhändlers aufgestellt hatte, und wirkte etwas verloren zwischen all den Schuhen, Taschen und Gürteln, die sie umgaben.

Sie nickte Gesa zu, ließ aber nicht erkennen, ob sie sich an sie erinnerte.

Mit ihren tiefen, braunen Augen, die tatsächlich denen Pavels glichen, lockte sie sie an ihre Auslagen und deutete auf eine farbenfrohe Glasmalerei mit stilisierten Blumenmotiven. Dann sagte sie mit einer dunklen, vollen Stimme etwas auf Tschechisch, das Gesa nicht verstand. Als sie sich bei der Fremden auf Englisch bekannt machen wollte, reagierte diese nicht, sondern nahm ein kunstvoll gefertigtes Mobile in die Hand und ließ die bunten Gläser im Wind spielen.

Noch wollte die Frau sich nicht zu erkennen geben.

Wie dem auch sei. Das Mobile wäre genau das Richtige für das Erkerfenster in Natalias Mansarde.

Jetzt musste sie nur noch den Preis erfragen.

Die Händlerin schrieb den Betrag auf einen Zettel. Hundertzwanzig Kronen. Etwas mehr wollte sie denn doch ausgeben. Eine eindrucksvolle Glasmalerei mit Tulpen gefiel ihr, aber im Augenblick war sie noch zu verwirrt von der Begegnung mit der Fremden, als dass sie sich so recht auf derlei schönen Tand hätte einlassen können.

Sie bezahlte das Mobile mit einem Fünfhundertkronenschein, zählte das Wechselgeld nach, dankte der Händlerin mit einem höflichen Lächeln und verließ den Stand. Die andere ließ sie ohne ein weiteres Wort ziehen.

10.

Sie ging zurück in die kleine Gasse und spazierte ein Stückchen hinauf, um in Ruhe noch einmal über die Begegnung mit der Romni nachzudenken.

Einen Versuch würde sie noch unternehmen, mit der Fremden in Kontakt zu kommen, aber wenn diese dann immer noch keine Anstalten machte, ihr offen zu begegnen, würde sie das als Zeichen nehmen, dass sie deren Prüfung nicht bestanden hatte, dieses Vorstadtidyll verlassen und sich ein günstiger gelegenes Hotel im Zentrum suchen.

Sie überlegte.

Sollte es allerdings tatsächlich eine Verbindung zwischen Pavel und der Romni geben, die Ähnlichkeit der beiden war unverkennbar, würde sie der Frau gerne helfen und zwischen ihr und Pavel vermitteln. Sie tat ihr leid, und angesichts dessen, wie der junge Tscheche sich am letzten Abend über die Roma geäußert hatte, würde die andere etwas Unterstützung brauchen können.

Wenn sie erst ihre eigenen Angelegenheiten mit Laursen geklärt hatte, hätte sie ausreichend Zeit, sich um die Sache zu kümmern. Sie hatte früher an der Universität auch als Mediatorin gearbeitet und manche Konflikte zwischen Studenten schlichten können. Laursen wusste davon.

Stell dir das nicht zu einfach vor, ermahnte sie sich. Das hier war etwas ganz anderes, und nur eine der beteiligten Parteien ahnte überhaupt, dass es etwas zu vermitteln gab.

Und bisher war es ihr nicht einmal gelungen, Laursen in eigener Sache auf einen Gesprächstermin zu verpflichten.

Etwas in Gedanken verloren marschierte sie noch ein Stückchen weiter.

Erst jetzt bemerkte sie, wie weitläufig das Hotelgelände war. Das Grundstück erstreckte sich gut hundert Meter entlang einer mannshohen Sandsteinmauer, die parallel zu der Gasse verlief. Durch ein schmales, schmiedeeisernes Tor konnte man auf einen großen Hof hinunterblicken, wo ein heilloses Durcheinander herrschte. Das Erdreich war an verschiedenen Seiten aufgebrochen und überall unter den alten Linden – also doch *U lipy* - lagerten Steine und Sand. Es sah so aus, als ob hier ein Biergarten entstehen sollte. Sie stutzte, denn auf der gegenüberliegenden Seite befand sich ein völlig neuer, ebenfalls dreigeschossiger Hoteltrakt, ein geschmackvoller Bau, der architektonisch gut mit der Jugendstilvilla und dem Anbau aus den dreißiger Jahren harmonierte.

Das hatte sie nicht erwartet.

Die zum Hof gehenden Zimmer des Neubaus besaßen alle entweder eine Terrasse oder einen Balkon und waren vermutlich wesentlich ruhiger als ihr Zimmer. Mit einem Blick in den hellerleuchteten Frühstücksraum konnte sie ausmachen, dass auch dieser Teil des Hotels gut besucht war.

Hatte Pavel sie also belogen? Aber weshalb hätte er das tun sollen?

Sie sah noch einmal durch das Tor.

Der größte Teil des Grundstücks war völlig verwildert. Mit Mühe konnte man zwischen dem von dichtem Flechtwerk überwucherten Gestrüpp einige Vogelbeerbäume und Holunderbüsche ausmachen, und, was sie an diesem Ort wunderte, auch einige Weiden.

Und dann spürte sie es - ganz deutlich. Hier war Wasser!

Überall ist Wasser, Gesa, hatte ihr Großvater gesagt, es kommt nur darauf an, ob man es erreichen kann.

Ihr Großvater mütterlicherseits war ein erfahrener Brunnenbauer gewesen. Mit einer Wünschelrute hatte er Wasser finden und genau angeben können, wie tief es lag und wo eine Bohrung anzusetzen hatte. Sie waren noch Kinder gewesen, als er zwei kleine Wünschelruten geschnitten und sie und ihren Bruder Heinrich in sein Handwerk eingewiesen hatte, denn auch sie besaßen die Gabe des Wassergespürs und hatten dies immer als etwas Natürliches genommen.

Ja, hier war nicht nur Wasser, hier floss Wasser. Sie spürte es, wie sie es lange nicht mehr gespürt hatte. Vielleicht war der Garten deshalb so morastig? Am liebsten wäre sie sofort hineingegangen, um nach der Quelle zu suchen.

Doch im Moment hatte sie anderes zu tun.

Es war an der Zeit, sich der Romni zu stellen.

11.

Dieses Mal näherte sie sich aus einer anderen Richtung dem Platz der Händlerin, und nun konnte sie auch verstehen, weshalb die Fremde so wenig überrascht gewesen war, ihr hier so früh am Morgen auf dem Markt zu begegnen, denn die Frau konnte direkt auf den Seiteneingang des Hotels blicken und hatte vermutlich beobachtet, wie Pavel und sie dort miteinander geredet hatten.

Dieses Mal war die Frau nicht allein, sondern hatte Kundschaft. Drei junge Mädchen im Alter von vierzehn, fünfzehn Jahren umringten ihren Stand - eines davon trug einen Geigenkasten in der Hand. Doch die drei tschechischen Schülerinnen, die so harmlos und bieder aussahen, waren offensichtlich nicht in friedlicher Absicht gekommen, denn sie griffen in die Auslagen und bedrängten und verhöhnten die Frau, die stoisch dastand und alles über sich ergehen ließ. Keiner der umstehenden Händler oder der anderen Marktbesucher schritt ein.

Na, wartet! Gesa griff in ihre Tasche, um die Digitalkamera herauszuholen. Doch sie brauchte sich erst gar nicht aufzubauen vor der dreien, ein deutlich artikuliertes „Fuck off" genügte, um die Mädchen zu vertreiben.

Zum Glück waren es nur dumme Teenager.

Wären es Skinheads gewesen, hätte sie vermutlich auf verlorenem Posten gestanden. Und die andere erst! Jetzt konnte sie noch weniger verstehen, weshalb Pavel am letzten Abend so wenig Verständnis für die Lage der Roma gezeigt hatte.

„Ich freue mich, dass Sie noch einmal zurückgekommen sind", ließ sich die Händlerin, als wäre nichts geschehen, auf Englisch vernehmen und deutete auf die stilisierten Tulpen, mit denen ihre Kundin bereits beim ersten Mal geliebäugelt hatte.

Nun gut, dachte Gesa, belassen wir es vorerst beim Geschäftlichen. Immerhin hatte die Frau bereits englisch mit ihr gesprochen.

Sie erkundigte sich, ob es vergleichbare Glasmalereien nicht auch in anderen Farben und wesentlich größer gäbe, denn für die Fenster in ihrem Wintergarten waren diese Teile viel zu klein.

Damit konnte die Frau, die fließend Englisch sprach, noch dazu nahezu akzentfrei, nicht dienen, aber sie erklärte, dass man das Gewünschte bei Händlern am Wenzelsplatz erwerben könne. Allerdings sei es dort teurer und oft seien die Ösen der Fenstergläser nicht genau mittig gearbeitet, sodass sich die schönen Stücke nur schief aufhängen ließen.

Die beiden Frauen sahen sich an und nun lachten sie miteinander.

Für Gesa ein Grund zu fragen, woher die andere so gut Englisch könne, denn von Freunden aus Thüringen wusste sie, dass im ehemaligen Ostblock nur wenige Menschen dieser Generation Englisch gelernt hatten.

„Früher hatte ich viel internationales Publikum."

So ganz befriedigend fand sie diese Antwort nicht, hakte aber nicht weiter nach.

Dann nahm das Gespräch einen überraschenden Verlauf.

„Ich habe Sie drüben vor dem Hotel mit einem jungen Mann gesehen. Kennen Sie ihn schon länger? Sie wirkten so vertraut miteinander?"

„Ich habe ihn gestern Abend kennengelernt", ging sie auf das Spiel ein.

„So, so", sagte die andere und schwieg.

Nun war es wohl an ihr, die Gesprächsführung zu übernehmen.

„Gibt es hier auf dem Markt auch Armbanduhren zu kaufen?"

Die Romni sah auf Gesas linkes Handgelenk.

„Hat man Ihre teure Uhr wohl gestohlen!"

Sollte die Frau womöglich doch etwas mit dem Diebstahl zu tun haben?

„Ich habe Sie mir im Zug genau angesehen und dabei ist mir auch Ihre Uhr aufgefallen."

„Gibt es hier Uhren zu kaufen oder nicht?"

„In der letzten Reihe am Hang. Sie sollten höchstens zwanzig Euro ausgeben und auf keinen Fall mit großen Scheinen bezahlen wie vorhin bei mir. Es könnte Probleme mit dem Wechselgeld geben."

„Das ist mir bekannt", sagte Gesa und wollte weitergehen.

„Kommen Sie nachher noch einmal vorbei und zeigen mir die Uhr?"

„Das kann ich machen", nahm sie die Einladung an und verließ die Frau, die wohl tatsächlich Zuzana Farkasz war.

In der dritten Reihe, hinten am Hang, wurde sie fündig. Eine Gucci war nicht dabei, dafür eine Armani, die ihr, abgesehen von dem Metall-Armband, das ihrer Haut vermutlich nicht bekommen würde, gut gefiel, die aber neunzig Euro kosten sollte.

Schließlich erhielt sie die Uhr samt einem schmalen, schwarzen Lederarmband für vierzig Euro und machte sich auf den Weg zurück zu der Romni, um ihre Beute vorzuführen.

„Kaufen Sie sich zu Hause ein vernünftiges Uhrwerk, dann haben Sie lange etwas von diesem schönen Exemplar", meinte die Frau anerkennend.

Plötzlich schlug sie einen anderen, ernsthafteren Tonfall an.

„Sie wissen Bescheid?"

„Natürlich weiß ich, dass es eine Fälschung ist."

„Das meinte ich nicht. Sie sind über alles informiert?"

Endlich kam die Frau zur Sache.

„Ich weiß nur, dass es sich um eine Familienangelegenheit handelt."

Und nun fuhr sich die Romni, die bisher immer so ruhig und gelassen gewirkt hatte, nervös durch ihr viel zu langes, viel zu schwarzes Haar. Sie schien angestrengt über etwas nachzudenken.

„Ich hatte Sie mir anders vorgestellt."

„Wie, anders?"

„Robuster."

Sollte Laursens Auftrag etwa doch nicht so harmlos sein?

„Ich habe schon im Zug Vertrauen zu Ihnen gefasst und gehofft, dass Sie mir helfen würden. Dazu müsste ich Ihnen aber einige Unterlagen zeigen, die ich im Moment nicht dabeihabe, da ich nicht so früh mit Ihnen gerechnet hatte. Ich kann sie schnell holen."

„Leider muss ich gleich weiter", sagte Gesa. „Ich bin mit dem jungen Mann und seiner Schwester zum Frühstück verabredet. Wir sitzen in der Veranda, das ist leicht zu finden. Dahin können Sie mir die Papiere bringen. Mein Name ist Gesa Jakobsen und ich komme aus Bremen."

„Sie glauben doch nicht im Ernst, dass Marie Schumanová mich in ihr Hotel lässt."

Die Fremde kannte den Namen der Wirtin?

„Das Frühstückszimmer liegt direkt neben dem Eingang. Ich würde eingreifen, wenn man Ihnen den Zugang verweigerte."

„Keine gute Idee."

Gesa holte tief Luft.

„Dann komme ich nach dem Frühstück noch einmal hier vorbei und hole die Papiere ab", schlug sie vor, da sie spürte, dass es der anderen äußerst unangenehm sein würde, sie im Hotel aufzusuchen.

Die Frau atmete erleichtert auf.

Und dann erkundigte sie sich völlig unvermittelt, ob Gesa Kinder habe oder Enkelkinder.

Für wie alt mochte die Romni sie halten? Hatte Laursen ihr gar nichts über sie erzählt?

„Zwei kleine Jungen. Sie sind viereinhalb.“

„Haben Sie auch einen Vater dafür?“

Mit einer solchen Frage hatte sie nicht gerechnet. Was maßte Zuzana Farkasz sich an!

„Immerhin sind Sie hier alleine unterwegs, ohne Mann“, schien die Frau ihre Gedanken lesen zu können.

„Ich treffe mich hier in Prag mit dem Vater der beiden“, entfuhr es Gesa, obwohl das die andere nun wirklich nichts anging.

„Keine Kinder, kein Glück“, meinte die Frau und nahm aus ihrem Warenkoffer, der unter dem Tisch stand, zwei kleine kunstvoll mit Elefanten und Giraffen bemalte Becher aus feinstem Karlsberger Porzellan, die um vieles wertvoller sein mochten als das bunte Mobile.

„Das kann ich unmöglich annehmen!“

„Ich nage nicht am Hungertuche“, entgegnete Zuzana Farkasz augenzwinkernd, bevor sie hinzufügte: „Erzählen Sie Ihren Prager Bekannten vorerst nichts von unserer Begegnung. Und da ist noch etwas. Meiden Sie den Neubau!“

12.

Sie frühstückten nicht in der Veranda, sondern im Jagdzimmer, einer geräumigen Gaststube im hinteren Teil des Hauses, die durch die smaragdgrünen Lederbezüge der Stühle und die eindrucksvollen Wandmalereien sehr gediegen wirkte und von wo aus eine moderne, zweiflügelige Terrassentür direkt in den Garten führte. Einer der Tische war gedeckt und zwischen Marmeladengläsern, Wurst und Käse standen rosa Dahlien. Nebenan im Kaminzimmer, das durch eine Schiebetür mit dem Jagdzimmer verbunden war, brannte ein Feuer.

„Hier sind wir ungestört, Alzbeta muss nicht alles mitbekommen", meinte Marie, während sie den Kaffee einschenkte.

„Was du nur immer auszusetzten hast an ihr", schaltete sich Pavel ein und Gesa wunderte sich über diese Parteinahme.

„Du hast gut reden. Sie ist ja regelrecht vernarrt in dich", gab Marie zurück. „Ist Ihnen immer noch kalt, Frau Jakobsen?"

„Ich hatte nicht mit diesem Wetter gerechnet. Hier ist es angenehm warm. Was sind das für schöne, große Räume?"

„Es ist unser Restaurant, aber zurzeit haben wir geschlossen und auch die Bauarbeiten im Garten ruhen, weil die Handwerker nach dem Hochwasser Wichtigeres zu tun haben. Mein Mann macht mit den Kindern ein paar Tage Urlaub auf unserer *chalupa* im Böhmerwald. Eigentlich wollte ich Mittwoch, wenn die Schülergruppe abgereist ist, auch hinfahren, aber gestern Abend ist kurzfristig noch eine größere Reisegruppe eingetroffen. Sie bleiben für eine Woche, das ist gut für das Geschäft."

Von den neuen Gästen hatte Pavel am letzten Abend, als er sie bei Barbora abgeholt hatte, vermutlich noch nichts gewusst. Erleichtert nahm sie sich ein Brötchen und bestrich es mit selbstgemachter Quittenmarmelade.

„Zum Glück lebt Pavel noch bei uns. Er ist uns eine große Hilfe", fuhr Marie fort. „Und Sie, Frau Dr. Jakobsen, sind im Auftrag der EU hier, um unsere Lebensverhältnisse zu studieren?"

Da hatte Barbora aber dick aufgetragen, darauf ging sie besser nicht ein.

„Sind das noch sozialistische Brötchen? Sie schmecken mir genauso gut wie früher in der DDR".

„Stammen Sie aus Ostdeutschland?", erkundigte sich nun Pavel Klima mit strenger Mine.

Würde das einen Unterschied machen? Die Zeiten, wo westdeutsche Touristen in Prag wegen ihrer harten DM bevorzugt wurden, waren doch wohl endgültig vorbei.

„Ich hatte früher häufiger dort zu tun zu tun. Überall in der Interhotels gab es diese leckeren Brötchen."

„Wir haben es nicht so mit dem Sozialismus", entgegnete Pavel kurzangebunden.

Da war sie wohl in ein Fettnäpfchen getreten.

Marie lächelte freundlich.

„Unsere Familie hatte einiges auszustehen unter den alten Herren, besonders unsere Eltern, aber auch mein Bruder. Das konnten Sie ja nicht wissen. Das Hotel hat meine Tante erst nach der Wende im Rahmen der Restitution vom Staat zurückbekommen. Sie können sich nicht vorstellen, wie verrottet es war. Die kunstvollen Jugendstilmotive hier an den Wänden waren mit brauner Farbe übertüncht, weil die Jagd- und Schäferszenen angeblich den Adel verherrlichten."

Sie schien kurz zu überlegen, bevor sie fortfuhr.

„Die Brötchen stammen von Pavels Freund Jiri. Er hat eine Bäckerei in der Nähe des Hradschin und beliefert mehrere Hotels in Prag."

„Wo hast du Frau Jakobsen eigentlich untergebracht?", wechselte Pavel nun das Thema, doch seine Schwester reagierte nicht auf diese Frage.

„Träumst du?"

„Ich wohne im Rilke-Zimmer, einem wunderschönen Salon", wollte Gesa der Wirtin zur Hilfe kommen.

„Weshalb wohnt sie nicht im Neubau bei Sörens Leuten?"

Gesa horchte auf. Was mochte sein nervöser Freund damit tun haben?

„Die Zimmer im Neubau sind ruhiger und komfortabler. Es gibt dort sogar einen Internetanschluss und einen Wellnessbereich mit Schwimmbad", klärte Pavel sie auf.

Jetzt fragte auch sie sich, weshalb die Wirtin sie nicht dort untergebracht hatte.

„Die neuen Gäste wollen unter sich sein. Ich musste sogar die beiden deutschen Lehrer wieder umquartieren", meldete sich Marie endlich zu Wort und Gesa dachte an die Worte der Romni. Meiden Sie den Neubau.

„Hat Sören auch hier gewohnt?", wollte sie der Sache auf den Grund gehen, doch die beiden anderen sahen sich an, als müssten sie erst nach einer Antwort suchen.

„Er bevorzugt ein Hotel im Zentrum", bemerkte Pavel schließlich und sie verstand, dass damit auch dieses Thema abgeschlossen war.

In diesem Moment meldete sich ihr Handy, das Prepaid-Gerät, das sie sich auf Laursens Rat zusätzlich für diese Reise besorgt hatte. Sie entschuldigte sich und ging hinüber ins Kaminzimmer, um seine SMS ungestört lesen zu können.

Habe heute leider keine Zeit. Morgen passt es besser. Melde mich am späten Nachmittag noch einmal. Kommst du voran mit ZF?

Morgen passt es besser? Und was war mit ihr? Daran schien er keinen Gedanken zu verschwenden, einzig die Angelegenheiten der Romni schienen ihn zu interessieren.

Kein Wunder, besann sie sich. Zwar hatte sie angedeutet, dass sie etwas Wichtiges mit ihm in Prag zu besprechen habe, doch die Kinder hatte sie bisher mit keinem Wort erwähnt. Wollte sie nicht unverrichteter Dinge nach Barkenstedt zurückkehren, wurde es höchste Zeit, sich Mut zu fassen und ihm offener zu begegnen. Was hatte sie schon zu verlieren!

Etwas Gutes hatte seine Absage. So konnte sie wenigstens in Ruhe mit Pavel Klima auf den Hradschin fahren.

Dennoch war sie etwas unsicher auf den Beinen, als sie zu den anderen zurückkam.

„Mein Bruder hat mir erzählt, dass er Ihnen heute die Prager Burg zeigen wird. Hoffentlich sind Sie gut zu Fuß", nahm Marie das Gespräch wieder auf, während sie Gesa noch eine Tasse Kaffee einschenkte.

„Was würden Sie sich denn außerdem noch gerne ansehen?", meldete sich ihr Fremdenführer.

„Den alten jüdischen Friedhof mit Kafkas Grab", antwortete sie spontan, weil ihr nichts anderes einfiel. Sie hatte sich viel zu wenig auf diese Stadt vorbereitet.

„Der alte jüdische Friedhof in der Josefstadt ist wegen der Hochwasserschäden noch gesperrt." Wieder bedachte der Tscheche sie mit einem strengen Blick. Dann grinste er. „Kafkas Grab liegt auf dem Neuen Jüdischen Friedhof in Straschnitz, in einem ganz anderen Stadtteil, Gesa."

Jetzt hatte er sie vor Marie zum ersten Mal beim Vornamen genannt. Schnell bot sie auch seiner Schwester diese persönlichere Anrede an und die nahm lächelnd an.

„Mein Bruder hat über Kafka promoviert", sagte sie und ihr war anzumerken, wie stolz sie war auf ihn. „Er hat nicht nur in Prag, sondern auch in Wien und London studiert."

Wie die Familie das wohl finanziert haben mochte? Vielleicht ein Stipendium? Und was mochten erst die Renovierung des Hotels und der Neubau gekostet haben?

Plötzlich klopfte es an der Terrassentür. Ein älterer Mann in einer dicken Joppe und Gummistiefeln stand im Garten und gab geheimnisvolle Zeichen.

Marie bat darum, sie für einen Moment zu entschuldigen, und ging durch das Kaminzimmer, wo sich der Eingang zum Restaurant befand, auf die Seitengasse hinaus.

Schon war der Mann wieder verschwunden. Und sie war allein mit Pavel Klima.

13.

„Das war Josef, der gute Geist unseres Hauses. Wenn er uns hier beim Frühstück stört, hat er einen guten Grund. Hoffentlich gibt es nicht wieder Ärger mit der Warmwasserversorgung im Altbau."

„Ist das hier der Altbau?"

„Das hier ist die Villa. Der Zwischentrakt, wo die Schüler wohnen, führt direkt in den Altbau. Dort vermieten wir Zimmer an Handelsreisende und Monteure von ĈKD."

„Und der Neubau?"

„Dort gibt es keine Probleme mit der Technik."

„Verstehen Sie als Journalist denn etwas von Heizungsanlagen?"

„Denken Sie an meinen Namen, Gesa. Sie werden es einem Kafka-Experten vermutlich nicht zutrauen, aber ich gelte hier als Spezialist für Wasser und Wärme, und falls wirklich etwas defekt sein sollte, muss ich mich darum kümmern. Josef ist ein tüchtiger Handwerker, aber mit der modernen Computersteuerung kommt er nicht zurecht."

Von Wasser verstehe ich auch etwas, Sie sollten einmal in Ihrem Garten nachsehen, hätte sie ihm am liebsten entgegnet, doch sie befürchtete, dass auch er, wie sie es früher häufig erlebt hatte, mit Unverständnis, wenn nicht gar Häme auf ihr Wassergespür reagieren könnte.

Er schien kurz zu überlegen, bevor er erneut zu einer Erklärung ansetzte. „Da ich der Sohn eines Staatsfeindes war, habe ich nach dem Abitur zunächst keinen Studienplatz bekommen. Sippenhaft. Nach meinem Militärdienst habe ich dann einige Zeit auf dem Bau gearbeitet und später zwei Semester Informatik studiert. Das kommt mir jetzt zugute."

Sie war beeindruckt. Sie mochte Männer, die nicht nur mit dem Kopf, sondern auch mit den Händen etwas zustande brachten. Mit solchen Männern kommst du auch durch schlechte Zeiten, hatte ihre Mutter einmal gemeint. Sieh dir deinen Vater an. Er kann nicht nur kluge Reden halten, sondern auch zupacken im Geschäft. Du darfst nur nicht erwarten, dass sie dir Orchideen schenken.

Das tun sie manchmal auch, dachte Gesa und musste schmunzeln.

Dieser Pavel gefiel ihr. Sie dachte an Laursen, der nicht nur Helikopter steuern, sondern auch gut und schnell kochen konnte und jedes Mal, wenn er bei ihr in Hannover gewesen war, eine kleine, weiße Orchidee für ihr Blumenfenster mitgebracht hatte.

Und Max Conradi? Auch der schenkte ihr ab und zu Blumen und konnte zupacken, er war in seiner Jugend sogar einige Zeit zur See gefahren. Sie dachte an den kleinen Hochsitz in seinem Garten, den er ihren Kindern gezimmert hatte, damit sie besser auf die Weser schauen konnten. Doch meistens verbrachte er seine freie Zeit lieber auf dem Golfplatz.

„Langweile ich Sie?", holte Pavel sie aus ihren Gedanken zurück.

„Ganz im Gegenteil", antwortete sie und lächelte ihn an.

Er nahm sich noch ein weiteres Brötchen und bestrich es sorgfältig mit Butter.

Ein Ästhet, dachte sie und amüsierte sich über seinen Appetit.

„Sie haben schöne, große Hände", sagte sie völlig unvermittelt. „Künstlerhände." Im selben Moment bereute sie es.

Ihr war heiß. Während er sein Käsebrötchen verspeiste, goss sie sich noch etwas Milch in den viel zu starken Kaffee.

Ihm schien es ähnlich zu gehen, denn nun stand er auf, öffnete eines der Kippfenster und schloss die Schiebtür zum Kaminzimmer. Bevor er sich wieder hinsetzte, rückte er seinen Stuhl näher an sie heran.

Sie lächelte.

„Wissen Sie eigentlich, was Sie mit Ihrem Lächeln anrichten?". Sie schrak zusammen.

Er schaute ihr direkt in die Augen.

„Meine Hände können noch ganz andere Dinge."

Das glaubte sie ihm unbesehen und sofort fühlte sie sich an die Szene im Bistro erinnert, wo er sie so unerwartet berührt hatte. Vor diesem Pavel musste sie sich wohl doch etwas in Acht nehmen. Dabei kannte sie sich aus mit forschen, jungen Männern, waren manche ihrer Studenten doch nur unwesentlich jünger als er, und wenn ihr einmal einer frech gekommen war, hatte sie die Situation stets souverän gemeistert. Aber der hier war anders.

„War euch beiden wohl zu warm?"

Marie, die über den Innenflur zurückgekommen war, warf einen Blick auf die Tür zum Kaminzimmer. Sie wirkte gereizt.

„Stimmt etwas nicht", erkundigte sich ihr Bruder.

„Es hat Ärger gegeben. Da war eine von den *cikani,* sie wollte in die Veranda. Alzbeta hat sie gepackt und da ist Josef dazwischen gegangen und hat der andern geholfen".

„Wo ist die Fremde jetzt?", frage Gesa.

„Sie hat das Weite gesucht, nachdem Alzbeta ihr mit der Polizei gedroht hat." Marie atmete schwer. „In meinem Haus hat dieses Bettelpack nichts zu suchen."

„Wie redest du?" Jetzt war auch Pavel aufgebracht. Dabei hatte er am letzten Abend nicht viel anders geredet über die Roma.

Gesa stand auf und nahm ihr Schultertuch.

„Ich kenne diese Frau vom Markt. Sie wollte mir nur einige Glasmalereien vorbeibringen. Wo ist sie jetzt?"

Marie hob die Schultern und sah Gesa ungläubig an.

„Ich begleite Sie nach draußen, Frau Jakobsen", bot Pavel ihr an.

„Es ist besser, wenn ich alleine gehe", sagte sie und verließ das Haus durch das Kaminzimmer.

Sie wollte auf dem Markt nach der Frau suchen, doch da kam ihr Josef schon entgegen und deutete in Richtung Busbahnhof.

Und tatsächlich, auf der anderen Seite der Hauptverkehrsstraße, in einem der kleinen Wartehäuschen, fand sie Zuzana Farkasz.

„Hat Josef Ihnen also gesagt, wo ich bin."

„Weshalb haben Sie nicht auf dem Markt auf mich gewartet?"

„Jemand muss mich angeschwärzt haben. Ich habe auf dem Markt keinen eigenen Stand. Der Vietnamese hat mir erlaubt, meinen Tisch zwischen seinen Schuhen aufzustellen, gegen eine kleine Gebühr. Vorhin habe ich dann einen Tipp bekommen, dass ich schnell verschwinden müsste. Ich kann mir keinen Ärger mit der Polizei erlauben."

„Es tut mir leid, dass man im Hotel so unhöflich zu Ihnen war", meinte Gesa nachdenklich.

„Das bin ich gewohnt", sagte die andere und hielt ihr einen Jutebeutel hin.

„Wenn Sie sich die Dokumente angesehen haben, müssen wir uns noch einmal treffen. Passt es Ihnen heute am späten Nachmittag? Ich wohne dort drüben, bei Petr Novak?"

Die Romni deutete auf die Leuchtreklame einer Bar auf der gegenüberliegenden Straßenseite, nur einige Häuser vom Hotel entfernt.

„Da können wir ungestört reden. Hier ist meine Handynummer, am besten rufen Sie mich vorher an."

Nun fühlte Gesa sich doch etwas überrumpelt.

„Vor achtzehn Uhr werde ich nicht zurück sein", sagte sie und steckte den Zettel mit der Telefonnummer in die Innentasche ihres Blazers.

14.

Etwas außer Atem kam sie in das Kaminzimmer zurück, wo Pavel inzwischen an seinem Laptop arbeitete.

„Ich bringe die kleinen Kostbarkeiten schnell auf mein Zimmer und mache mich reisefertig."

„Treffen wir uns hier in einer halben Stunde. Ich muss meiner Redaktion noch etwas überspielen."

Für die Romni schien er sich nun doch nicht weiter zu interessieren.

Anders als Pavel war sie neugierig zu erfahren, welche Geheimnisse die Frau ihr wohl anvertraut haben mochte.

Da das Zimmer schon aufgeräumt war, konnte sie den Inhalt des Beutels auf dem Bett ausbreiten, ohne befürchten zu müssen, gestört zu werden.

Nun lagen auf der cremefarbenen Tagesdecke zwei mit blauer Plastikfolie umwickelte Päckchen sowie ein Briefumschlag im DIN A4 Format, der mehrere Papiere enthielt.

Zunächst nahm sie sich die Dokumente vor. Zuoberst steckte ein mit Schreibmaschine geschriebener Brief an sie, den Zuzana Farkasz offensichtlich vorbereitet hatte, nur Anrede und Grußformel waren in gestochener Handschrift hinzugefügt worden.

Liebe Frau Jakobsen.

Freitag verlasse ich Tschechien, ich werde nach London gehen, um in der Nähe meiner Tochter zu leben, war da auf Englisch zu lesen.

Die Frau, oder wer immer den Brief verfasst haben mochte, verstand sich auszudrücken.

Eva Klimová, Pavels Ziehmutter, hat mich erst kurz vor ihrem Tod im März dieses Jahres von meinem Schweigegelöbnis entbunden. Pavel Klima ist mein Sohn.

Demnach hatte sie sich nicht getäuscht, was die Ähnlichkeit zwischen den beiden betraf.

Ich habe nicht den Mut gefunden, ihn anzusprechen, obwohl ich schon seit zwei Wochen auf dem Markt stehe und die fahrende Händlerin spiele. Er ist bisher immer achtlos an meinem Stand vorbeigegangen.
Ich möchte ihn nicht noch einmal verlieren.
Ihnen traue ich zu, ihn behutsam an die Wahrheit heranzuführen.

Sie spürte, wie die Übelkeit in ihr hochkroch. Worauf hatte sie sich da nur eingelassen? Sie zwang sich weiterzulesen.

Bitte vereinbaren Sie ein Treffen bei Petre - aber nicht vor morgen Abend.
Sehen Sie sich die beiden Päckchen und die Dokumente genau an. Verwahren Sie die Zeichnung mit der Göttin Kali gut. Dieses Dokument geben Sie nicht aus der Hand- außer an Pavel. Die anderen Dokumente und die Päckchen lassen Sie ihm ebenfalls bis morgen Abend zukommen. Bis dahin sollte er auf alles vorbereitet sein.
Mehr als dreißig Jahre haben wir ihm seine Herkunft verschwiegen. Hoffentlich ist es nicht zu spät. Kinder müssen ihre Wurzeln kennen. Sie haben ein Recht darauf zu erfahren, von wem sie abstammen, sonst werden sie krank.
Vielen Dank, dass Sie mir helfen wollen.
Zuzana Farkasz.

Um einen kleinen Gefallen hatte Laursen sie gebeten!

Wie unverschämt und feige von dieser Frau, ihr, einer Fremden, die ganze Verantwortung aufzubürden. Vermutlich wusste Zuzana Farkasz genau, wie skeptisch Pavel dem Volk der Roma gegenüberstand.

Sie zitterte am ganzen Körper, rannte ins Bad und wollte sich übergeben. Sie würgte, aber es kam nichts.

Dann öffnete sie das Fenster und holte mehrmals tief Luft.

Wie konnte sie Pavel jetzt noch unter die Augen treten?

Beruhige dich, ermahnte sie sich und blieb eine Weile am offenen Fenster stehen.

Die Sonne schien.

Und dann durchfuhr sie eine neue Welle von Übelkeit. Und nun musste sie sich wirklich übergeben. Frühstück, Abendessen, alles wollte heraus.

Kinder haben ein Recht zu erfahren, woher sie stammen. Das war sogar ein Menschenrecht.

Vater unbekannt, hatte sie damals in die Geburtsurkunden eintragen lassen. Dass diese Lüge ihr einmal so schwer auf dem Gewissen lasten könnte, hatte sie nicht bedacht.

Noch sei das Recht auf ihrer Seite, noch hätten ledige Väter nichts zu bestimmen in Deutschland. Aber das würde sich ändern in den nächsten Jahren, da sei einiges im Gange, hatte Max sie gewarnt und ihr geraten, die Angelegenheit mit Laursen möglichst schnell und einvernehmlich zu regeln. Noch könne sie allein über alles entscheiden, gegen ihren Willen könne er nichts machen, ohne ihre Einwilligung komme er nicht an die Kinder heran.

Wenn er sich da nur nicht täuschte. Er konnte oder wollte sich nicht vorstellen, wie einflussreich der Däne war.

Langsam ging sie zurück in den Salon, goss sich ein Glas Wasser ein und trank es in einem Zug aus. Dann nahm sie einen Keks, biss vorsichtig hinein und wartete. Zu ihrer Überraschung hatte sich ihr Magen bereits wieder beruhigt.

Da lagen nun die geheimnisvollen Papiere vor ihr auf dem Bett.

Jetzt ist es zu spät, einen Rückzieher zu machen, dachte sie. Und dann dachte sie an die Geburt der Zwillinge und die schwere Zeit danach. Im Vergleich dazu ist das hier ein Kinderspiel, versuchte sie sich einzureden.

Sie nahm den Brief und die anderen Dokumente vom Bett, ging zu der kleinen Sitzecke hinüber, goss sich noch ein Glas Wasser ein und überlegte.

Ja, sie würde weitermachen. Jetzt wollte sie alles wissen, auch die Details.

Zwei Briefe, die an Pavel adressiert waren und keinen Absender aufwiesen, legte sie zunächst beiseite. Und dann hielt sie eine amtlich beglaubigte Kopie von Pavels Geburtsurkunde in den Händen sowie ein Blatt, auf das jemand mit sicherer Feder eine furchterregende Figur gezeichnet hatte. Der Geburtsurkunde entnahm sie, dass Pavel Klima am 26. Februar 1969 als Sohn von Frantisek Klima und Eva Klimová in Pilsen geboren war. Das widersprach den Aussagen der Romni. Immerhin wusste sie jetzt, dass er älter war, als sie zunächst vermutet hatte.

Februar 69. Sie rechnete zurück. Mai 1968!

Damals war sie gerade fünf Jahre alt gewesen.

1968. Der Prager Frühling. Im August waren die Russen gekommen. Der Vater ein Staatsfeind. Aber auch das ergab noch keinen Sinn. Wo war die Verbindung zu der Romni?

Nun sah sie sich die Zeichnung genauer an. Dargestellt war eine Frau mit vier Armen und einer Schädelkette um den Hals, die auf dem Körper eines Mannes tanzte. Das Werk, das mit z.f. signiert war, stammte demnach von der Hand Zuzana Farksz`. Als sie das Blatt aus der Schutzhülle nahm, bemerkte sie sofort, dass sich das Papier sonderbar anfühlte, es waren zwei Bögen, die jemand an den äußeren Rändern geschickt zusammengeklebt hatte. Das eine Blatt war dicker. Sie zögerte nicht lange, holte ihre Schere aus dem Bad und schnitt an drei Seiten vorsichtig einen schmalen Streifen ab. Die Zeichnung der Göttin Kali befand sich auf der Rückseite einer weiteren, allerdings nicht amtlich beglaubigten Geburtsurkunde. Es handelte sich ebenfalls um eine Fotokopie und da war nun etwas ganz anderes zu lesen.

Demnach war Pavel bereits am 24.2.1969 geboren und zwar als Sohn von Zuzana Farkasz. Ein Vater war nicht angegeben. Im unteren Teil des Dokuments stand ein längerer Text auf Tschechisch und darunter befanden sich die Unterschriften von Eva Klimová, Frantisek Klima, Jana Fischerová und Zuzana Farkasz.

Ein Kinderhandel? Aber weshalb hatte die Romni dann nicht einfach weiter geschwiegen?

Und was hatte Laursen damit zu tun? Er konnte unmöglich der Vater sein. Nein, das passte nicht. Schließlich hatte der junge, dänische Adelsspross 1967 gegen den Willen seiner vornehmen Mutter die zwanzigjährige Tischlertochter Jytte Borg, das Wunderweib aus Jütland, geheiratet, und 1968 war ihre erste Tochter Lene geboren. Er hatte anderes im Kopf gehabt damals. Und ein Gigolo war er nie gewesen.

Was, wenn es der Romni gar nicht um Pavel ging? Vielleicht wollte sie ihn nur benutzen, so wie sie Gesa gerade benutzte, wollte ihn sich verpflichten, ihr das Visum für England zu beschaffen. Vielleicht war er auch gar nicht ihr Sohn. Amtlich war nichts besiegelt und die zweite Urkunde konnte ebenso gut eine Fälschung sein, denn die Romni, das bewies die Zeichnung, wusste mit der Feder umzugehen.

Ich möchte ihn nicht noch einmal verlieren.

Ihr Gespür bestand darauf, dass sie der Frau vertrauen könnte. Außerdem war davon auszugehen, dass Laursens Leute die Romni gründlich überprüft hatten.

In diesem Moment klingelte das Zimmertelefon. Sie zuckte zusammen und ließ die Urkunde fallen.

Pavel.

Er wartete bestimmt schon auf sie.

„Entschuldigen Sie, Gesa. Ich brauche noch zehn Minuten für meinen Artikel, dann habe ich den ganzen Tag Zeit für Sie. Haben Sie noch so viel Geduld?"

So blieb ihr wenigstens eine Galgenfrist.

„Ich habe auch noch etwas zu erledigen. Ich komme dann ins Kaminzimmer."

Nein, sie würde die Stadtführung nicht absagen. Sie hatte sich gefreut auf diesen Tag mit Pavel Klima, auf seine klugen Worte und seine schöne Stimme. Aber nun würde es anders werden, als geplant. Doch sie würde nichts überstürzen, sondern erst einmal abwarten, was die Frau ihr zu sagen hatte, heute am späten Nachmittag.

Schnell packte sie noch die beiden Päckchen aus. In einem befanden sich mehrere dünne Schulhefte, die Eva Klimová als Tagebuch gedient hatten. Die Aufzeichnungen begannen im August 1968. Da sie kein Tschechisch verstand, legte sie

57

sie, bis auf eines, das sie mit Zuzanas Brief in ihre Tasche steckte, in die Nachtischschublade. In dem zweiten Päckchen fand sie einige ordentlich zusammengelegte Blätter, offensichtlich Briefe, die in einen fein gewirkten, weinroten Seidenschal mit den Initialen F.K. eingewickelt waren. Vorsichtig faltete sie eines der ungewöhnlich stark vergilbten Blätter auf und war überrascht, denn der Text war auf Deutsch verfasst, doch die unruhige Schrift konnte sie kaum entziffern und die Zeilen waren sonderbar gesetzt. Vermutlich handelte es sich um ein Gedicht, ein Gedicht von Frantisek Klima, Pavels Vater? Dieses eine Blättchen steckte sie ebenfalls in ihre Tasche, die anderen würde sie sich später ansehen, wickelte sie wieder in den Schal und legte sie mit den ungelesenen Briefen an Pavel in die Kommode zwischen ihre Wäsche. Die Geburtsurkunden faltete sie sorgfältig zusammen, diese beiden Blätter würde sie in einer verborgenen Tasche am Körper tragen.

Sie schüttelte den DIN A4 Umschlag noch einmal aus und da fiel noch ein Zettel heraus, auf den die Romni verblüffend ähnlich Gesas verschwundene Uhr gezeichnet hatte.

„Damit die Polizei sie findet", stand auf der Rückseite.

15.

Als sie im Auto saßen, erzählte sie Pavel von dem Diebstahl und zeigte ihm die neue Uhr. Zwar runzelte er die Stirn, wusste aber sofort, was zu tun war. In der Nähe befand sich eine Polizeistation, wo ein Bekannter von ihm arbeitete, der ihnen vielleicht weiterhelfen konnte. Auf dem Revier am Bahnhof würden sie zu viel Zeit verlieren.

Sie hatten Glück. Der junge Polizist nahm die Anzeige auf, lobte Gesas zeichnerisches Talent, als sie ihm Zuzanas Zettel zeigte, und versprach, die Sache weiterzuleiten. Er bezweifelte allerdings, dass sie die wertvolle Uhr zurückerhalten würde.

Dann nahmen sie die Schnellstraße in die Stadt.

„Macht es Ihnen etwas aus, wenn wir nachher ein Stück mit der Straßenbahn fahren? Die Brücken im Zentrum sind immer noch nicht freigegeben und ich würde gerne auf dieser Seite der Moldau parken".

Sie war mit allem einverstanden und ließ den Tschechen reden.

„Ich schlage vor, dass wir mit dem Hradschin beginnen. Bei dem klaren, trockenen Wetter haben wird von dort einen wunderbaren Blick auf die Stadt und die grünen Hügel. Anschließend könnten wir bei Sonnenschein ein Stückchen durch die Südlichen Gärten flanieren, und vielleicht führt uns der Weg direkt ins Paradies."

„Wie bitte?"

„Im Paradiesgarten gibt es keine gefährlichen Schlangen, dort können Sie die Wappen des früheren Kaiserreichs bewundern. Die Friedhöfe sehen wir uns morgen an, bei Regen."

Doch zunächst waren es keine Paradiesgärten, die sie entdeckte, sondern Plattenbauten, graue, monumentale Plattenbausiedlungen, die die tiefer gelegenen alten Stadtteile regelrecht umzingelten. Er hatte nicht übertrieben, als er ihr am Vortag davon erzählt hatte. Auch das war Prag. Halle-Neustadt war nichts dagegen, geschweige denn Osterholz-Tenever in Bremen.

Er war ein sicherer Autofahrer, was ihr schon am letzten Abend aufgefallen war. Er fuhr zügig, aber nicht aggressiv, so dass sie sich unbesorgt zurücklehnen konnte.

Einmal schien er sich verfahren zu haben, denn er verließ die Schnellstraße, wendete und fuhr gleich wieder hinauf.

Plötzlich, sie befanden sich bereits im Innenstadtbereich, beschleunigte er, was der alte Wagen hergab, bog völlig unvermittelt, ohne den Blinker zu setzten, kurz hintereinander mehrmals nach rechts ab, bis sie wie in einem Kriminalfilm mit quietschenden Reifen in einem düsteren Hinterhof zu stehen kamen.

„Entschuldigen Sie, aber ich hatte den Eindruck, dass uns jemand folgt."

„Wer sollte das tun?", sagte sie, nachdem sie sich von dem Schreck erholt hatte. „Mir ist nichts aufgefallen".

Sie dachte an Zuzanas Brief. Wie sollte sie es nur anstellen, ihn möglichst schonend an die Wahrheit heranzuführen? Die Unbeschwertheit, die sie bisher in seiner Gegenwart verspürt hatte, war verschwunden.

„Eine große, dunkelblaue Limousine. Ein Audi. Deshalb bin ich vorhin auch kurz von der Schnellstraße abgefahren", war sich Pavel sicher. „Hoffentlich habe ich ihn abgehängt."

So schlimm wird es schon nicht sein, dachte sie, und da war auf einmal wieder diese Unruhe, die ihr schon im Sommer in Barkenstedt nach Laursens Anruf zu schaffen gemacht hatte. Es war nicht nur die Angst vor seiner Reaktion darauf, dass sie ihm die Kinder so lange vorenthalten hatte, nein, darunter lagerte noch etwas anderes, tief in ihr verwurzelt, ein Erbe der Familie ihrer Mutter, das sie sich inzwischen einzugestehen traute und von dem auch Max wusste. Es war diese unsägliche Lust an Abenteuern, die schon ihren Großvater, den Brunnenbauer, umgetrieben hatte, ihren Bruder Heinrich immer wieder in ferne Länder und fremde Betten führte und die letztlich auch sie dazu verleitet hatte, für Laursen zu arbeiten. Es würde ihr teuer zu stehen kommen, wenn sie nicht endlich lernte, dieses Ungeheuer zu beherrschen.

16.

Das berühmte Kanzleifenster, aus dem die Böhmen die katholischen Statthalter hinausgeworfen hatten, war wesentlich breiter und wirkte auch neuzeitlicher, als sie es sich, angeregt durch einen alten Kupferstich, bisher vorgestellt hatte.

Überhaupt hatte sie sich die Prager Burg anders vorgestellt und nicht ein so gewaltiges Ensemble von Palästen, Kirchen und Galerien aus tausend Jahren böhmischer Geschichte erwartet, das beherrscht wurde von dem mächtigen St.-Veits-Dom.

„Als 1618 der Dreißigjährige Krieg ausbrach, war es vorbei mit der Blüte Prags", dozierte Pavel. „1621 wurden die Anführer des Aufstandes hingerichtet, außerdem wurde die gesamte protestantische Oberschicht, Adel und Bürgertum, entmachtet. Man nahm ihnen ihren Besitz und Hunderttausende wurden vertrieben. Unser Land wurde dann von Wien aus katholisch regiert."

Dreißig Jahre Krieg!

Sie dachte an Gryphius. *Die Jungfern sind geschändet und wo wir hin nur schaun, ist Feuer Pest und Tod, der Herz und Geist durchfähret.*

Vergewaltigung als Kriegswaffe. Wollte das denn niemals enden?

Nicht nur in Böhmen, auch in ihrer norddeutschen Heimat hatte dieser Krieg gewütet. Noch heute gab es Schwedenschanzen und Dänenhügel und in ihrer Kindheit hatten die alten Männer immer noch von den Gräueltaten zu erzählen gewusst, ein Wissen, das von Generation zu Generation überliefert worden war und auch nach vierhundert Jahren noch gegenwärtig schien, so ungeheuerlich musste das Grauen gewesen sein, das Morden, das Brandschatzen und Vergewaltigen. Ein Drittel der deutschen Bevölkerung war ums Leben gekommen.

Für wie lange das Grauen, das die Nazis über die Welt gebracht hatten, wohl in der Erinnerung der Völker überdauern würde?

„Nicht alle Habsburger waren Tyrannen, aber die Freiheit haben wir erst 1918 bekommen. Und das war ein kurzes Zwischenspiel". Pavel hielt kurz inne. Er schien zu spüren, dass sie mit ihren Gedanken woanders war.

Sie nickte ihm zu.

„Von der Prager Burg aus hat später Heydrich für die Nazis unser Land regiert. Heute befindet sich hier der Amtssitz unseres Staatspräsidenten Václav Havel."

„Um diesen Präsidenten sind Sie zu beneiden".

„Das sehen nicht alle so."

Jetzt standen sie schon eine ganze Weile draußen im Grünen im Sonnenschein, ihnen zu Füßen die Moldau, die längst wieder in ihr altes Bett zurückgekehrt war, und die Stadt erschien nun wirklich wie in Gold getaucht. Die Goldene Stadt! Ihr war kalt.

Sie schaute noch einmal zu dem Kanzleifenster hinauf.

„Fünfzehn Meter, das überlebt keiner", meinte sie.

„Wenn da nicht ein Misthaufen gewesen wäre oder Engel ihre helfenden Hände im Spiel gehabt hätten", warf Pavel schmunzelnd ein.

„Ein Freund von mir ist einmal über den Balkon aus meiner Wohnung im ersten Stock gesprungen, um spielende Kinder zu stellen, die uns mit Klingelstreichen ärgerten. Was glauben Sie, wie überrascht die waren, als da plötzlich einer vom Himmel fiel."

Dieser Mann war Erik Laursen gewesen, der als Ranger das Fallschirmspringen auch noch an den alten, klassischen Rundkappen gelernt hatte.

Wie kam sie nur darauf? Das gehörte überhaupt nicht hierher. Pavel sah sie ungläubig an.

Sie warf einen Blick auf ihre Uhr. Jetzt waren sie schon fast drei Stunden auf dem Hradschin. Zeit, sich allmählich ihrer Aufgabe als Vermittlerin zu widmen.

„Mir wird kalt. Was halten Sie davon, wenn ich Sie zu einer Tasse Kaffee einlade?"

„Könnte es sein, dass wir uns ein wenig in Details verloren haben?", meinte er lächelnd.

„Sie hätten das Zeug zu einem Universitätsprofessor."

Jetzt lächelte er nicht mehr.

„Wissen Sie, mein Vater war Professor für Geschichte an der Karlsuniversität. Auch er träumte von einem menschlichen Sozialismus wie viele damals in unserem Land. Nach dem Prager Frühling wurde er verhaftet und später musste er als Metallhilfsarbeiter bei ĈKD sein Brot verdienen."

„Das tut mir leid".

„Auch das gehört zu unserer Geschichte."

„Leben Ihre Eltern noch?", fragte sie ihn, obwohl sie einen Teil der Antwort bereits kannte.

„Mein Vater ist schon lange tot." Er senkte den Blick. „Ich war noch klein, als er starb, dabei hätte er mir bestimmt so viel zu erzählen gehabt." Das Bedauern darüber war nicht zu überhören. Doch schnell lenkte er ein. „Ich hatte trotz allem eine behütete Kindheit und wurde verwöhnt von meiner Mutter, Alzbeta und meinen beiden älteren Schwestern. Sie haben mir nahezu jeden Wunsch von den Augen abgelesen."

Er schien ganz mit seiner Familie im Reinen. Und nun sollte da plötzlich eine ganz andere Mutter sein, noch dazu eine Romni, und vielleicht sogar ein neuer Vater?

Wollten sie ihm das wirklich antun?

„Und Ihre Mutter?", wagte sie zu fragen und hoffte, dass er nicht bemerkte, wie unsicher ihre Stimme klang.

Er räusperte sich.

„Sie ist im März dieses Jahres gestorben. Sie war erst Mitte sechzig."

Ihr Tod schien ihm immer noch sehr nahe zu gehen und für einen Augenblick bereute sie es, dieses Thema angesprochen zu haben. Aber irgendwann musste sie schließlich damit beginnen.

„Und Ihre Eltern, Gesa?"

„Sie leben beide noch und ich mag mir gar nicht vorstellen, wie es wäre ohne sie." Nein, das wollte sie sich wirklich nicht vorstellen.

„Sind Sie noch an der Universität in Hannover tätig?"

Keine Details über dein Privatleben, hatte Laursen ihr eingeschärft, nur das Nötigste. Doch weshalb sollte sie Pavel, dem sie ohnehin schon etwas vorspielen musste, auch noch über ihren Beruf etwas vormachen?

„Ich habe einen kleinen Lehrauftrag an der Universität Bremen, ein Seminar über *Internationale Beziehungen,* und das auch nur, um den Anschluss nicht ganz zu verlieren. Viel Geld kann man damit nicht verdienen. Für junge Wissenschaftler gibt es bei uns seit Jahren nur wenige und meistens schlecht bezahlte oder befristete Stellen. Ich gehöre zu den sogenannten Babyboomern, zunächst glaubten wir, die Welt stünde uns offen, doch dann drängten alle gleichzeitig auf den Arbeitsmarkt."

„Da haben wir etwas gemeinsam. Auch ich habe nach der Promotion keine Stelle bekommen. Es gibt inzwischen wohl zu viele Kafka-Experten in Prag."

Es entstand eine kleine Pause, bevor er sich traute zu fragen: „Ist Ihr Mann auch Wissenschaftler?"

„Ich bin alleinerziehend, ich habe zwei kleine Kinder, Zwillinge", sagte sie. „Seit einigen Jahren betreibe ich eine Buchhandlung in meinem Heimatort in der Nähe von Bremen. Reichtümer kann man auch damit nicht erwerben, aber verhungern muss ich nicht und die Arbeit ist sehr abwechslungsreich. In einem Nebenraum habe ich für meine beiden Söhne sogar ein Spielzimmer einrichten können."

Weshalb verschwieg sie ihm, dass sie längst einen neuen Partner gefunden hatte? Weshalb verschwieg sie Max Conradi?

„Vermissen Sie die wissenschaftliche Arbeit?"

„Nach meiner Promotion habe ich hauptsächlich unsere Fachbibliothek verwaltet und Semesterarbeiten korrigiert. Und nach der Geburt meiner Kinder war es mir nicht mehr möglich, mich noch einmal mit Haut und Haaren in ein wissenschaftliches Thema zu verbeißen und alles andere um mich herum zu vergessen. Dafür war keine Zeit."

Sie zögerte kurz.

„Haben Sie auch eine eigene Familie, Pavel?"

„Ich habe Maries Familie", wich er aus.

Dass ein so gut aussehender, gebildeter Mann keine Freundin hatte, nahm sie ihm nicht ab. Doch was kümmerte es sie? Sie selbst hatte schließlich auch nicht mit offenen Karten gespielt, was ihr Privatleben betraf.

Ja, in Max Conradi hatte sie längst einen neuen Partner gefunden. Aber er hatte sie immer noch nicht gefragt, ob sie ihn heiraten wollte, dabei waren sie schon seit gut zwei Jahren zusammen. Er machte ihr großzügige Geschenke wie auch die teure Uhr, die nun verschwunden war, Geschenke, die ihr oft zu weit gingen, aber ohne eine rechtliche Absicherung würde sie nicht alles aufgeben, was sie sich inzwischen in Barkenstedt aufgebaut hatte, und zu ihm nach Hamburg ziehen. Immerhin trug sie die alleinige Verantwortung für zwei kleine Kinder. Schon einmal hatte sie viel zu viel riskiert für einen Mann und war bitter enttäuscht worden.

Inzwischen waren sie wieder auf dem großen Hof im Eingangsbereich angekommen, wo es jetzt von Touristen wimmelte, darunter viele Schülergruppen, die den Vorträgen ihrer Guides mehr oder weniger gelangweilt folgten.

„Das ist nichts im Vergleich zu dem, was hier sonst los ist", meinte Pavel.

Immer noch schien die Sonne, aber hier ging ein eisiger Wind. Als sie ihr Tuch fester zusammenziehen wollte, rutsche ihr die Umhängetasche von den Schultern. Pavel war ihr sofort behilflich.

„Transportieren Sie darin Wackersteine?", wog er die Tasche in der Hand und gab sie ihr zurück.

„Nur etwas Proviant für den Tag", entgegnete sie lächelnd, holte zwei kleine Wasserflaschen heraus und bot ihm eine an. Dankend lehnte er ab. Sie nahm einen großen Schluck. Sie hatte viel zu wenig getrunken.

„Es scheint wirklich an der Zeit, dass wir ein Café ansteuern".

„Bitte in der Nähe!"

„Wir fahren noch ein kleines Stücken weiter mit der Bahn zu meinem Freund Jiri", klärte er sie auf, bot ihr an, die Tasche zu tragen, was sie ihm gerne gestattete, und sie machten sich auf den Weg zur Straßenbahnstation. Plötzlich blieb er stehen und sah sie schmunzelnd an.

„Es wundert mich übrigens nicht, dass Sie sich nicht mehr richtig auf den Beinen halten können. Auf der Reitertreppe sind mir Ihre Schuhe aufgefallen."

Sie trug die blauen Pumps mit den roten Sohlen.

„In solchen Schuhen habe ich schon andere Strecken bewältigt", gab sie zurück und wusste sofort, weshalb er dieses Thema angesprochen hatte, denn auf der Treppe mit den ungewohnt niedrigen Abständen zwischen den breiten Stufen war sie für einen Moment unkonzentriert gewesen und gestolpert. Beinahe wäre sie hingefallen, doch er hatte sie aufgefangen und für einen Augenblick in seinen Armen gehalten. Sie hatte seine Wärme gespürt und seine Kraft.

„Es hat mich überrascht, dass in dem alten Königssaal auch Reiterturniere stattgefunden haben. Es dürfte ein hartes Stück Arbeit gewesen sein, den Pferden beizubringen, die Treppe hinaufzulaufen", versuchte sie abzulenken und hoffte, dass er nicht bemerkt hatte, dass sie dort einen Moment länger als nötig in seinen Armen verweilt hatte.

Er zwinkerte ihr zu, ging dann aber nicht weiter darauf ein.

„Im Ernst gesprochen, Sie sind gut zu Fuß, Gesa. Sie treiben vermutlich viel Sport?"

„Zwei kleine Jungen und kiloweise Bücher und Zeitschriften halten fit. Früher habe ich Handball gespielt." Sie zögerte. „Und Golf. Aber dafür fehlt mir jetzt die Zeit. Und Sie?"

„Laufen und Rudern, ähnlich wie Kafka", lachte er.

Daher die kräftigen Oberarme. Ganz uneitel schien er nicht zu sein.

„Und ich gehe regelmäßig ins Fitnessstudio, das hätte unserem großen Dichter bestimmt auch gefallen", setzte er schmunzelnd hinzu.

Kafka und Sport? Das hatte sie nicht erwartet. Sie hatte sich ihn immer als kränklichen, völlig vergeistigten Menschen vorgestellt. Aber der Kafka-Experte würde es schon wissen.

„Ich berichte manchmal im Sportteil unserer Zeitung auch über Golf. Verraten Sie mir Ihr Handicap, Gesa?"

„17,2."

„Bei 18 beginnt der Golfer", zitierte er einen gängigen Golfer-Spruch, und sie wollte sich nicht damit brüsten, dass ihr Handicap vor der Geburt der Kinder, als sie noch für Laursen gearbeitet hatte, beinahe einstellig gewesen war. Das war lange her.

17.

Jiris Café entpuppte sich als Fussballer-Kneipe. Mobiliar und Gestaltung erinnerten an die HO-Gaststätten in der ehemaligen DDR.

Pavel kannte den Wirt, der ein Bein nachzog und dessen Gesicht mit Narben übersät war, aus der gemeinsamen Zeit bei der Armee. Intellektuelle seien dort nicht gern gesehen gewesen und Jiri habe ihm so manches Mal aus der Bredouille geholfen, hatte Pavel ihr erzählt.

Die beiden jungen Männer begrüßten sich mit einem Schlag gegen die steil erhobene rechte Hand, ein Ritual, das Jan und Felix auch schon aus dem Kindergarten mitgebracht hatten.

Der Wirt sah sie auf eine sonderbar eindringliche Weise an und sie spürte sofort, dass sie hier nicht willkommen war.

Das Lokal war gut besucht. Offensichtlich gab es nicht nur Bier und Kuchen, sondern auch einen kleinen Mittagstisch.

Die beiden zusammenhängenden Räume waren mit einfachen Holzmöbeln eingerichtet, es gab mehrere Fernsehgeräte, einen Billardtisch sowie zwei Spielautomaten, an den Wänden hingen Fotos von Fußballmannschaften und in den Vitrinen hinter der Theke standen zahlreiche Pokale. Alles blitzblank und ordentlich, aber es fehlte die gestaltende Hand einer Frau.

Auf dem Tresen entdeckte sie ein großes Glas mit eingelegten Knackwürsten. *Utopenci.* Demnach belieferte Marie auch dieses Lokal.

„Darf ich fragen, woher seine Verletzungen stammen?"

„Zu schnell gefahren auf eisglatter Straße", klärte Pavel sie auf. „Das liegt nun auch schon fast zehn Jahre zurück. Er ist gelernter Bäcker, arbeitet aber auch als Spielervermittler. Früher, vor seinem Unfall, war er Fußball-Profi und hat in der obersten tschechischen Liga gespielt, es gab sogar Angebote aus Deutschland. Er verfügt über Kontakte, die mir als Journalist sehr dienlich sind. "

Der Wirt kochte guten Kaffee und schien nicht nur etwas von Brötchen, sondern auch von Kuchen zu verstehen, denn selten hatte sie einen so saftigen Mohnstreusel gegessen wie in diesem nüchternen Café.

Plötzlich schien Pavel etwas eingefallen zu sein.

„Ich müsste kurz etwas mit Jiri besprechen."

Er bat sie, ihn für einen Augenblick zu entschuldigen.

Auch sie hatte noch Wichtiges zu erledigen, denn wenn sie Zuzana Farkasz helfen wollte, musste sie endlich damit beginnen, Pavels Interesse an dieser Frau zu wecken. Vorher aber wollte sie sich noch etwas frisch machen.

Auch in diesem Lokal war der Waschraum ungewöhnlich. Zwar hing der Spiegel über dem Waschbecken und nicht an der gegenüberliegenden Wand, aber alle Toilettentüren standen weit offen und man konnte sie von innen nur heranziehen, nicht verriegeln. Da kein Betrieb war, störte es sie nicht, aber etwas seltsam fand sie es schon.

Als sie an ihren Tisch zurückkam, wiederholte sich die Szene aus dem Bistro, aber dieses Mal ging die Geschichte anders aus als am Tag zuvor. Wieder war Pavel aufgestanden, als er sie auf sich zukommen sah, und wieder hatte er sie eingehend gemustert. Da sie immer noch etwas fröstelte, hatte sie sich, bevor sie an den Tisch zurückkehrte, ihr Schultertuch von der Garderobe geholt. Als sie es sich gerade umschlagen wollte, nahm er es ihr behutsam aus der Hand und drapierte den weichen Kaschmirschal gekonnt um ihre Schultern. Anders als am Tag zuvor vermied er es dabei, ihren Körper mit seinen Händen zu berühren. Dann stellte er sich vor sie hin und begutachtete sein Werk, es schien ihm zu gefallen, denn er nickte ihr zufrieden zu.

Sie schmunzelte.

„Vermutlich könnten Sie auch als Schaufensterdekorateur Ihr Geld verdienen."

Damit war er nicht einverstanden.

„Etwas kreativer sollte es schon sein. Meine andere Schwester Helena ist eine erfolgreiche Modedesignerin. H.K. Sie hat ein Geschäft in der Nähe vom Wenzelsplatz. Wenn Sie wollen, Gesa, können wir nachher kurz bei ihr vorbeischauen."

HK. Jetzt wurde ihr einiges klar. Wahrscheinlich versorgte Helena Klimová ihre Schwester Marie mit den ausgefallenen Kleidungstücken. Vielleicht würde sie dort auch für sich das eine oder andere interessante Teil finden.

Gutgelaunt stimmte sie ein und lehnte sich zurück. Sie fühlte sich wohl in Pavels Gesellschaft. Er tat ihr gut und sie fühlte sich so jung wie schon lange nicht mehr.

Warum suchst du dir nicht einen Mann in deinem Alter?, hatte ihre Tante Gesine, die neben ihrer Mutter ihre engste Vertraute war, zunächst zu bedenken gegeben, nachdem sie Max kennengelernt hatte. Hast du Angst vor deinesgleichen? Laursen war vierzehn und Max immerhin zehn Jahre älter als sie. Beide hatten sehr jung geheiratet und früh Verantwortung übernehmen müssen.

Und nun saß sie hier mit einem wesentlich jüngeren Mann. Was Gesine wohl dazu sagen würde?

„Wollen Sie sich nicht eine Zigarette anzünden, Gesa?"

„Ich dachte, Sie stört der Rauch?"

„Wie kommen Sie darauf, die anderen Gäste rauchen ja auch."

Und sie tappte in die Falle, denn in dem Moment, als sie sich die Zigarette anzünden wollte, nahm er ihr das Feuerzeug weg, ergriff ihre Hand und ließ sie nicht wieder los. Er hielt sie fest zwischen seinen großen Künstlerhänden und sie genoss seine Berührung. Wieder für einen Augenblick zu lang. Jedoch als er sie mit seinen dunkelbraunen Augen fragend ansah, zog sie die Hand zurück.

„Ich möchte Ihnen etwas zeigen. Es ist ein kurzes Gedicht", sagte sie mit unsicherer Stimme, holte den vergilbten Zettel aus ihrer Tasche und gab ihn ihm zu lesen.

„Vielleicht können Sie mir weiterhelfen. Obwohl der Text auf Deutsch verfasst ist, kann ich ihn nicht richtig lesen. Ich wüsste nur zu gerne, worum es geht und wer der Autor ist."

„Woher haben Sie diesen Text?"

Sie zuckte zusammen, denn das hatte gar nicht mehr verführerisch, sondern so laut und anklagend geklungen, dass sich einige der anderen Gäste nach ihnen umdrehten und auch Jiri, der hinter dem Tresen stand, zu ihnen hinübersah.

Mit dieser heftigen Reaktion hatte sie nicht gerechnet. Vermutlich hatte er die Handschrift seines Vaters sofort erkannt. Frantisek Klima.

„Ich habe den Zettel gefunden", sagte sie und sah ihn herausfordernd an.

„Das glaube ich Ihnen nicht!", gab er barsch zurück.

„Warum regen Sie sich so auf? Kennen Sie den Text oder den Autor?", forderte sie ihn weiter heraus, anstatt ihm auf der Stelle die Wahrheit zu sagen. Doch was hätte sie ihm sagen sollen? Ihre Mutter ist eine Zigeunerin und Ihre vermeintlichen Eltern haben Sie jahrzehntelang belogen? Nein, so funktionierte das nicht.

„Ich kenne die Handschrift", sagte er leise.

Er schien sich etwas beruhigt zu haben, aber sie sah, dass seine Hände zitterten. Fragend schaute sie ihn an.

„Franz Kafka, Gesa. Es ist die Handschrift von Franz Kafka!"

Jetzt war es an ihr, überrascht zu sein. Franz Kafka. Wie war das möglich? F.K. Das rote Männerhalstuch? Es gehörte gar nicht seinem Vater! Doch was hatte die Romni mit dem großen Dichter zu tun? Kafka, soviel stand fest, konnte nicht Pavels Vater sein.

„Bitte sagen Sie mir, wie Sie an dieses Papier gekommen sind."

„Erst möchte ich wissen, was er schreibt. Schließlich gehört das Blatt mir", gab sie sich kurzangebunden und schämte sich dafür, ihm etwas vorspielen zu müssen.

„Ich habe den Text bisher nur überflogen, Gesa. Lassen Sie ihn uns gemeinsam lesen".

Sie rückten näher zusammen.

In diese Macht des Blickes sich zu tauchen, nein, es heißt *Nacht*, korrigierte er sich und zeigte ihr die Stelle auf dem Papier. *In diese Nacht des Blickes mich zu tauchen, unwissend Kind, du selber lädst mich ein.* Er hielt inne und sah ihr in die Augen. Sie lächelte und frage sich, wer von beiden hier wohl das *unwissend Kind* war. Die Verse gefielen ihr.

„Er scheint nervös gewesen zu sein, als er dies geschrieben hat, und noch sehr jung", meinte Pavel. Dann versuchten sie, die dritte Zeile zu entziffern, doch das gelang weder ihr noch dem Kafka-Experten.

Der nächste Vers lautete: *Reichst lächelnd mir den Tod im Kelch der Sünden.*

Und dann gab es noch einen Zusatz. *Krank seitdem, wund ist und wehe mein Herz, nimmer wird es genesen.*

Sie sahen sich an und schwiegen.

„Das sind schöne, traurige Verse", sagte sie schließlich. „Er muss verzweifelt gewesen sein, als er dieses Gedicht verfasst hat".

„Das ist nicht Kafka! Es ist nicht seine Sprache!", ließ Pavel sich endlich verlauten, und nun klangen Ärger und Enttäuschung mit.

„Sie haben doch eben noch etwas anderes behauptet."

„Keine Angst, ich will Ihnen Ihren Schatz nicht stehlen."

Auf diese Idee wäre sie gar nicht gekommen. Außerdem gehörte das Blatt ihm ohnehin.

„Kafka hat den Text vermutlich irgendwo abgeschrieben, so wie man auch heute noch Gedichte abschreibt und sie seiner Liebsten schickt", sagte er nüchtern. Der Inhalt des Gedichts schien ihn nicht mehr zu interessieren. „Sehen Sie dort unten ganz am rechen Rand die beiden Buchstaben, die aussehen wie ein Tintenklecks. Das könnten die Initialen E und M sein."

Sie sahen sich die Stelle noch einmal genauer an.

„E.M. Das sagt mir nichts. Können Sie etwas damit anfangen, Gesa?"

Sie schüttelte den Kopf.

„Auch wenn Kafka diese Zeilen nicht selbst verfasst hat, so ist es doch eine kleine Sensation! Die Kafka-Forscher werden sich darauf stürzen!"

„Ich habe noch mehr davon", warf sie ihm hin.

Er zog die Stirn in Falten.

Bevor er sich noch einmal aufregte, klärte sie ihn besser auf.

„Die geheimnisvolle Frau, die Romni, der ich gestern im Zug und heute auf Ihrem Markt begegnet bin, hat mir die Blätter zugesteckt - und auch noch einige andere Dinge".

Sie überlegte.

Ja, da bot sich ihr wirklich eine gute Gelegenheit, die beiden zusammenzuführen.

„Ich treffe mich heute am späten Nachmittag mit der Frau. Sie können gerne dazukommen. Ich bringe die anderen Gedichte mit und Sie könnten die Frau fragen, woher die Texte stammen."

„Am liebsten würde ich mich sofort auf den Weg zu der Fremden machen", meinte er ungeduldig. „Ich nehme Ihr Angebot gerne an. Ich glaube, wir sind da wirklich einer kleinen Sensation auf der Spur."

„Und die schönen Zeilen von E.M. interessieren Sie gar nicht?"

„Erst einmal brauche ich Klarheit über die Herkunft der Blätter".

Ein verständliches Interesse für einen Kafka-Forscher, jegliches Interesse an Liebe und Romantik schien erloschen. „Ich würde dennoch gerne wissen, wer diese schönen Zeilen verfasst hat. Wenn ich nur ins Internet könnte", klagte sie und hoffte, er würde darauf eingehen und ihr irgendwie einen Zugang zum Neubau des Hotels verschaffen. Sie würde sich dort gerne etwas umsehen.

In diesem Augenblick meldete sich sein Handy. Er schaute auf das Display.

„Meine Redaktion. Ich muss wohl rangehen, auch wenn mich das hier viel mehr interessiert. Entschuldigen Sie mich einen Moment".

Er ging in den Nebenraum, wo sich inzwischen keine Gäste mehr aufhielten, und sie zündete sich ungestört ihre Zigarette an. Sie war zufrieden mit sich. Ein erster wichtiger Schritt war getan.

18.

Kaum hatte Pavel die Tür zum Nebenzimmer geschlossen, stand Jiri mit der Kaffeekanne in der Hand vor ihr.

„Bleiben Sie lange in Prag?", fragte er mürrisch auf Deutsch.

„Bis Freitag", sagte sie, obwohl ihn das nichts anging.

Er schenkte ihr noch eine Tasse nach, nickte und hinkte zurück zur Theke. Das war nicht die altbekannte sozialistische Unhöflichkeit, nein, sie hatte gesehen, wie aufmerksam er mit den anderen Gästen umging. Das hier richtete sich gegen sie persönlich. Vielleicht mochte er keine Westfrauen.

Als Pavel an ihren Tisch zurückkam, fuhr er sich mit der gleichen Geste wie Zuzana Farkasz nervös durch sein dichtes, dunkles Haar.

„Ich soll noch heut Nachmittag ein Interview in Karlstein führen. Auf dem Golfplatz."

„Ist das weit von hier?"

„Es liegt vor den Toren Prags, aber ich wäre erst gegen Abend zurück und könnte Sie nicht weiter begleiten. Auch nicht zu der Fremden", meinte er enttäuscht. „Unser Fotograf holt mich gleich ab."

„Dann treffen wir uns eben später mit der Frau", schlug sie vor. „Das Gedicht können Sie vorerst behalten. Ich schreibe mir ein paar Zeilen ab und versuche irgendwo in der Stadt ein Internetcafé zu finden."

Zunächst wollte er das kostbare Geschenk, wie er es nannte, nicht annehmen, aber sie konnte ihn schließlich überzeugen, dass es bei ihm besser aufgehoben wäre als bei ihr.

Und er erwies sich als dankbar.

„Ich werde Josef bitten, Sie in den Neubau zu lassen. Wissen Sie, Maries Heimlichtuerei und ihre übertriebene Rücksichtsname auf die neuen Gäste kann ich nicht nachvollziehen. Im

Empfangsbereich stehen zwei Gästecomputer. Ich gebe Ihnen einen Zugangscode, dann können Sie ausgiebig auf meinem Hauskonto surfen, ohne dass jemand davon erfährt. Marie erledigt Einkäufe und wird nicht vor zwanzig Uhr zurück sein. Auch die Gäste kommen erst später zurück. Sie könnten sogar noch ein Bad nehmen", schmunzelte er.

Zum Glück war er nicht auf die Idee gekommen, ihr den Internetanschluss in seinen Räumen anzubieten.

Nachdem sie ihre Handynummern ausgetauscht hatten, erklärte er ihr den Weg in die Innenstadt und zurück zum Hotel und gab ihr zur Sicherheit, falls es mit öffentlichen Verkehrsmitteln nicht klappen sollte, die Telefonnummer eines zuverlässigen Taxifahrers.

Dann notierte sie sich noch den Text des Gedichts.

„Schade, dass wir nicht gemeinsam zu Helena gehen können. Ich werde meine Schwester anrufen und ihr sagen, dass Sie im Laden vorbeischauen."

Sie freute sich, dass er daran gedacht hatte.

Der Fotograf ließ immer noch auf sich warten.

„Er muss wegen der Verkehrsbehinderungen vermutlich einen Umweg nehmen. Das kann dauern."

„Dürfen Sie verraten, um wen es sich bei Ihrem Interviewpartner handelt?"

„Sie werden der Konkurrenz schon keinen Tipp geben. Es ist Sir John Richardsen."

Das verschlug ihr die Sprache.

„Sie als Politologin müssten ihn eigentlich kennen."

Noch immer fehlten ihr die Worte.

„Er ist ein hochrangiger Diplomat und international anerkannter Osteuropaexperte, der eigentlich als pressescheu gilt. Ich habe einige Bücher von ihm gelesen, er hat früher viel über den Warschauer Pakt geschrieben. Ich vermute, er ist wegen der aktuellen Entwicklungen in Prag. Die zweite Phase der NATO-Osterweiterung steht unmittelbar bevor, im November findet hier die große Konferenz statt. Dann dürfte sich Prag in einen Hochsicherheitstrakt verwandeln."

Laursen und Richardsen gemeinsam in Prag? Da fehlte nur noch Bruni, der Norweger. Drei alte Freunde aus Harvard, von der HKS, die immer mal wieder gemeinsam unterwegs waren in Europa, zum Golfen. Oft in Begleitung jüngerer Frauen. So auch wohl dieses Mal.

Da hatte ihre Vergangenheit sie schneller eingeholt, als sie erwartet hatte.

„Hat er angedeutet, worüber er reden will?", fragte sie leise.

„Über das Baltikum."

Das war unmöglich! Weshalb sollte Richardson das tun? Es wäre die reinste Provokation, denn gerade das Baltikum betrachteten die Russen als ihren Vorhof und einen wichtigen Vorposten, den sie bestimmt nicht so bald an die NATO abtreten würden.

„Ich denke manchmal, er wird alt", hatte Laursen ihr vor einigen Monaten erzählt, als sie sich nach Richardsen und seiner Tochter erkundigt hatte. „Er ist in letzter Zeit so nachgiebig geworden."

Das hier bewies das Gegenteil.

Ob Laursen von Richardsens Alleingängen wusste?

„Der Fotograf ist da", holte Pavel sie aus ihren Gedanken zurück.

19.

Pünktlich, zur vollen Stunde, stand sie vor dem Altstädter Rathaus unter der astronomischen Uhr und bewunderte die Parade der zwölf Apostel. Sie glaubte sogar, einen Hahn krähen zu hören.

Der Platz davor war jetzt voller Touristen.

Direkt nebenan befand sich das mit Sgraffiti verzierte Haus *U Minuty*, in dem Kafka und seine Eltern einige Jahre gelebt hatten.

Gleich um die Ecke in der Josefstadt lag die Pariser Straße, die *Pařížská*, das Prachtstück des vor gut hundert Jahren neu gestalteten jüdischen Viertels. Sie konnte sich zunächst gar nicht sattsehen an den prächtigen Fassaden der imposanten Jugendstilgebäude und hatte kaum Augen für die Auslagen der Luxus-Boutiquen in Prags teuerster Einkaufsstraße. Nicht eines der Häuser glich dem anderen in seiner baulichen und künstlerischen Gestaltung. Welch eindrucksvolles architektonisches Ensemble!

Immer noch kreisten ihre Gedanken um Laursen. Nein, er hatte sie nicht nach Prag eingeladen, weil er sich von seiner Frau getrennt hatte. Wie hatte sie nur auf eine solche Idee kommen können? Er würde sich nicht scheuen, sie noch einmal für seine politischen Interessen einzuspannen, ein Küsschen in der Öffentlichkeit, ein fingiertes Schäferstündchen in einem teuren Hotel. Dänemarks Topdiplomat unterwegs mit seiner Geliebten.

Du liebst ihn immer noch?

Nein, dieses Mal hatte ihre Mutter nicht recht.

Sie bummelte noch ein Stückchen weiter durch das Gassengewirr zwischen Altstädter Ring und Wenzelsplatz, wo sich Geschäfte mit böhmischem Glas, Juwelierläden und Boutiquen aneinanderreihten. Wieder wirkte die Architektur ausgesprochen harmonisch, alles passte zusammen - anders als in den alten Hansestädten Hamburg oder Bremen, wo die Wunden, die der Krieg geschlagen hatte, heute noch erkennbar waren, sobald man aus dem Bahnhof trat. Pavel hatte ihr auf dem Hradschin erzählt, dass es im Zweiten Weltkrieg auf Prag, das damals unter deutscher Zwangsherrschaft stand, nur wenige Luftangriffe gegeben hatte, Angriffe, die nicht vergleichbar waren mit dem Bombenhagel auf die deutschen Städte. Den historischen Kern hatten die Briten und Amerikaner bewusst ausgespart. Ja, alles passte zusammen, es störten keine Bausünden aus den fünfziger oder sechziger Jahren, hier war alles alt und gediegen, und auch das machte die besondere Atmosphäre dieser Stadt aus, dieser aufregenden Stadt.

Sie schlenderte noch ein Stückchen weiter und blieb vor einem Schuhgeschäft mit italienischen Modellen stehen.

Warum nicht?, dachte sie und ging hinein.

Und tatsächlich wäre sie beinahe schwach geworden und hätte sich ein paar rote Pumps mit hohen Absätzen gekauft, für die sie am *Neuen Wall* in Hamburg allerdings auch nicht mehr bezahlt hätte. Aber irgendetwas, nicht nur der Preis, hatte sie davon abgehalten, vielleicht war es der Blick auf das Regal mit den modischen Sneakers gewesen.

Vielleicht war es wirklich an der Zeit, sich von Laursens Diktat zu befreien und sich auch für unterwegs ein Paar bequemere Schuhe mit flachen Absätzen zu kaufen?

Doch das hatte Zeit bis morgen. Denn erst dann würde sie das Geschäft von Helena Klimová besuchen, und die Schuhe sollten schließlich zu den neuen Sachen, die sie dort zu finden hoffte, passen. Heute wurden dort, wie Pavel ihr noch rechtzeitig mitgeteilt hatte, Aufnahmen für ein Modemagazin gemacht.

Ja, sie würde ihren Stil ändern, sich jugendlicher kleiden und frecher frisieren, so ähnlich wie Marie, und auch wieder kürzere Röcke tragen. Schließlich war sie erst Ende dreißig. Kaum hatte sie diesen Gedanken gefasst, schon meldeten sich erste Bedenken. Was war los mit ihr? Sie war bisher gut zurechtgekommen mit ihrem Äußeren, lässig-elegant, wie Laursen es sie gelehrt hatte und wie auch Max es mochte. Wollte sie als Buchhändlerin oder als Dozentin an der Universität herumlaufen wie ein bunter Vogel, noch dazu als Frau im Fachbereich Politik? Was sollten Max und ihre Kunden von ihr denken, wenn sie plötzlich so ganz anders daherkäme? Pavel würde es gefallen. Der hatte ein Gespür für Mode.

Einen Versuch würde sie unternehmen morgen in Helenas Geschäft. Seit der Geburt der Kinder hatte sie sich nur wenige neue Sachen gekauft. Inzwischen könnte sie es sich wieder leisten, etwas mehr Geld für sich auszugeben.

Unversehens stand sie wieder vor der Buchhandlung, an der sie schon einmal vorbeigekommen war. Sie ging hinein und war fasziniert von der gediegenen Atmosphäre in den alten, hohen, ganz in dunklem Holz gehaltenen Räumen. Im Vergleich zu ihrem *Gemischtwarenladen*, wie Max ihr Geschäft manchmal nannte, war das hier ein Paradies für Bücherfreunde. Neben den gängigen Bestsellern gab es eine große Auswahl an deutschsprachiger, aber auch russischer Literatur und ein ganzes Regal Kafka. Dazu unzählige Bände über Kunst und Architektur. Auch Jonathan Franzens *Korrekturen* lagen bereits aus, wenn auch nicht auf Tschechisch. Für Max entdeckte sie ein schön illustriertes Bändchen zu Smetanas *Moldau* und für die Kinder ein Flughafen-Puzzle.

Schließlich entschied sie sich noch für einen kleinen Bildband über Kafka und Prag von einem tschechischen Verlag, den ihr eine der Verkäuferinnen empfohlen hatte.

Dann setzte sie sich in ein Café am Altstädter Ring und versuchte zu lesen. Doch sie konnte sich nicht darauf konzentrieren.

Da war zu viel Unruhe.

Nervös blätterte sie in dem Buch. Aber dann nahm eine der düsteren Aufnahmen aus der Zeit um 1900 sie doch noch gefangen. Es zeigte den massiven, kirchenähnlichen Bau der

Altneusynagoge in der Prager Josefstadt. Wie eine kleine Festung erhob sie sich zwischen den benachbarten Häusern und beherrschte den ganzen Bildraum. Zu Füßen des dunklen Gebäudes, ganz links im unteren Bildteil, entdeckte sie eine junge Frau an einem Brunnen, die Wasser, das vermutlich aus einer Leitung floss, in schimmernde Gefäße laufen ließ. Die Frau war in einen Streifen Tageslicht getaucht und wirkte ebenso winzig wie das fremdartige Brunnenhäuschen, das an einer verwitterten Mauer der Synagoge stand.

Von diesem Ort ging etwas Geheimnisvolles aus! Ob sich unter dem seltsam anmutenden Dach des Brunnenhäuschens wohl eine geweihte Quelle verbarg? Ob man damals, vor hundert Jahren, noch in den Brunnen hatte hinabsteigen können, um nach einer goldenen Kugel zu suchen?

Ein Lächeln fuhr ihr übers Gesicht. *Der Brunnen war tief, so tief, dass man keinen Grund sah.* Ihre Söhne liebten das Märchen vom Froschkönig, dabei interessierten sie sich besonders für den Brunnen. Wie tief er denn wohl wirklich gewesen sei und weshalb niemand von des Königs Leuten daran gedacht habe, ihn mit einer schweren Eichenplatte abzudecken so wie den alten Brunnen bei ihnen zu Hause im Garten. Immer und immer wieder musste Gesas Vater den Kindern dieses Märchen vorlesen.

Sollten etwa auch die Zwillinge mit dem Brunnenbauer-Gen geschlagen sein?

Schnell schloss sie das Buch und dachte zurück an ihr Geschäft in Barkenstedt. Die Idee, den Schreibwarenladen der alten Frau Schmidt zu übernehmen und zu einer Buchhandlung auszubauen, stammte von ihrem Bruder Stefan. Die Immobilie in der Bremer Straße befand sich ohnehin im Besitz der Familie, gleich nebenan war das Feinkostgeschäft, das ihre Mutter und Stefan betrieben, und dahinter neben dem Haus ihrer Eltern lag das Kutscherhaus, in dem sie jetzt gemeinsam mit Natalia und den Zwillingen lebte. Auf der anderen Straßenseite gab es einen *Aldi-Markt,* wovon sowohl die Buchhandlung als auch *Feinkost-Jakobsen* profitierten.

In den letzten zwanzig Jahren waren immer mehr Neubürger in den malerischen Ort an der Weser gezogen, der nun direkt im Speckgürtel von Bremen lag, darunter viele, die gut verdienten und gerne lasen, und auch deren Kinder benötigten allerhand Bücher und Schreibutensilien.

Harry Potter, Mankell, Pilcher. Und manchmal sogar Fjodor Michailowitsch Dostojewski.

Das Internet machte ihr noch wenig Konkurrenz.

Pass auf, dass du nicht wirst wie unsere Mutter, hatte ihr Bruder Heinrich bei seinem letzten Besuch zu bedenken gegeben. Margarethe hatte damals, als wir klein waren, auch nur das Geschäft im Kopf.

Unsinn, dachte sie. Ihre Kinder gingen ihr über alles.

Doch was war mit Max? Wie oft hatte sie ihm in letzter Zeit absagen müssen, wenn er sie spontan für ein paar Stunden nach Hamburg hatte einladen wollen?

Als sie ihren Latte Macchiato bei der missmutigen, jungen Kellnerin bezahlt hatte, verstand sie, was Pavel am letzten Abend gemeint hatte. Hier im Zentrum ihrer Stadt konnten die Prager vermutlich weder einkaufen noch Kaffee trinken gehen und deshalb hielten sich hier auch wohl so wenig Gäste auf, die tschechisch sprachen. Das hier war eine Zweitwelt für Fremde, ein Reservat für Touristen, aber immerhin brachte es Geld und Arbeitsplätze.

Auf einem kleinen Markt am Wenzelsplatz fand sie schließlich einen Stand mit Glasmalereien, die ihr gut gefielen und die wiederum recht günstig waren. Nachdem sie, Zuzanas Rat befolgend, überprüft hatte, dass die Ösen genau mittig saßen, erwarb sie gleich mehrere dieser bunten, mit ausgefallenen Blumenmotiven verzierten Glastäfelchen für die Fenster ihres Wohnwintergartens, wo Max und die Kinder sich bei schlechtem Wetter gerne aufhielten.

In die überfüllten Straßenbahnen hatte sie sich zunächst gar nicht hineingetraut, und erst nach mehreren vergeblichen Anläufen war es ihr gelungen, einen der begehrten Stehplätze zu erkämpfen.

Erst jetzt während des Feierabendverkehrs zeigte sich, was es bedeutete, dass in der Millionenstadt Prag nahezu das gesamte U-Bahn-Netz ausgefallen war. Es fuhren zwar zusätzliche Busse und Bahnen, doch das reichte bei Weitem nicht aus, die vom Hochwasser überflutete Metro zu ersetzen. Dennoch lief alles einigermaßen geordnet ab. Die Prager wussten erstaunlich ruhig umzugehen mit der ungewöhnlichen Situation, die nun schon einige Wochen andauerte. Sie war froh, dass sie keine Einkäufe dabei hatte, denn wo hätte sie hinsollen mit Schuhkartons und Einkaufstaschen in diesem Gedränge.

Vielleicht wäre es doch besser gewesen, das Taxi zu nehmen, denn in der Straßenbahn standen die Menschen so dicht an dicht gedrängt, dass sie befürchtete, nicht rechtzeitig aussteigen zu können. Auch die Durchsagen konnte sie nicht richtig verstehen. Doch als die Station *Palmowka* angekündigt wurde, wusste sie, dass sie auf dem richtigen Weg war, und es gelang ihr dann doch, die Bahn rechtzeitig zu verlassen.

Später im Bus gab es sogar einen Sitzplatz.

Viel hatte sie nicht sehen können auf ihrem Heimweg ins Hotel, nur manchmal hatte sie an den Köpfen der Mitfahrenden vorbei einen Blick aus dem Fenster werfen können. In einem der tiefer gelegenen Viertel nahe der Moldau waren die Menschen auch Wochen nach der Flut noch dabei, Häuser und Geschäfte zu entrümpeln, und an vielen Gebäuden hatte man bis ein Meter Höhe den Putz abgeschlagen. Auf freien Flächen in Flussnähe waren Sammelplätze für Bauschutt und zerstörten Hausrat eingerichtet worden, und erst jetzt, da sie dies alles mit eigenen Augen sah, diese Berge von unbrauchbar gewordenen Möbeln, erfasste sie allmählich das Ausmaß der Flutkatastrophe.

20.

Auf dem Tisch im Salon standen rosa Dahlien und jemand, vermutlich Marie, hatte auch neue Getränke und Gebäck aufs Zimmer gebracht.

Zuzana wartete bereits auf ihren Anruf.

„Haben Sie schon etwas erreicht?"

„Wir könnten uns heute Abend mit ihm bei Petre treffen. Ich habe ihm die Gedichte gezeigt, die in das Männerhalstuch eingewickelt waren, und nun möchte er gerne wissen, woher sie stammen."

Die Romni schien überrascht zu sein.

„Heute Abend habe ich nur wenig Zeit. Wann sind Sie mit ihm verabredet?"

„Er muss noch arbeiten und meldet sich, sobald er zurück ist."

„Vielleicht klappt es ja morgen Abend."

Gesa wunderte sich über diese Reaktion. Auf einmal schien die Romni es gar nicht mehr eilig zu haben, ihrem Sohn zu begegnen.

„Kommen Sie vorher noch bei mir vorbei, oder haben Sie es sich anders überlegt? "

„Ich bin neugierig auf Ihre Geschichte", gestand Gesa ein.

„In einer halben Stunde bin ich bei Ihnen."

„Ob Sie mir wohl bis morgen ein Paar Ihrer eleganten Schuhe leihen könnten, die hellbraunen aus dem Zug?"

Natürlich könnte sie die Schuhe für einen Abend entbehren, sie fragte sich allerdings, wie diese italienischen Designermodelle wohl zu Zuzana Farkasz` farbenfroher Kleidung passen mochten.

Immer, wenn Margarete sie mit „Gesa, Kind" anredete, stimmte etwas nicht.

„Ist etwas mit den Zwillingen?"

In der Buchhandlung sei alles in Ordnung. Von Frau Weiß solle sie ihr ausrichten, dass die Schüler fleißig Bücher bestellten für die Zeit nach den Ferien und auch die neuen Duden eingetroffen seien.

Schließlich rückte Margarethe damit heraus, dass Jan beim Eis essen in Bremerhaven von einer Wespe gestochen worden war, sein Arm war dick angeschwollen, deshalb sei eine der Kindergärtnerinnen gleich mit ihm ins Krankenhaus gefahren. Sie müsse sich aber keine Sorgen machen, es sei kein allergischer Schock gewesen, und inzwischen sei von der Schwellung fast nichts mehr zu sehen. Er liege bereits nebenan im Kutscherhaus im Bett und schlafe.

„Natalia passt auf ihn auf!"

Erleichtert atmete Gesa durch. Aber eigentlich hätte sie jetzt bei ihren Kindern in Barkenstedt sein müssen.

„Danke, Mutter", sagte sie. „Und es ist wirklich alles in Ordnung?"

„Mach dir keine Sorgen, Gesa. Du hast dir ein paar Tage Urlaub verdient."

„Onkel Heinrich war gestern hier", meldete sich im Hintergrund eine Kinderstimme.

„Was macht mein Bruder Heinrich in Barkenstedt? Ich dachte, er ist in Norwegen?"

„Er ist schon wieder abgereist", entgegnete ihre Mutter und wechselte sofort das Thema. „Und wie geht es dir? Hast du ihn schon getroffen?"

„Morgen Nachmittag", sagte Gesa ins Blaue hinein, da immer noch kein genauer Termin feststand, und ihre Mutter ging zum Glück nicht weiter darauf ein.

„Felix möchte dir noch gute Nacht sagen." Margarethe schien fast erleichtert, dass sie das Telefon weiterreichen konnte.

Gesa verspürte ein flaues Gefühl im Magen. Vermutlich hatte sie zu wenig gegessen und war jetzt unterzuckert, obwohl das mächtige Stück Mohnkuchen eigentlich hätte reichen müssen.

Sie nahm den Rest des Baguettes, das sie am Morgen auf dem Markt gekauft hatte, und biss hinein. Es schmeckte immer noch frisch und es tat ihr gut.

Aber mit ihrem Nacken stimmte irgendetwas nicht. Hoffentlich hatte sie sich nicht verkühlt.

Bevor sie ihr Zimmer verließ, vergewisserte sie sich, dass Zuzanas Dokumente sich noch an ihrem Platz befanden. Dann packte sie die Pumps in einen Plastikbeutel und steckte sie in ihre Umhängetasche.

In den Neubau und ins Internet würde sie heute nicht kommen, denn der tschechische Bus hatte vorhin bereits wieder vor dem Hotel gestanden. Die geheimnisvollen Gäste waren früher als erwartet zurückgekommen.

Da die Pension keinen separaten Eingang besaß, wollte sie sich in der Gaststube nach Zuzana erkundigen.

An der Theke unterhielten sich einige ältere Männer beim Bier, die ihr aber nicht weiterhelfen konnten, da sie kein Deutsch verstanden. Aus dem angrenzenden Saal, dessen Türen ausgehängt waren, drang laute Rockmusik, dort entdeckte sie an einem Billardtisch eine Gruppe Jugendlicher aus Maries Hotel, die hier anscheinend ihre Freizeit verbrachten. Hier fand sie auch den Wirt, einen bulligen, kahlköpfigen Mann in einem grünen Overall, der damit beschäftigt war, die Bühne auszuleuchten. Einer der deutschen Schüler, ein Junge mit auffällig gelb gefärbten Haaren, half ihm dabei. Als der Mann, er mochte in Zuzanas Alter sein, Gesa bemerkte, stieg er von der Leiter herunter und bewegte sich vergnügt im Takt der hämmernden Rhythmen auf sie zu. Er grüßte auf Tschechisch, wechselte aber sofort ins Deutsche, als sie sich bei ihm nach der Romni erkundigte.

„Sie sind also der geheimnisvolle Gast, den Zuzana erwartet. Sie hat schon Gläser und eine Flasche Wein mit aufs Zimmer genommen. Ich hätte eher auf Herrenbesuch getippt, denn sie hat sich heute besonders schön zurechtgemacht." Er gab ihr die Hand. „Petre Novak, ein alter Bekannter von Zuzana. Ich betreibe diesen Club."

„Gesa Jakobsen aus Bremen."

„Werder Bremen", meinte er anerkennend und musterte sie etwas genauer. „Wir bereiten gerade alles für das Konzert vor. Morgen Abend spielt hier eine bekannte tschechische Jazzkapelle. Die Musiker haben ihre Wurzeln in diesem Club und wollen unser Benefizkonzert für Karlín unterstützen."

„Ich glaube, da bin ich heute mit der Straßenbahn durchgekommen."

„Fahren die Bahnen schon wieder? In Karlín hat die Moldau mehr als tausend Häuser überschwemmt, und weil einige Gebäude inzwischen sogar eingestürzt sind, trauen sich die Menschen nicht wieder in ihr altes Viertel zurück. Wir wollen ihnen Mut machen, es noch einmal zu versuchen, denn es wäre schade, wenn dieser lebendige Stadtteil nicht wieder auf die Beine käme. Wir sind schon fast ausverkauft. Das Konzert beginnt schon um sechs, wir dürfen unter der Woche nicht länger als bis zehn Uhr Live-Musik machen."

Sie wusste nicht, ob sie dann Zeit haben würde, aber das Engagement dieses Mannes gefiel ihr, und da sie ohnehin vorgehabt hatte, etwas für die Flutopfer zu spenden, hielt sie ihm einen Fünfzig-Euro–Schein hin.

„Könnten Sie mir einen Tisch reservieren und Karten für drei Personen zurücklegen?"

„Zuzana hat schon alles geregelt", meinte der Tscheche mit einem verschmitzten Lächeln, das sie irgendwie an Pavel erinnerte, und sie fragte sich, ob er vielleicht der unbekannte Vater sein könnte. Wie ein Zigeuner sah er nicht aus.

Nachdem er ihre Spende dankend entgegengenommen hatte, führte er sie über einen düsteren Flur in den hinteren Teil des Gebäudes zu einer schmalen Holztreppe und erklärte ihr, dass sie Zuzanas Zimmer im zweiten Stock am Ende des Ganges finden würde.

21.

Schon wieder hatte die Romni eine Überraschung parat. Es verschlug ihr fast die Sprache, denn die Frau, die da in der Tür zu einer kleinen Dachkammer vor ihr stand, war nicht wiederzuerkennen! Sie hatte sich von ihren langen, schwarzen Haaren getrennt und sich einen klassischen Bob machen lassen. Auch die Farbe war anders, dunkelbraun mit feinen grauen Strähnen, was ihr gut zu Gesicht stand und ihre Züge weicher und jünger wirken ließ. Dazu trug sie eine gut sitzende, kamelfarbige Hose und einen schlichten, schwarzen Pullover mit einem aparten Ausschnitt. Ihren schlanken Hals zierte eine Perlenkette und das Gesicht war nur noch dezent geschminkt.

„Ob man mich wohl so nach England lässt?"

„Mir fehlen die Worte. Sie sehen aus wie eine indische Lady auf dem Weg zu ihrem Anlageberater."

Vorsichtig, um die andere nicht zu kränken, deutete Gesa auf die rosa Lackstiefeletten, die Zuzana schon im Zug getragen hatte.

„Deshalb habe ich Sie gebeten, mir ein Paar Schuhe zu leihen."

„Sie sind die reinste Verwandlungskünstlerin. Welche ist denn nun die richtige Zuzana? Die aus dem Zug, die vom Markt oder die Frau, die jetzt vor mir steht?"

„Die aus dem Zug gefällt den Menschen hier nicht. In den letzten Jahren sind viele Roma aus Angst vor den neuen Nazis zu Verwandten nach Irland oder England gezogen. Auch ich verlasse dieses Land."

„Pavel hat mir von der schwierigen Situation der Roma erzählt", bemerkte Gesa nachdenklich. „Haben Sie sich für ihn so besonders zurechtgemacht?"

„Es ist auch wegen der Flughafenkontrollen. Die Briten sortieren uns schon in Prag aus, diejenigen, die ihnen zu fremdländisch oder zu ärmlich erscheinen, dürfen erst gar nicht ins Flugzeug. Das soll mir am Freitag, wenn ich zu meiner Tochter Mila nach England reise, nicht geschehen. Sie lebt schon seit 1990 in London, ist Ingenieurin und betreibt mit ihrem Mann, einem Pakistani, ein Vermessungsbüro. Sie hat mir übrigens auch die Kleider geschickt, die ich jetzt trage, sowie passende Schuhe, die ich aber in Karlsbad in meiner alten Wohnung vergessen habe. Ich habe dort viele Jahre als Porzellanmalerin gearbeitet, in der Manufaktur."

Das erklärte einiges, entsprach aber so gar nicht den Vorstellungen, die Gesa sich bisher von der Frau gemacht hatte.

„Und wer waren die jungen Männer im Zug?"

„Meine Großneffen, meine Bodyguards. Mit meinen Papieren ist soweit alles in Ordnung", versicherte Zuzana und zeigte ihr ihren Pass, der schon die ganze Zeit griffbereit auf dem Tisch gelegen hatte.

„Müsste es nicht eigentlich Farkašová heißen statt Farkasz?", wagte Gesa einzuwenden.

„Damit jeder sofort weiß, woher ich komme?", gab die andere zu bedenken. „Das Visum besitze ich schon seit vier Wochen. Pavels Vater hat es mir besorgt."

Jetzt sah die Frau sie erwartungsvoll an und wieder fehlten Gesa die Worte.

„Er lebt im Westen. Mehr möchte ich dazu noch nicht sagen, bevor ich mit Pavel über ihn gesprochen habe."

Vater unbekannt hatte in der Geburtsurkunde gestanden. Genau wie bei Jan und Felix.

„Der Mann hat Sie verlassen", entfuhr es Gesa und sofort bereute sie es, einfach so von sich auf die andere geschlossen zu haben. Höchste Zeit, sich ihren eigenen Problemen zu stellen.

Die Romni senkte den Kopf und begann in ihrer eleganten, cremefarbenen Handtasche zu kramen, die neben ihr auf dem durchgesessenen Sofa lag.

„Entschuldigen Sie, Zuzana, ich wollte Sie nicht verletzten."

„Was meinen Sie, wie wird Pavel es aufnehmen, wenn er erfährt, dass seine Mutter eine Romni ist?"

„Ich weiß nicht so recht. Ganz einfach wird es wohl nicht werden. Und wie er darauf reagieren wird, dass Sie ihm so lange die Wahrheit verschwiegen haben, müssen Sie selbst herausfinden."

„Es waren schwierige Zeiten, damals, 1969 nach dem Prager Frühling", bemerkte die andere, während sie aufstand, um eine Flasche Wein von der Fensterbank zu holen.

Sie schenkte ihnen beiden ein Gläschen ein und bot Gesa eine der unverzollten Zigaretten an.

„Was ich Ihnen jetzt erzähle, dürfen Sie Pavel gerne weitererzählen."

Wieder schob die Romni ihr die Verantwortung zu. Doch Gesa hielt sich zurück und ließ sie weiterreden.

„Sie sind Deutsche, Sie wissen Bescheid. Bis auf eine Tante sind damals alle Verwandten meiner Mutter im Zigeunerlager von Auschwitz-Birkenau umgekommen. Die Familie meines Vaters war in der Slowakei ansässig, wo die Roma nicht ganz so konsequent verfolgt wurden wie in Böhmen und Mähren. So haben meine Eltern die Arbeitslager überlebt. Ich bin erst nach dem Krieg geboren. Wir haben dann später in der Nähe von Bratislava gewohnt, aber die meiste Zeit sind wir herumgezogen. Mein Vater machte gemeinsam mit seinen Brüdern Musik auf den Festen der Weißen. Es war ein schönes, freies Leben. Die größte Ehre gebührt dem Musiker."

Gesa nickte der anderen einvernehmlich zu.

„Doch die Kommunisten sahen das anders. Nicht dass sie uns verfolgen wie die Nazis, ich glaube, sie meinten es sogar gut mit uns, aber sie wollten alles unter Kontrolle haben. Deshalb verboten sie uns, übers Land zu ziehen und nahmen uns die Pferde weg. Die Pferde, die uns heilig waren!"

Sie schüttelte den Kopf, als könnte sie es immer noch nicht verstehen.

„Mein Vater musste dann in einer Futtermittelfabrik arbeiten und meine Mutter in der Kantine des Betriebs Teller spülen. Dafür bekamen wir eine Wohnung mit Strom und fließendem Wasser in einem hässlichen Betonbau, wo auch *Gadjes* wohnten, die uns immerzu Vorschriften machten. Die erste Zeit sind wir Kinder, ich habe noch zwei ältere Brüder, brav zur Schule gegangen, aber die Lehrer der Weißen hielten uns für dumm und die Mitschüler zeigten mit dem Finger auf uns."

Daran, das hatte sie vor kurzem gelesen, hatte sich bis heute nichts geändert. Die meisten Roma-Kinder mussten Sonderschulen besuchen und lernten weder richtig Schreiben noch Lesen.

„Da mein Vater mit Leib und Seele Musiker war, kam er mit der neuen Situation überhaupt nicht zurecht. Er begann zu trinken, ging nicht mehr zur Arbeit, und meine Mutter wurde immer trauriger, sie vermisste wohl auch die Natur. Wir bekamen zwar Geld vom Staat, aber das reichte kaum für das Nötigste. Anfang der sechziger Jahre starb mein Vater und kurze Zeit danach auch meine Mutter."

„Und Sie standen ganz alleine da."

„Gegen den Widerstand der Brüder meines Vaters kamen wir Kinder nach Prag zu der Verwandten meiner Mutter, die die Verfolgung durch die Nazis überlebt hatte. Diese Tante besaß ein Haus an der Kleinseite und von ihr habe ich später auch den Goldschmuck geerbt, den Sie im Zug bestaunt haben und der es mir ermöglichen wird, in England zu leben. Sie sorgte dafür, dass meine Brüder eine gute Schule für Weiße besuchten und eine Musikausbildung erhielten. Sie war eine kluge Frau und besaß heilende Hände. Unter ihren Patienten befanden sich auch hohe Funktionäre der Kommunistischen Partei und so fehlte es in unserem Haushalt an nichts."

Auf einmal hielt die Frau inne.

„Was ist mit Ihren Händen, Gesa?"

Aus dem Nichts heraus stellte die andere ihr diese Frage? Wie sie wohl darauf gekommen sein mochte?

Und dann traf sie völlig unvermittelt wieder dieser seltsame Blick, der sie schon im Zug so verunsichert hatte. Lange würde sie dem nicht mehr standhalten können. Die Frau besaß die Gabe, andere Menschen in ihren Bann zu ziehen.

Sie ließ einen Augenblick verstreichen, bevor sie antwortete, doch dieses Mal hatte sie keine Bedenken, von ihrem Wassergespür zu erzählen. Die andere würde es verstehen.

„Ich kann Wasser finden."

„Das können viele. Ist das alles?"

„Das ist alles!"

Mehr brauchte Zuzana nicht darüber zu wissen.

„Damit könnte man Geld verdienen", gab sie zu bedenken.

Das war Gesa bekannt. So manches schöne Präsent hatte sie als junges Mädchen erhalten, wenn sie unter dem Bett einer älteren Dame eine Wasserader aufgespürt und durch einen geschlossenen Kupferring besänftigt hatte.

„Ich habe mich also nicht getäuscht. Ihre Hände sind mir gleich im Zug aufgefallen", lächelte die andere zufrieden und entschuldigte sich für einen Moment.

Gesa schloss die Augen und versuchte sich kurz zu entspannen, bevor die Frau zurückkam.

22.

„Wo waren wir stehen geblieben mit meiner Geschichte."

„Nach dem Tod Ihrer Eltern sind Sie zu einer Tante nach Prag gekommen", nahm Gesa den Faden wieder auf.

„Ich wurde dann ziemlich bald verheiratet, mit einem Mann, der aus einer berühmten Musikerfamilie stammte. *Alter Böhmischer Zigeuneradel,* deshalb hat meine Tante diese Ehe auch wohl eingefädelt. Doch er entpuppte sich als Schürzenjäger und Herumtreiber und ich war froh, als er sich nach Österreich absetzte. Ich war achtzehn und wir hatten eine kleine Tochter. Mila. In unserem Volk galt die Verbindung zwischen Mann und Frau als unauflöslich, auch wenn man nicht standesamtlich verheiratet war. Inzwischen haben sich die Zeiten geändert, doch damals war es eine große Schande, wenn die Ehe zerbrach und meistens wurde die Frau dafür verantwortlich gemacht."

„Das war Mitte der sechziger Jahre in Deutschland auch nicht viel anders", meinte Gesa.

„Die Sitten unseres Volkes waren wesentlich strenger als die der *Gadjes,* der Weißen. Aber meine Tante hat mich nicht verstoßen, sondern mich und meine kleine Tochter bei sich aufgenommen. Wäre es ein Sohn gewesen, hätte die Familie meines Mannes darauf bestanden, das Kind zu sich zu nehmen."

Zuzana trank noch einen Schluck von dem Wein.

„Ich habe dann in Prag mit meinen Brüdern Musik gemacht. Von unserem Vater kannten wir viele Lieder über die Liebe und das Leid. Meine Brüder arrangierten die Titel neu und so entstand unser Blues. In den sechziger Jahren war es noch etwas Besonderes, dass eine Frau in einer Zigeunerkapelle auftrat, doch das Publikum fand Gefallen an mir und meiner dunklen Stimme, so dass wir in den Musikclubs und Devisenhotels, wo wir auftraten, schon bald als Geheimtipp galten."

„Singen Sie heute nicht mehr? Sie haben immer noch eine interessante Stimme."

„Das kann Vera Bila besser als ich. Sie ist eine berühmte Sängerin, eine von uns, die es geschafft hat. Aber zurück zu damals. Es lag plötzlich so viel Hoffnung in der Luft. Unsere Platten verkauften sich gut und wir hatten sogar Angebote aus dem nichtsozialistischen Ausland. Es war die Zeit, die man später den Prager Frühling nannte und da begegnete mir meine große Liebe."

Zuzanas Augen strahlten.

„Er kam aus dem Westen, war Geheimnisträger und suchte Kontakt zu Dissidenten, darunter auch Frantisek Klima. Das sollte uns allen später zum Verhängnis werden."

Gesas Handy vibrierte in ihrer Jackentasche.

„Entschuldigen Sie, dass ich Sie gerade jetzt unterbreche, aber ich bekomme einen Anruf."

„Das macht nichts, über alles andere muss ich ohnehin erst mit Pavel reden."

Gesa nahm ihr Telefon aus der Tasche, sah auf die Anzeige und meldete sich sofort.

„Pavel?", flüsterte Zuzana.

Sie nickte.

„Ich habe nur noch wenig Zeit."

Er war gerade aus Karlstein zurück und freute sich, dass sie nicht, wie Alzbeta behauptete hatte, gleich wieder in die Stadt gefahren war. In einer Viertelstunde würde er bei ihnen sein können.

In die Stadt zurückgefahren? Wie kam Alzbeta nur darauf? Dabei hatte Gesa sie ausdrücklich gebeten, ihm auszurichten, dass sie bei Petre mit einer Bekannten auf ihn warte.

Kaum war das Gespräch beendet, meldete sich ihr anderes Handy. Das konnte nur Laursen sein.

„Ich müsste ein dringendes Telefonat führen, Zuzana."

„Auf dem Flur vor meinem Zimmer sind Sie ungestört, hier oben wohnt sonst niemand."

Laursen stand unter Termindruck.

„Ich bin noch in Krakau. Die Verhandlungen mit den Polen gestalten sich zäher als erwartet."

Dieses Mal würde sie sich nicht wieder abspeisen lassen.

„Ich muss etwas Wichtiges mit dir besprechen, Erik. Nur deshalb bin ich nach Prag gekommen."

Er konnte oder wollte nicht offen reden. „Es tut mir leid, min kaereste, aber ich habe morgen nur wenig Zeit. Wir treffen uns am Nachmittag in der Nationalbibliothek, den genauen Termin gebe ich dir noch durch, aber du brauchst dich nicht besonders herauszuputzen, wir gehen nicht in die Oper."

Oper?

„Donnerstag habe ich mehr Zeit. Könntest du bis dahin in dem Hotel, das Barbora für dich ausgesucht hat, wohnen bleiben? Oder möchtest du vielleicht abreisen? Ich könnte dir noch für morgen Vormittag einen Flug besorgen."

Abreisen? Was hatte das zu bedeuten? Und plötzlich war sogar ein Flug zu bekommen, so kurzfristig!

Inzwischen kam es ihr fast so vor, als würde er ihr bewusst ausweichen, als wollte er ihr nicht begegnen. Dabei hatte er so darauf gedrängt, dass sie nach Prag kam.

Das war eine Warnung, schaltete sich ihr Verstand ein. Du solltest auf ihn hören und deine Koffer packen. Das andere ließe sich zur Not auch schriftlich regeln.

Abreisen? Ohne mit ihm über die Zwillinge gesprochen zu haben?

Nein, diese Blöße würde sie sich nicht geben. Diese Angelegenheit musste sie Aug in Auge mit ihm klären, das war sie ihren beiden kleinen Kindern, die sie allein in Barkenstedt zurückgelassen hatte, schuldig.

„Schlechte Nachrichten?", meinte Zuzana, als sie zurückkam.

War ihr die Enttäuschung so offen vom Gesicht abzulesen?

„Wie man`s nimmt", meinte sie leise. „Ich gehe schon mal nach unten und warte auf Pavel."

„Und ich mache mich für meine Verabredung fertig und komme dann nach. Haben Sie morgen früh noch etwas Zeit? Ich müsste noch etwas mit Ihnen besprechen - und ich muss Ihnen ja auch die teuren Schuhe zurückgeben."

Sie erklärte sich mit allem einverstanden und war froh, dass Zuzana nicht weiter nachgehakt hatte.

23.

Sie hatte sich in eine Ecke verkrochen, die von den anderen nicht so leicht einzusehen war, und wartete auf Pavel und Zuzana.

Entgegen ihrer Gewohnheit bestellte sie sich noch einen Kaffee, obwohl sie wusste, dass sie Schwierigkeiten mit dem Einschlafen bekommen würde.

Immerhin machte die Bierstube einen gemütlichen Eindruck, Petre und seine Helfer hatten die Türen zum Saal wieder eingehängt, auf Gesas Tisch brannte eine Kerze und im Hintergrund bot Leonhard Cohen seiner Liebsten einen Wiener Walzer an, ein düsteres, schwermütiges Lied.

„Heute Abend kommt die Musik aus der Steckdose", meinte der Wirt, als er ihr den Kaffee sowie ein großes Glas Rotwein brachte. „Auf Kosten des Hauses, Frau Jakobsen."

Wie sollte sie das bewältigen mit ihrem nervösen Magen?

In der Gaststube waren jetzt fast alle Tische besetzt, man spielte Karten, vielleicht ein kleines Turnier, und auch an der Theke hielten sich Gäste auf. Es waren ausschließlich Männer. Sie hatten kurz aufgeschaut, als Gesa den Raum betreten hatte, und, nachdem sie mit einem Kopfnicken gegrüßt hatte, sich sofort wieder ihren Karten zugewandt.

Sie tippte auf Monteure, die nebenan bei Marie wohnten und sich hier bei Petre auf ein frisch gezapftes böhmisches Bier trafen. Nur einer der Gäste, der allein an einem Tisch saß und sich mit seiner Zeitung ebenfalls in eine Ecke zurückgezogen hatte, passte überhaupt nicht hierher. Er war viel zu smart. Und viel zu gut gekleidet. Was machte der hier?

Er hatte eine starke Erkältung, denn nun hustete er laut und schnäuzte sich heftig die Nase.

Sie dachte an den blauen Audi, der ihnen am Morgen gefolgt war. Das könnte tatsächlich einer von Laursens Leuten sein.

Aber vielleicht täuschte sie sich ja auch in dem Mann und er war ebenfalls ein Monteur oder ein Handelsvertreter. Alkohol trank er nicht.

Erik Laursen. Wenn die Kinder ihm nur nicht so ähnlich sähen!

Es würde nicht leicht werden, ihn aus ihren Gedanken zu verdrängen, er würde auf die eine oder andere Weise wohl immer ein Teil ihres Lebens bleiben. Aber so wie bisher konnte es nicht weitergehen. Wenn sie nur endlich mit ihm reden könnte.

Sie spürte, wie sie zunehmend unruhiger wurde.

Immer noch fröstelte sie. Es war nicht besonders warm in der Gaststube, hoffentlich erkältete sie sich nicht auch.

Endlich war Pavel da. Hektisch stand sie auf und winkte ihm zu, er sollte nicht lange nach ihr suchen müssen. Auch er schien sich zu freuen, sie zu sehen, denn kaum hatte er sie entdeckt, kam er auf sie zugeeilt und wäre fast hingeschlagen, weil er über eines der Kabel gestolpert war, das wohl nicht fachgerecht befestigt worden war. Nachdem er seine Kleidung in Ordnung gebracht hatte, umarmte er sie freundschaftlich und küsste sie sanft auf die Wange. Für einen Moment schmiegte sie sich an ihn.

„Ich würde gerne noch etwas so verweilen", sagte er und ließ sie schmunzelnd los. Doch im selben Moment schien er es sich anders überlegt zu haben, und schon hatte er Haltung angenommen und verbeugte sich vor ihr.

„Lass uns ein Tänzchen wagen, Gesa."

Nun fühlte sie dann doch etwas überrumpelt, ihr war nicht nach Tanzen zumute und sie deutete auf die anderen Gäste.

„Keine Angst, ich habe den Männern noch heute Morgen das Frühstück serviert und die Musik von Queen ist unverfänglich", versuchte er ihr Mut zu machen.

Warum eigentlich nicht?, dachte sie. Schließlich waren sie in Prag und nicht in Bremen und vielleicht brachte es sie auf andere Gedanken.

Und schon führte er sie zu der freien Fläche zwischen Eingang und Tresen.

Zunächst hatte sie Schwierigkeiten, den Takt zu halten, er tanzte so ganz anders als Max, der noch die klassischen Gesellschaftstänze beherrschte und Wert auf die richtige Schrittfolge legte.

„Nicht so steif", sagte Pavel leise und zog sie noch etwas enger an sich. Sie spürte seine Erregung und ihr lief ein Schauer über den Rücken.

„Lass dich einfach von mir führen."

„Nicht so eng", gab sie unsicher zurück und sofort lockerte er seinen Griff.

Sie wusste, dass sie keine besonders gute Tänzerin war und auf einmal erinnerte sie sich an das letzte Sommerfest, wo Max mit seiner Juniorpartnerin Bekker regelrecht über die Tanzfläche geschwebt war.

„Oder brauchst du vorher einen Joint?"

Nun musste sie lachen und nachdem er ihr noch einen Stups auf die Hüfte gegeben hatte, konnte sie ihm und dem Rhythmus der Musik folgen, als wäre es das Natürlichste auf der Welt.

Er war ein einfühlsamer, umsichtiger Tänzer und sie genoss es, sich nach den melodischen Klängen von Sting in seinem Armen zu wiegen.

Sie wurde immer mutiger.

Er roch so gut.

„Ich will dich", flüsterte er ihr plötzlich ins Ohr und zog sie wieder ganz eng an sich. Sie spürte, wie ihr Körper ihm antwortete.

Vor all diesen Männern!

„Lass das, Pavel!", fuhr sie ihn an und versuchte auf Abstand zu gehen, doch noch ließ er sie nicht los, und noch während sie tanzten, gab er dem Wirt ein Zeichen, und plötzlich erklangen ganz andere Töne aus den Boxen.

Kiss!

Nach diesen Rhythmen konnte sie unmöglich tanzen, noch dazu der mehr als zweideutige Text von Prince.

Wie konnte er ihr das antun?

Er grinste.

Mit einem Ruck löste sie sich aus seinen Armen und trat zurück an den Tresen, als müsste sie sich festhalten.

Doch er machte keine Anstalten aufzuhören und tanzte lachend mit wilden, abgehackten Verrenkungen alleine weiter, fast so wie Prince in dem berühmten Video oder Julia Roberts in *Pretty Woman*.

Die Monteure johlten.

Schließlich warf er sich vor ihr auf die Knie, umfasste ihre Jeans bekleideten Beine und bat sie laut um ihre Extra-Zeit und ihren Kuss.

Wer konnte da widerstehen!

Lachend beugte sie sich zu ihm hinunter und gab ihm mit gespitzten Lippen einen Kinderkuss auf den Mund.

Pfiffe und Applaus ertönten.

„Bravo Pavel", riefen die Monteure und prosteten ihm zu, während er aufstand und lässig die Hand zum Gruß erhob.

Auch der Smarte mit der Erkältung schien sie beide die ganze Zeit beobachtet zu haben und schenkte ihnen ein, wenn auch etwas verkniffenes Lächeln.

Pavel verbeugte sich noch einmal vor ihr, reichte ihr den Arm und führte sie zurück an ihren Platz.

„Dieser alte Song von Prince ist genial, nicht wahr?", sagte er, als wäre sonst nichts gewesen, und sie senkte ihren Blick.

„Sie sahen so traurig aus, und auch ich konnte etwas Aufmunterung gebrauchen. Hoffentlich sind Sie mir nicht böse."

Nein, sie war ihm nicht böse.

„Jetzt ist mir richtig warm geworden", sagte sie und er nahm ihre Hand und sah ihr tief in die Augen. Dieses Mal erwiderte sie seinen Blick und zog auch die Hand nicht gleich zurück.

Du spielst mit dem Feuer!

Und wenn schon, dachte sie und wunderte sich über sich selbst.

Inzwischen hatte Petre ein ruhiges Instrumentalstück aufgelegt.

Immer noch sah Pavel ihr direkt in die Augen.

„Du bist nicht die beste Tänzerin, Gesa."

„Danke für das Kompliment."

„Aber du lässt dich gut führen."

Ruckartig zog sie die Hand zurück. Das waren buchstabengetreu die Worte, die Max auf dem Sommerfest beim Tanzen zu ihr gesagt hatte.

Augenblicklich schlug die Stimmung um.

Ihm schien nicht entgangen zu sein, dass er in ein Fettnäpfchen getreten war.

„Hatten Sie einen schönen Nachmittag?", wechselte er sofort das Thema.

Nun tat auch sie, als wäre nichts weiter gewesen, erzählte ihm von ihrem Einkaufsbummel und schwärmte von den prachtvollen historischen Bauten am Altstädter Ring.

„Es ist einer der schönsten Plätze der Welt", meinte er zufrieden und dann erkundigte er sich nach der Romni.

Er wusste inzwischen, dass das Gedicht, das sie ihm am Nachmittag gegeben hatte, von Eduard Mörike stammte, hatte sich den Text aber noch nicht ausdrucken lassen können. Sie gab ihm nun auch die anderen Blätter, nur das Männerhalstuch hielt sie noch zurück. Er überflog die Texte mit einem Stirnrunzeln, äußerte sich aber nicht weiter dazu.

Sie sah auf ihre neue Uhr. „Ich wundere mich, wo sie so lange bleibt.

„Vielleicht traut sie sich nicht in die Bierstube hinein."

Sorgfältig faltete er die Gedichte wieder zusammen.

„Wie war Ihr Interview?"

„Seltsam, ausgesprochen seltsam. Richardsen war nicht allein. Johan Bruni, ein ranghoher NATO-Offizier aus Oslo, war bei ihm und die beiden wollten zunächst gar nicht mir reden. Da sei ihrer Pressestelle offenbar ein Fehler unterlaufen. Sie seien ausschließlich zum Golfspielen in Karlstein und legten Wert darauf, dass ihre Privatsphäre gewahrt bleibe. Schließlich haben wir noch kurz über die EU-Osterweiterung gesprochen, sie wollten wissen, was ich davon halte, doch über die Zukunft der NATO wollten sie partout nicht reden. Das mit dem Baltikum habe die Redaktion wohl missverstanden. Ich habe den beiden kein Wort geglaubt. Schade um die verlorene Zeit. "

„Was werden Sie tun?"

„Natürlich werde ich darüber berichten, dass die beiden in Prag sind. Das dürfte den einen oder anderen interessieren."

Sie zog die Stirn in Falten. „Ich würde mir das noch einmal überlegen, Pavel. Vielleicht sind sie ja wirklich nur zum Golfspielen hier."

„Das glauben Sie doch selbst nicht?"

Weshalb die beiden ihn wohl nach Karlstein gelockt hatten? Es war gewiss kein Versehen gewesen. Sollte etwa doch einer von ihnen sein Vater sein? Richardsen, der überkorrekte Brite, kam dafür nicht in Frage. Bruni war einiges zuzutrauen. Er war ein paar Jahre jünger als Richardsen, ein großer attraktiver Mann, ein Mann, der an keinem Rock vorbeigehen konnte, aber Zuzana war so gar nicht der Typ Frau, den er gemeinhin bevorzugte.

24.

„Sie beide scheinen sich ja gut zu amüsieren", stand plötzlich Zuzana Farkasz vor ihnen. „Ich habe vorhin schon einmal vorbeigeschaut und Ihre Tanzeinlage verfolgt." Sie ließ nicht erkennen, ob es ihr gefallen hatte.

Zwar hatte Gesa Pavel erzählt, dass die Romni vorhabe, nach England auszuwandern, auf deren wundersame äußere Wandlung war sie nicht eingegangen, kannte er die Frau, wenn

100

überhaupt, ja ohnehin nur flüchtig vom Markt. Die Ähnlichkeit zwischen den beiden war tatsächlich nicht zu übersehen.

„Das ist Zuzana Farkasz", wechselte nun auch Gesa ins Englische.

Die Frau schien ihren Auftritt zu genießen, aber ihre Stimme, die jetzt höher und unsicherer klang als sonst, verriet Gesa, wie nervös sie war.

„Sie müssen Pavel Klima sein, der junge Mann, der sich für die alten Papiere interessiert", übernahm Zuzana sofort die Initiative und gab ihm die Hand.

Pavel sah kurz zwischen der Fremden und Gesa hin und her, runzelte die Stirn und fuhr sich dabei durch die Haare.

„Sie sind die Frau, die heute Morgen bei uns im Hotel war?" Seine Verunsicherung war nicht zu überhören. Jetzt musterte er sie genauer, sah auf ihre Perlenkette und den eleganten Pullover.

„Da war ich noch als Zigeunerin unterwegs".

„Entschuldigen Sie, Frau Farkasz, dass man so unhöflich zu Ihnen war."

„Das bin ich gewohnt", meinte sie nüchtern, während Pavel ihr den Stuhl zurechtrückte.

„Ich habe heute Abend nur wenig Zeit", gab sie sich kurzangebunden. „Wenn es um die vergilbten Blätter geht, die ich Frau Jakobsen gegeben habe, kann ich Ihnen vermutlich auch nicht weiterhelfen, denn ich kann die Texte nicht lesen, sie sind auf Deutsch."

„Diese Blätter könnten wertvoll sein, Sie sollten sie nicht so einfach aus der Hand geben. Ich bin Literaturwissenschaftler und würde gerne wissen, woher sie stammen."

Jetzt atmete die andere tief durch. Dann griff sie sich eine lila Zigarette und überlegte.

Pavel wartete ungeduldig auf eine Antwort.

„Ich habe die Papiere und auch das Halstuch, in das sie eingewickelt waren, von einer Tante, einer entfernten Verwandten meiner Mutter", ließ sich die andere schließlich vernehmen.

Schnell nahm Gesa den Schal aus der Tasche und gab ihn Pavel. Als er die Initialen entdeckte, wurde er blass. F.K. Das schien seine Vermutungen zu bestätigen.

„Warum haben Sie mir das Tuch nicht sofort gezeigt, Gesa?" Hatte da ein etwas vorwurfsvoller Unterton mitgeklungen? Sie zuckte die Schultern.

„Frau Jakobsen hatte sicher keine bösen Absichten", sagte Zuzana so dahin.

Das wurde ja immer besser. Anstatt die Gelegenheit zu nutzen, ihrem Sohn endlich die Wahrheit zu sagen, spielte die Frau weiterhin ihre Spielchen.

„Ich habe die Blätter aufgehoben, weil meine Tante angedeutet hat, dass sich dahinter ein Geheimnis verbirgt. Ich stelle sie Ihnen gerne zur Verfügung. Vielleicht kommen Sie ja dahinter."

„Das kann ich unmöglich annehmen", sagte er, steckte die Texte und das Tuch dann aber doch, ohne zu zögern, ein und setzte seine Befragung fort. „Wissen Sie, woher Ihre Tante die Gedichte hat?"

„Ich vermute von ihrer Mutter. Es liegt alles so lange zurück. Meine Tante hat mir erzählt, dass ihre Mutter als junges Mädchen einmal beim Kräutersammeln in die Moldau gefallen ist und von einem jungen, vornehmen Prager, der mit seinem Ruderboot unterwegs war, gerettet wurde. Das muss Anfang des letzten Jahrhunderts gewesen sein. Die beiden verliebten sich ineinander, aber aus der Beziehung ist nichts geworden, weil seine Familie und vor allem sein Freund dagegen waren. Auch das Haus an der Kleinseite, in dem wir später gewohnt haben, stammt aus dieser Zeit." Zuzana räusperte sich. „Leider muss ich jetzt aufbrechen. Morgen Abend können wir weiterreden, hier bei Petre."

Dann stand sie auf und wollte auf Gesas ausgestopften Designerschuhen davonstolzieren, doch sie drehte sich noch einmal um, als hätte sie sich eines anderen besonnen, und setzte sich wieder. Wollte sie nun doch mit der Wahrheit herausrücken?

„Könnten Sie mir noch Namen, Geburtsdaten und Adressen Ihrer Verwandten mitteilen", überfiel Pavel sie regelrecht in seinem Eifer.

„Nun vergessen Sie einmal diese alten Blätter", gab Zuzana zurück. „Ich wollte eigentlich mit Ihnen über Ihre Familie sprechen."

Also doch, dachte Gesa. Die Frau hat Mut.

Pavel starrte die Romni ungläubig an.

„Ich habe Ihre Eltern Ende der sechziger Jahre kennengelernt. Und ich kannte auch Ihre Großmutter Jana Fischerová, die eine mutige Frau war. Sie hat mich nach dem Prager Frühling, als ich Schwierigkeiten mit der Staatssicherheit bekam, auf ihrer Chalupa im Böhmerwald versteckt."

Jetzt erblasste er. Unruhig rutsche er auf seinem Stuhl hin und her. Ahnte er etwas?

„Wussten Sie davon?", wandte er sich plötzlich an Gesa. Wieder war der Vorwurf nicht zu überhören gewesen.

„Frau Jakobsen hat mir nur einen Gefallen getan und den Kontakt zwischen uns hergestellt. Ich habe einige Male versucht, Sie auf dem Markt anzusprechen, aber Sie haben mich nie beachtet. Geschweige denn etwas in meine Betteldose gesteckt!"

Über so viel Direktheit musste Gesa schmunzeln. Unter Zuzana Farkasz hätte Pavel vermutlich eine strenge Erziehung genossen.

„Kurz vor ihrem Tod habe ich Eva Klimová, Ihre Mutter, noch einmal getroffen. Sie hat mir einige Aufzeichnungen für Sie mitgegeben, die Sie morgen erhalten werden. Heute Abend treffe ich mich mit einem alten Bekannten Ihrer Eltern, um noch einiges zu abzuklären. Er ist Jurist. Wenn ich mich nicht verspäten will, muss ich jetzt los. Wir sehen uns dann morgen beim Konzert."

Sie stand auf und Gesa blieb nicht verborgen, dass die Frau am ganzen Körper zitterte und sich kaum noch auf den Beinen halten konnte.

Respekt, dachte sie. Zwar hatte die Romni ihrem Sohn noch nicht die ganze Wahrheit erzählt, aber ein Anfang war gemacht.

25.

Nun, da sie mit ihm allein war, traute sie sich kaum, ihn anzusprechen. Er saß da wie ein Häufchen Elend und starrte vor sich hin. Keine Spur mehr von dem lebensfrohen Pavel, der noch vor wenigen Augenblicken mit ihr um die Tische getanzt und ihr dabei so nah gekommen war.

Er schien tatsächlich etwas zu ahnen, ansonsten hätte er wohl nachgefragt, worum es sich bei den Aufzeichnungen seiner vermeintlichen Mutter handelte.

Nun trank sie doch etwas von dem Wein, der unberührt vor ihr auf dem Tisch gestanden hatte, und zündete sich eine Zigarette an, eine von den bunten, britischen, die Zuzana ihr zugesteckt hatte. Eine lindgrüne.

„Grün ist die Hoffnung", sagte sie so dahin, weil ihr nichts Sinnvolles einfiel.

Er fand allmählich aus seiner Starre zurück. „Entschuldigen Sie, Gesa."

Und nun huschte sogar wieder ein Lächeln über sein Gesicht. Er hatte offenbar kein Interesse mehr daran, noch weiter über Zuzana Farkasz zu reden.

Hektisch nahm sie noch einen Zug aus ihrer Zigarette, dann drückte sie sie aus.

„Es war ein langer Tag. Ich würde gerne ins Hotel zurückgehen".

„Ich begleite Sie", bot er sich höflich an.

Als sie an der frischen Luft waren, fühlte sie sich gleich wohler.

Sie wollte nach rechts zum Hotel abbiegen, doch er schlug die andere Richtung ein.

„Auf dem Parkplatz neben dem Club stand vorhin der blaue Audi, der uns heute Morgen gefolgt ist."

Fast schien es, als wäre er erleichtert, dieses Thema gefunden zu haben.

Doch der Audi war verschwunden.

„Ich habe mir die Autonummer notiert und meinen Freund von der Polizei gebeten nachzusehen, wer der Eigner ist. Es gibt keinerlei Informationen über den Halter, obwohl es eine tschechische Nummer ist."

Sie überlegte. Als Zuzana gekommen war, hatte der Mann mit dem süffisanten Lächeln noch dagesessen. Ob sie Pavel von ihm erzählen sollte? Doch dann müsste sie ihm auch von Laursen berichten.

„Irgendetwas stimmt da nicht", war Pavel sich sicher. Dann erzählte er ihr, dass er nicht mehr mit zu Marie ins Hotel komme, sondern gleich wieder in die Stadt fahre. Er habe dort eine kleine Wohnung an der Kleinseite, eine Garçonnière, wo er immer dann übernachte, wenn es viel zu tun gebe in der Redaktion. Vermutlich hatte er ihr zuliebe seine Arbeit vernachlässigt und musste nun eine Nachtschicht einlegen.

In gedrückter Stimmung gingen sie durch die Dunkelheit, die immer wieder durch die Lichter der vorbeirauschenden Autos durchbrochen wurde, und als er sanft seinen Arm um ihre Schulter legte, ließ sie ihn gewähren und lehnte sich bei ihm an.

Plötzlich, sie hatten bereits den Parkplatz hinter Maries Hotel erreicht, blieb er stehen, beugte sich zu ihr hinunter und küsste sie. Wieder zog er sie so eng an sich, dass sie seine Erregung spüren musste. Sie kam ihm entgegen und ihr Körper erwiderte seinen Druck und seine Küsse, mit einer Heftigkeit, als hätte sie schon viel zu lange auf ihn gewartet.

Was war nur in sie gefahren?

„Bei mir in der Stadt, Gesa", flüsterte er ihr ins Ohr und drängte sie zu seinem Auto. Eine Hand machte sich an ihrer Bluse zu schaffen, die andere an ihrer Jeans, er wurde immer fordernder, und auch sie nestelte bereits an seiner Hose herum.

„Niemand wird etwas erfahren."

Da war so viel Lust, soviel ungestillte Lust.

Sie stöhnte auf, als er sie berührte, und sein Atem wurde immer heftiger.

„Du willst es doch auch!"

Wollte sie das wirklich?

„Das geht mir zu schnell", sagte sie leise, doch noch einmal erwiderte sie seine Küsse.

Er verstärke seinen Druck und für einen Augenblick befürchtete sie, er könnte sich vergessen.

„Niemand wird etwas erfahren!"

Und plötzlich kam ihr ein schrecklicher Gedanke, denn die Art, wie er sie berührt und gehalten hatte und vor allem sein Geruch erinnerten sie - nein, diesen Gedanken wagte sie nicht weiterzudenken!

„Lass mich los!", forderte sie ihn nun mit fester Stimme auf und er hielt inne.

„Entschuldige, Gesa."

Endlich löste sie sich aus seinen Armen, er senkte den Kopf und beide schwiegen.

„Ich bin müde. Es war ein langer Tag", sagte sie schließlich und traute sich nicht, ihn anzusehen. „Das letzte Stück gehe ich alleine."

„Bleibt es bei unserer Verabredung?"

Nein, wäre die richtige Antwort gewesen.

Sie sah auf und nickte.

Bevor sie sich voneinander verabschiedeten, gab er ihr noch die Wegbeschreibung für den nächsten Tag.

„Gegen elf Uhr auf dem Neuen Jüdischen Friedhof."

Mittwoch

Oft in den Träumen zog sich ein Vorhang
Finster und groß ins Unendliche,
Zwischen mich und die dunkle Welt.
Hinter ihm ahnt ich ein Heideland,
Hinter ihm hört ich`s wie Nachtwind sausen.
(Eduard Mörike)

26.

Sie sah aus dem Fenster und dachte an Wasser.

Die Gartenpforte am Weserhang stand offen. Max Conradi saß auf der Terrasse seines kleinen, weißen Sommerhauses und unterhielt sich angeregt mit Theresa, seiner erwachsenen Tochter.

Unbemerkt von den beiden huschten die Zwillinge, mit Schwimmflügeln und Eimern versehen, durch die Pforte und kletterten den Steilhang zur Weser hinunter. Jetzt waren sie von der Terrasse aus schon nicht mehr zu sehen. Zielstrebig steuerten sie die große Buhne an, die sich genau auf der Höhe des Flusses befand, wo vor Jahren Gesas Klassenkameradin Insa ertrunken war. Die gefährlichen Strudel hatten sie hinuntergezogen in die Tiefe. Der Versuch, zu dem kleinen Sandstrand auf der anderen Seite der Weser zu schwimmen, war schon einigen Barkenstedtern zum Verhängnis geworden. Immer wieder hatte der Fluss seine Opfer gefordert, und alle wussten davon. Auch Max.

Jetzt hatten die Zwillinge die Buhne erreicht. Felix kletterte auf einen der unteren Steine, um mit seinem Eimer Wasser aus dem Fluss zu schöpfen. Da war plötzlich der Fischwagen aus Bremerhaven gekommen und hatte ihr die Sicht versperrt.

Schließlich, nach einer kleinen Ewigkeit, fuhr der Wagen weiter. Die Zwillinge waren verschwunden, doch Insa, eingehüllt in Tang und Schuppen, war aufgetaucht aus den Fluten und hatte ihr etwas zugerufen.

Schweißgebadet war sie mitten in der Nacht aufgewacht. Danach hatte sie keinen Schlaf mehr finden können, hatte sich hin und her gewälzt im Bett und den Morgen herbeigesehnt. Noch vor dem Frühstück hatte sie in Barkenstedt angerufen und sich vergewissert, dass es ihren beiden Kindern gutging.

Es goss in Strömen. Im Moment störte es sie nicht, sie saß im Warmen beim Frühstück auf der Veranda, allein, ohne die Gesellschaft von Pavel oder Marie. Ihr Nacken schmerzte. Sie konnte ihren Kopf kaum noch bewegen.

Einen besseren Mann als Max wirst du nicht finden, hatte ihre Mutter ihr vor ihrer Abreise noch einmal ins Gewissen geredet. Er wird gut achtgeben auf dich und deine Jungen. Ihm kannst du vertrauen.

Und was war mit Theresa? Die hatte auf seinem Sommerfest nichts Besseres zu tun gehabt, als ihr zu erzählen, dass er wieder häufiger das Grab seiner verstorbenen Frau Luisa auf dem Ohlsdorfer Friedhof besuche.

Das Haus, die Einrichtung, die Haushälterin seiner verstorbenen Frau. Sie hatte sich oft gefragt, ob da genügend Platz für sie bleiben würde. Manchmal schien es ihr, als laufe alles auf das alte Muster hinaus. Auch für Laursen war sie all die Jahre immer nur die zweite Frau in seinem Leben gewesen.

Allmählich machte sie sich Sorgen. Jetzt hatte sie seit gut zwei Tagen nichts mehr von Max gehört. Hoffentlich war ihm nichts zugestoßen.

Ohne lange zu zögern, gab sie sich einen Ruck und wählte seine Nummer. Aber in der Dorotheenstraße konnte sie niemanden erreichen und auch sein Handy war immer noch abgeschaltet, dabei hätte er um diese Zeit eigentlich in seinem Haus in Hamburg-Winterhude beim Frühstück sitzen und sich von seiner Haushälterin Frau de Wall verwöhnen lassen müssen.

Wie nicht anders zu erwarten, konnte sie auch Theresa nicht mehr erreichen, die junge Ärztin war sicher längst an ihrem Arbeitsplatz im Krankenhaus Sankt-Georg.

Blieb nur noch Bekker, seine attraktive Juniorpartnerin.

Die wunderte sich, dass Gesa so früh am Morgen bei ihr anrief, konnte ihr aber auch nicht weiterhelfen. Max habe sich diese Woche freigehalten, sie sei allein auf der Tagung in Berlin gewesen. Wo er sich aufhalte, wisse sie nicht.

Diese Woche freigehalten? Weshalb hatte er ihr nichts davon erzählt, sondern sie in dem Glauben gelassen, er amüsiere sich mit Bekker in Berlin. Wie stand sie nun da vor ihr?

Doch daran schien die andere keinen Gedanken zu verschwenden. Freundlich wies sie Gesa darauf hin, dass Max auch die Handy-Nummer ihres Bruders Heinrich Jakobsen hinterlegt habe, in dringenden Fällen sei er unter dieser Nummer zu erreichen.

Vielleicht wusste ihre Mutter ja etwas. Noch einmal meldete sie sich in Barkenstedt, die Kinder waren inzwischen schon im Kindergarten und Margarethe bereits im Geschäft.

„Max und Heinrich sind auf Herrentour zum Segeln auf der Ostsee."

„Einfach so, ohne mich darüber zu informieren?"

„Sei froh, dass sie sich inzwischen so gut verstehen. Am besten lässt du die beiden in Ruhe. Du bist doch auch in der Weltgeschichte unterwegs."

„Das ist etwas anderes", entfuhr es ihr.

„Heinrich hat angerufen, es geht ihnen gut. Oder hast du Angst, dass er Max auf falsche Gedanken bringt?"

Zuzutrauen wäre es ihrem Bruder, dem unverbesserlichen Schürzenjäger.

„Ich glaube, Max plant eine Überraschung."

„Eine böse Überraschung?"

„Wie kommst du darauf? Mehr kann ich dir im Moment nicht sagen."

Das glaubte sie ihr nicht, doch schon hatte Margarethe wieder aufgelegt.

Sie war enttäuscht, dass Max sie nicht in seine Pläne eingeweiht hatte. Vielleicht wäre es doch besser gewesen, nicht nach Prag zu reisen. Seit Laursens Anruf im Juli hatte er sich immer mehr von ihr zurückgezogen, und sie hatten nur noch selten miteinander geschlafen. Was Laursen betraf, schien er ihr nicht über den Weg zu trauen.

Nicht ganz zu Unrecht, musste sie sich eingestehen. Allerdings lauerte nach dem, was am letzten Abend vorgefallen war, hier in Prag inzwischen eine ganz andere Gefahr!

Wenn sie nur mit ihm reden könnte. Allein der Klang seiner ruhigen, dunklen Stimme mit dem norddeutschen Einschlag konnte Wunder bewirken.

27.

Draußen machten sich die Schüler für die Abreise bereit. Der tschechische Bus war schon vor einer halben Stunde losgefahren. Bei den geheimnisvollen Gästen, die russisch sprachen, handelte es sich wohl um Sportler, denn die fremdländisch anmutenden jungen Männer, die in den Bus gestiegen waren, hatten Trainingsanzüge getragen und mehrere Netze mit Fußbällen dabeigehabt. Es war militärisch streng zugegangen beim Einsteigen, ganz anders als bei den jungen Deutschen.

Sie sah auf ihre Uhr. Gegen elf war sie mit Pavel verabredet. Bis dahin wollte sie noch bei Zuzana vorbeischauen, und vielleicht wäre es ja auch möglich, kurz in den Neubau zu gelangen, jetzt, da Marie auf dem Großmarkt unterwegs war und Alzbeta noch mit der Schülergruppe zu tun hatte.

Der Regen hatte nachgelassen. Die Eingangstür zum Altbau stand offen und Josef, den sie vom Haustelefon aus benachrichtigt hatte, brachte sie mit mürrischer Miene über den Flur zu einer Feuerschutztür, die direkt in den Empfangsbereich des Neubaus führte.

Die Halle öffnete sich durch eine breite Glasfront zur Gartenseite. Alles war modern und geschmackvoll gestaltet. Außer der Rezeption gab es eine kleine Cocktailbar und mehrere Sitzgruppen mit schlichten, roten Ledersesseln und schwarz lackierten Beistelltischen. An den Wänden hingen Kunstdrucke mit futuristischen Motiven.

Josef führte sie in den hinteren Bereich zum Treppenhaus, wo sich neben der Garderobe die beiden Gästecomputer befanden. Sie nahm Pavels Zettel aus der Tasche, startete das Programm und verschaffte sich Zugang zum Internet. Josef blieb in Reichweite mit vor der Brust verschränkten Armen stehen, als wollte er sie überwachen. Aber vielleicht war es auch nur die Angst um den Computer.

Krank seitdem, wund ist und wehe mein Herz, nimmer wird es genesen.

Schnell hatte sie gefunden, wonach sie suchte. Mörike, Eduard.

Peregrina und *Maler Nolten.*

Scheiden von ihr.

Es war ein langes, trauriges Gedicht. Mehr war darüber auf diesen Seiten nicht zu erfahren. Und Josef drängte sie schon aufzuhören.

Was Kafka wohl mit Mörike zu tun haben mochte? Vielleicht wüsste Gesine ja mehr darüber, schließlich war sie Expertin für deutsche Literatur des neunzehnten Jahrhunderts. Sie beschloss, sie noch heute anzurufen, und loggte sich aus.

Leider gab es keinen Drucker, so dass sie vorerst weiter auf den Text verzichten musste. Doch bevor sie sich auf den Weg zu Zuzana machte, wollte sie sich noch kurz das Schwimmbad ansehen.

Sie stand auf und machte Schwimmbewegungen mit den Armen, doch Josef schüttelte den Kopf und deutete auf die Feuerschutztür, eine Geste, die besagte, dass sie hier schnell verschwinden müssten. Sie versuchte es noch einmal mit einer freundlichen Bitte und einem Lächeln und schließlich ließ er sich erweichen. „Ein Minut", sagte er, nahm ihr die schwere Umhängetasche ab und wies auf die Treppe nach unten. Also konnte er doch etwas Deutsch.

Hastig lief sie die Treppe hinunter und stand auf einem breiten Gang, von dem mehrere Türen abgingen. Zwei waren verschlossen, eine andere führte in den Fitnessbereich. Sie ging hinein und entdeckte im hinteren Bereich neben den Yogamatten zwei edle, handgefertigte Golfbacks aus Leder, eine sogar mit einem Wappen versehen, die hier einfach so herumstanden. Das kam ihr seltsam vor. Nun war sie neugierig geworden, vorsichtig entfernte sie eine der Schlägerhauben, darunter teuerstes Schlägermaterial. Doch die Zeit drängte und irgendwie hatte sie ein ungutes Gefühl hier unten allein im Keller. Das war wohl die Angst, ertappt zu werden, versuchte sie sich zu beruhigen. Schnell ging sie zurück auf den Flur, dann weiter durch eine Milchglastür mit Wellenmotiv an den Duschkabinen vorbei ins Schwimmbad.

Und nun war sie überrascht, denn im Wasser vergnügten sich einige fremdländisch aussehende jüngere Männer. Zwei davon küssten sich innig. Schwule. Schnell suchte sie Deckung in einer der offenen Duschkabinen, denn sie wollte nicht stören. Hoffentlich hatten die Männer sie nicht bemerkt. Sie hielt kurz die Luft an, zog ihre Schuhe aus, damit man sie nicht hörte, und schlich zurück in den Umkleideraum.

Jetzt konnte es ihr gar nicht schnell genug gehen, den Keller wieder zu verlassen. Josef hielt bereits die Feuerschutztür auf und schloss sofort hinter ihr ab. Erleichtert atmete sie auf und dankte ihm. Er sah auf die Schuhe, die sie immer noch in ihren Händen hielt, schüttelte den Kopf und grinste. Und auch sie musste lachen. Hatte er also gewusst, was sich dort unten abspielte? Sie zog ihre Schuhe an, dankte ihm noch einmal für seine Hilfe, nahm ihre Tasche und machte sich auf den Weg zu Petre.

Das also war das Geheimnis, das sich hinter dem Neubau verbarg. Offensichtlich durfte niemand wissen, dass Marie Schumanová in ihrem Hotel homosexuelle Sportler beherbergte. Im Deutschland und auch wohl in Prag wäre das vermutlich kein so großes Problem, aber in der ehemaligen Sowjetunion, sie tippte auf eine der Kaukasusrepubliken, ging man nicht so tolerant damit um.

Durch dieses Abenteuer war nun auch ihre Enttäuschung über Max verklungen.

28.

Da der Haupteingang zum Club verschlossen war und es dort auch keine Klingel gab, ging sie um das Haus herum über den Parkplatz zu der kleinen Holztür, die ihr am letzten Abend am Ende des Flures aufgefallen war. Direkt vor der Tür stand ein dunkelblauer Audi. Ein nagelneuer A6.

Hoffentlich war das keine Falle. Zuzana hatte sich doch wohl nicht mit den falschen Leuten eingelassen?

„Parler", stellte der Mann mit dem süffisanten Lächeln sich vor und bat sie hinein. „Wir haben Sie schon erwartet, Frau Dr. Jakobsen." Auch er sprach ein nahezu akzentfreies Englisch. „Entschuldigen Sie, wenn ich Ihnen nicht die Hand gebe, aber ich bin stark erkältet. Zuzana ist oben."

Jetzt war es an Gesa, überrascht zu sein.

Sie benötigte einen Moment, um zu begreifen, dass der Mann mit dem blauen Audi nicht sie, sondern wohl Zuzana und Pavel beobachtet hatte und die vermeintliche Bespitzelung wohl eher eine Art Begleitschutz war.

„Ich warte solange hier unten in der Gaststube", sagte Parler und gab ihr zu ihrer Verblüffung eine Telefonnummer, die sie anrufen könne, sollte sie Hilfe benötigen in Prag.

Wieder war Zuzana elegant gekleidet. Sie trug einen schlichten, grauen Hosenanzug mit einer apricotfarbenen Seidenbluse, nur die rosa Lackstiefeletten passten nicht dazu.

„Es war gut, dass Sie schon gestern Abend ein Treffen mit Pavel arrangiert haben, Gesa. Ich glaube, ich werde mit ihm zurechtkommen."

„Wer ist Parler, der Mann, der unten auf Sie wartet?"

Die Romni ging voran ins Zimmer und schien zu überlegen.

„Mein Fahrer", sagte sie schließlich und Gesa gab sich vorerst mit dieser Antwort zufrieden, hatte sie doch inzwischen gelernt, dass es wenig Sinn machte, nachzuhaken, wenn die andere nicht offen mit ihr reden wollte.

Nachdem die Frau ihr die Schuhe zurückgegeben und sie für den Abend in das Benefizkonzert bei Petr eingeladen hatte, wollte sie sich gleich wieder von ihr verabschieden, sie habe im Moment nur wenig Zeit. Am Abend könnten sie weiterreden. Und sie solle nicht vergessen, die anderen Dokumente für Pavel mitzubringen.

„Ich weiß nicht genau, wann ich hier sein kann", gab Gesa zu bedenken und fuhr sich mit der Hand über den Nacken, eine Geste, die der anderen wohl nicht entgangen war.

„Was ist mit Ihrem Hals? Geht es Ihnen nicht gut? Sie sehen etwas blass aus heute und auch etwas übernächtigt?"

„Es ist nichts", sagte Gesa. „Ich möchte Sie nicht weiter aufhalten."

„So viel Zeit muss sein", entgegnete die andere, griff zu ihrem Handy und führte ein kurzes Gespräch auf Tschechisch. „Ich werde mir Ihren Nacken einmal ansehen, vielleicht kann ich Ihnen ja helfen."

Nun musste Gesa schmunzeln. „Das ist ja wie einem Zigeunerroman. Wollen Sie mir die Hand auflegen?"

„So abwegig ist das nicht", gab die andere zurück. „Was glauben Sie, wer sich um uns gekümmert hat, wenn wir krank waren in früheren Zeiten? Die Ärzte der *Gadjes*?"

In dem Moment klopfe es. Zuzana öffnete die Tür und da stand der Fahrer auch schon mit einer Flasche Schnaps und zwei Gläsern in der kleinen Dachkammer. Er sah die beiden Frauen an und grinste.

„Die Gläser können Sie gleich wieder mitnehmen", wies die Romni ihn an und schickte ihn nach unten. „In einer Viertelstunde können wir losfahren."

Nachdem Gesa sich etwas widerstrebend freigemacht und bäuchlings auf die alte Couch gelegt hatte, ging Zuzana ans Werk.

Beim ersten Kontakt mit der eiskalten Flüssigkeit war sie noch zusammengezuckt. Es roch nach hochprozentigem Alkohol, Menthol und Pfefferminz. Doch je länger die Romni ihren Nacken bearbeitete, desto tiefer konnte sie sich fallenlassen und schließlich spürte sie nur noch eine wohltuende Wärme durch ihren Körper fließen. Sie genoss den beruhigenden Singsang von Zuzanas dunkler Stimme. „Durch die Halswirbelsäule, durch die Brustwirbelsäule und bis zum Steiß. Durch das rechte Bein, durch das linke Bein bis in die kleinen Zehen. Spüren Sie es, Gesa?"

Ja, sie spürte es und sie sank hinein in diese tiefe, wohlige Ruhe.

Und dann durchfuhr sie völlig unvermittelt ein kurzer, stechender Schmerz und sie glaubte, ihre Knochen knacken zu hören. Sie schrie auf.

„Jetzt können Sie das hübsche Köpfen wieder bewegen", sagte die andere lachend und ging zum Waschbecken, um sich die Hände zu säubern.

Und tatsächlich, der Schmerz war verschwunden.

„Wie weggezaubert", wunderte sich Gesa. „Wo haben Sie das gelernt?"

„Unter anderen Umständen hätte ich vermutlich Medizin studiert", meinte Zuzana. „Ich habe Erfahrung mit solchen Dingen und behandle auch einige bekannte Sportler."

Jetzt sah die Frau ihr plötzlich wieder direkt in die Augen. „Eine Sache noch, Gesa! Sie wollen meinem Sohn doch nicht die Verantwortung für zwei kleine Kinder aufbürden. Machen Sie ihn nicht unglücklich." Sie zögerte. „Oder wollen Sie hier nur den Teufel mit Beelzebub austreiben?", setzte sie augenzwinkernd hinzu.

Den Teufel mit Beelzebub austreiben?

Wusste die Frau etwa doch über sie und Laursen Bescheid?

29.

Sie beugte sich über den Falkplan, den sie auf dem Bett in Evas Salon ausgebreitet hatte, und suchte nach Friedhöfen. Die Wegbeschreibung, die Pavel ihr gegeben und die sie unter den Porzellanengel auf der Kommode gelegt hatte, war verschwunden. Da hatte eines der Zimmermädchen wohl gründlich aufgeräumt.

Für eine Ortsunkundige, die noch dazu kein Tschechisch konnte, war es nicht einfach, in Erfahrung zu bringen, wo Kafka begraben lag. Pavel hatte von Prag-Straschnitz gesprochen, ihr Baedeker hingegen siedelte das Grab in Žižkov an und dort, so las sie zu ihrer Verwunderung, gab es gleich zwei jüdische Friedhöfe, einen alten und einen neuen.

Marie konnte sie nicht fragen, die war unterwegs, Pavel saß in der Redaktionskonferenz und in den Neubau würde Josef sie vermutlich nicht noch einmal hineinlassen.

Blieb nur noch Alzbeta.

Die Frau saß vor dem Computer an der Rezeption und sortierte Zahlenkolonnen. „Ich würde Ihnen gerne helfen, Frau Doktor Jakobsen, aber mit jüdischer Kultur kenne ich mich nicht aus."

„Vielleicht könnten Sie mich kurz ins Internet lassen, dann kann ich selbst nachsehen?"

Das lehnte die Frau ab, der Computer sei kein Spielzeug.

Gesa war nicht überrascht, dass die andere ihr die Hilfe verweigerte. Da war wenig Sympathie, auf beiden Seiten.

So ging sie zurück auf ihr Zimmer und versuchte es weiter.

Schließlich entdeckte sie in ihrem Reiseführer eine kleine Karte, die über die Einteilung in Stadtteile und Bezirke informierte. Demnach lag Strasnīce in Prag X, Žižkov hingegen bildete den angrenzenden Bezirk Prag III. Was immer es mit der verwirrenden Nummerierung auf sich hatte, in dieser

Region waren auf dem Stadtplan mehrere große Friedhöfe eingezeichnet, einer davon würde schon der richtige sein.

Doch wie sollte sie da hinkommen? Mit der U-Bahn bis *Mustek*, einmal umsteigen in die Linie A bis *Želivského,* und schon war man bei den Friedhöfen. So einfach wäre es gewesen - ohne das Hochwasser.

Sie beschloss, ein Taxi zu nehmen.

Doch irgendwie schien sich alles dagegen verschworen zu haben, dass sie sich mit Pavel traf. Denn der Taxifahrer, dessen Nummer Pavel ihr am Vortag gegeben hatte, war unterwegs nach Mladá Boleslav zu den Škoda-Werken, und auch der zuverlässige Kollege, an den er sie weitervermitteln wollte, hatte bereits Kundschaft.

Die Zeit drängte. Am besten, sie fuhr ins Stadtzentrum und erkundigte sich bei einer Tourist-Information nach dem genauen Weg.

Aber schließlich hatte sie doch noch Glück. Der Bus mit den deutschen Schülern stand abfahrbereit vor dem Hotel und einer der Lehrer konnte ihr helfen. Er zeigte ihr auf dem Stadtplan, wo sich der Neue Jüdische Friedhof befand, und nannte ihr eine Straßenbahnlinie. Aus der Bahn sei das Friedhofsgelände rechtzeitig zu sehen, sie solle dann einfach an der nächsten Haltestelle aussteigen. Zunächst aber müsse sie ein Stückchen mit dem Bus fahren. Das war ihr bereits bekannt.

30.

Da die Straßenbahnen nicht annährend so voll waren wie während des Feierabendverkehrs, fand sie sofort einen Platz, und nun, da sie hoffentlich in der richtigen Bahn saß, lehnte sie sich zurück und schaute aus dem Fenster.

Aber sie konnte sich nicht einlassen auf das nasse Draußen, auf die fremde Stadt, die durch das Wasser so in Unordnung geraten war.

Genau wie ich, dachte sie. Ihre Ruhe würde sie nicht wiederfinden in diesem Prag, nicht, bevor sie mit Laursen geredet hatte.

Noch spürte sie überall Wasser.

Und dann war da noch Pavel.

Was mochte es sein, das sie so hinzog zu diesem jungen Mann? Hätte sie ihn am letzten Abend nur früher in seine Schranken verwiesen!

Sie dachte an Zuzanas Worte - Machen Sie ihn nicht unglücklich! - und musste schmunzeln. Er machte nicht den Eindruck eines unerfahrenen Jünglings, der den Verführungskünsten einer Frau hilflos ausgeliefert wäre.

Er tat ihr gut, er brachte sie auf andere Gedanken, in seiner Gesellschaft fühlte sie sich wohl.

Ihre Abenteuerlust hatte sie mit Laursen gestillt. Und Max, den hatte sie nicht verführen müssen, dem war sie einfach so über den Weg gelaufen, damals, nachdem sie vor Laursen geflohen war und bei ihm Unterschlupf gefunden hatte.

Max Conradi. Sie liebte es, wie er mit den Kindern umging, sie mochte es, wie er sich bewegte und sie fasste ihn gerne an. Ihre Körper fanden zueinander, aber immer noch wahrte er Abstand und öffnete sich ihr gegenüber nicht ganz. Sie spürte, dass da irgendwo in seinen Tiefen eine Traurigkeit lag, die dieser erfolgreiche, humorvolle Mann vor ihr verbarg, eine

Traurigkeit, die nicht nur mit dem Tod seiner Frau zu tun hatte.

Ja, er konnte umgehen mit Kindern. Er verstand es, die Jungen neugierig zu machen auf das Leben.

Sie lächelte, weil sie sich plötzlich an das letzte Silvesterfest erinnerte. Es war ein schöner Abend gewesen bei guten Bekannten mit Kindern, und damals hatte sie noch nicht so oft zu Tabletten greifen müssen, um Schlaf zu finden. Sie waren spät nach Hause gekommen. Sie hatten beschlossen, bei Max am Weserhang zu übernachten, da im *Barkenstedter Hof*, direkt neben dem Kutscherhaus, eine große Silvesterparty gefeiert wurde, mit Live-Musik.

Nachdem die Zwillinge müde in Theresas Bett gefallen waren, hatte Max gesagt: „Nun lass uns tanzen, Gesa." Foxtrott, Jive und Tango bei Kerzenschein. Er war ein guter Tänzer. „Das bringe ich dir auch noch bei." Irgendwann hatte er dann eines der traurigen Lieder aus seiner Sammlung gespielt. „*As tears go by* von Marianne Faithfull. Das widme ich dir."

Die beiden kleinen Jungen, die da plötzlich in Maikäferschlafanzügen in der Tür standen, wunderten sich wohl, was mit Gesas gesmockter Bluse geschehen war. „Hatten die Herren einen Termin?", hatte Max gefragt und schnell ein fröhliches Lied aufgelegt, einen Sommerhit mitten im Winter, und dann hatten sie gestampft und gewalzt mit den Kindern auf dem blanken Parkett.

„So ist tanzen", hatte Max gesagt. Doch als die beiden dann gar nicht wieder ins Bett wollten, hatte er sie gefragt, ob sie denn verstünden, was der Mann auf der Platte da singe. Nein? Da müssten sie aber noch viel lernen. Das sei Englisch. „Wenn ihr richtig tanzen wollt, so wie eure Mama und ich, dann müsst ihr das können. Doch dazu müsst ihr erst einmal groß werden und viel schlafen."

In dieser Nacht hatten Max und sie noch lange getanzt.

Und jetzt fuhr sie zu dem Fremden? Nein, sie würde sich nicht weiter einlassen auf Pavel Klima.

31.

Je näher sie dem vereinbarten Treffpunkt kam, desto unruhiger wurde sie. Sie konnte ihm unmöglich noch länger die Wahrheit vorenthalten. Sobald sich ihr eine Gelegenheit böte, würde sie ihm alles, was sie über die Romni wusste, erzählen.
Und sie musste ihm klarere Grenzen setzen.
Sie war dann wohl eine Haltestelle zu früh ausgestiegen. Nun stand sie auf einer breiten Straße, der *Jana Želivkého*, inmitten eines weitläufigen Friedhofsareals, rechts und links soweit das Auge reichte nur Gräber. Wie in Hamburg-Ohlsdorf.
Ein Passant half ihr weiter.
So kam sie mit nur zehn Minuten Verspätung an.
Pavel begrüßte sie, wie ihr schien, etwas unsicher, und sie fuchtelte mit ihrem Regenschirm in der Luft herum.
Nachdem sie ihm von ihrer kleinen Odyssee berichtet hatte, wunderte er sich umso mehr, dass Alzbeta ihr nicht hatte helfen können, habe sie doch viele Jahre in diesem Stadtteil gelebt.
„Darf ich dir einen Platz unter meinem Schirm anbieten? Oder ziehst du es vor, auf Distanz zu bleiben". Er schmunzelte und schaute sie herausfordernd an, so als wollte er ihr gleich zu verstehen geben, dass er keineswegs vergessen habe, was am letzten Abend vorgefallen war.
Wie sollte sie darauf reagieren?
Hätte sie ihm nur gleich auf dem Hradschin von Max erzählt, dann wäre es vermutlich erst gar nicht so weit gekommen. Noch war es nicht zu spät dafür!
Sie schwieg.
Da klappte er, obwohl es immer noch regnete, seinen großen, mit Europasternchen versehenen Schirm zusammen und lehnte ihn gegen die Mauer. Dann sah er sie an, als suchte er ihr Einverständnis, nahm ihr den Knirps aus der Hand, legte seinen Arm um ihre Schultern und zog sie etwas näher zu

sich heran unter ihren kleinen, grünen Schirm, den er nun für sie beide hielt.

Obwohl sie es nicht wollte, genoss sie die Berührung.

„Lass uns die kurze Zeit in Prag gemeinsam verbringen, Gesa. Ich werde dir, wie versprochen, den Friedhof zeigen, und morgen früh, an unserem letzten Tag, fahren wir auf den *Petřín*, zum Eiffelturm." Er beugte sich zu ihr hinunter. „Ich werde nichts tun, was du nicht willst."

Wusste sie denn überhaupt, was sie wollte?

Er suchte ihre Augen, aber er wahrte Abstand.

Dann dozierte er wieder.

Das schien überhaupt sein eigentliches Element zu sein und sie musste sich eingestehen, dass es sie manchmal etwas langweilte.

Er dozierte schon, noch bevor sie den Friedhof betreten hatten, erklärte ihr, dass die Kippa, (jiddisch: *Kappel*, slavisch: *Jarmulka*) religionsgesetzlich kein Symbol des Judentums sei. Es sei ein Brauch, kein Gebot. Weder in der Thora noch im Talmud gebe es einen Hinweis darauf, dass der Jude beim Gebet sein Haupt zu bedecken habe. Diese Sitte habe sich erst im Laufe der Jahrhunderte entwickelt.

Da sie nun einen jüdischen Friedhof besuchten, gebiete es die Höflichkeit, dass er sich als Nichtjude diesem Brauch anpasse. Sie waren um diese Zeit die einzigen Besucher und anders als in Berlin, wo die jüdischen Einrichtungen streng bewacht wurden, konnten sie den Friedhof ohne jegliche Sicherheitskontrollen betreten.

„Lass dich nicht täuschen. Die beiden Männer, die mir am Eingang die Kippa gegeben haben, verstehen etwas von ihrer Arbeit. Auch in Prag hat es Schändungen von jüdischen Friedhöfen gegeben."

Kafka war in einem Sanatorium in der Nähe von Wien an Tuberkulose gestorben und am 11.Juni 1924, acht Tage nach seinem Tod, auf dem Straschnitzer Friedhof beigesetzt worden. Sein Grab befand sich gleich in der ersten Reihe rechts vom Eingang. Auf den ersten Blick wirkte es wie ein normales, bürgerliches Grab, wie man es auch auf einem evangelischen Friedhof in Norddeutschland finden konnte. Es gab sogar Blumenschmuck.

Doch ganz so gewöhnlich, wie es den Anschein hatte, war dieses Grab nicht. Pavel deutete auf den Stein, einen zwei Meter hohen Obelisken, auf dem die Lebensdaten des Dichters und seiner Eltern eingelassen waren und Gesa bat den Kafka-Experten, ihr die hebräische Inschrift zu übersetzen.

Dienstag, im Monat Siwan 5684. Da sei zu lesen von einem Anschel, einem prachtvollen unvermählten Mann, einem Lehrer und Meister, und von seinen Eltern, dem hochverehrten Henoch und der Jettle.

„Ob es ihm recht wäre, neben seinem Vater begraben zu liegen?" Sie dachte an Kafkas Brief an den Vater.

„So einfach ist das nicht", setzte Pavel zu einer Antwort an. „Bei Kafka ist alles Literatur. Sein Vater mag ein herrschsüchtiger Mensch gewesen sein, aber Franz hat es ihm auch nicht leicht gemacht. Wie sollte Hermann Kafka, der als Junge die Waren noch mit dem Handkarren verkauft hatte, verstehen, dass seinen Sohn, den er immerhin hatte Jura studieren lassen, das Geschäftliche so wenig interessierte."

„Du hast Verständnis für ihn?"

„Um die vorletzte Jahrhundertwende haben viele Prager Juden einen so rasanten Aufstieg erlebt, dass daran oft ihre Familien zerbrachen. Wenn man das bedenkt, gehörten die Kafkas noch zu denjenigen, die damit einigermaßen zurechtgekommen sind. Franz hat auch als erwachsener Mann noch bei seinen Eltern gelebt. Nicht einmal als es zu einem schlimmen Streit kam, weil er sich weigerte, für ein paar Wochen seinen Schwager in dessen Asbest-Fabrik zu vertreten, an der Franz selbst beteiligt war, hat der alte Kafka ihn vor die Tür gesetzt."

So hatte sie die Lebensgeschichte des großen Dichters noch nie betrachtet. Sie hatte bisher immer nur die Perspektive des Sohnes eingenommen.

„Ich bewundere ihn als genialen Schriftsteller", fuhr Pavel fort. „Wenn du seine visionären Texte liest, verstehst du, weshalb die Kommunisten Angst vor ihm hatten. Aber in Kafkas Leben war wohl nur Platz für die Kunst. Da war nicht einmal Platz für die Liebe, obwohl er viele Frauen hatte und sogar einige Male verlobt war. Als ob er geahnt hätte, dass ihm nur wenige Jahre bleiben würden. Das Schreiben fiel ihm übrigens nicht leicht, das musste er sich schwer abringen, was besonders in seinen Romanen deutlich wird."

Sie kannte sich zu wenig aus in Kafkas Werk, um mitreden zu können. Außer dem *Prozeß* hatte sie nur einige seiner Erzählungen gelesen.

„In Prag gibt es mehrere jüdische Friedhöfe. Um 1900 lebten hier mehr als 30.000 Juden", erklärte Pavel, während sie weitergingen.

„Ich hatte bisher nur von dem in der Josefstadt gehört."

„Das geht den meisten Touristen so. Dort ist zur Zeit Kafkas niemand mehr bestattet worden. Die letzte Beisetzung war 1787.

Natürlich gibt es nicht nur jüdische Friedhöfe. Auf unserem großen Friedhof, dem *Olšanské*, an dem du auf dem Weg hierher vorbeigekommen bist, befindet sich übrigens auch das Grab von Jan Palach, der sich aus Protest gegen die Russen 1969 öffentlich verbrannt hat."

1969. Pavels Geburtsjahr. Doch das hier war nicht der Ort für das Gespräch über seine Mutter.

Inzwischen waren sie auf der Nordseite der Mauer angekommen und es hatte aufgehört zu regnen.

In steinernen Monumenten spiegelten sich die Baustile der Stadt. Die Namen der Verstorbenen sprachen Bände. Deutsche Namen.

„Ab 1942 benötigte man keine jüdischen Friedhöfe mehr." Auschwitz-Birkenau.

Theresienstadt lag nur etwa sechzig Kilometer von Prag entfernt.

Auf Kafkas Grab hatte es nur eine kleine Hinweistafel gegeben auf seine Schwestern Walli, Elli und Ottla.

Hand in Hand verließen sie schweigend den Neuen Jüdischen Friedhof.

32.

Sie wunderte sich, dass er so zielstrebig auf die Metro-Station *Želivského* zusteuerte und sie eilig die steinernen Stufen hinunterführte. Dort unten war es menschenleer und in der U-Bahn, die gerade vorüberfuhr, saßen nur wenige Personen.

Er hatte den falschen Weg eingeschlagen.

„Entschuldige, Gesa. So ganz aus Gewohnheit bin ich mit dir nach unten gegangen. Ich führe oft Gäste unseres Verlags an Kafkas Grab, und dann nehmen wir immer die Metro. Doch zurzeit geht es nur eine Station weiter, dann ist Schluss."

Er hielt kurz inne.

„Den Schirm habe ich auch vergessen. Er steht noch an der Friedhofsmauer. Ich hole ihn schnell, dann können wir weiterfahren mit dem Auto."

Es war höchste Zeit, dass sie endlich mit ihm über Zuzana redete, denn am Nachmittag musste er zu einer Pressekonferenz und auch sie hatte eine wichtige Verabredung.

„Wie konnte das mit der U-Bahn geschehen? Gab es keine Fluttore?", erkundigte sie sich, als er zurück war.

„Das wird noch geprüft. Es gab wohl bauliche Mängel, vieles deutet auf Schlamperei in den siebziger Jahren hin."

Kaum saßen sie im Auto, fing es wieder an zu regnen.

„Können wir nicht an die Moldau fahren?", traute sie sich schließlich zu fragen. „Ich würde gerne ein Stückchen in Ruhe mit dir am Wasser spazieren gehen. Im Zentrum sind mir zu viele Menschen. "

„Bei diesem Wetter? In diesen Schuhen?"

„Ich möchte etwas mit dir besprechen."

„Wegen gestern Abend?"

Das hatte erwartungsvoll geklungen und schon an der nächsten Ampel legte er seine Hand auf ihren Schenkel und seine Wärme durchströmte sie.

Du musst ihm endlich die Wahrheit sagen, ermahnte sie sich und wollte seine Hand zurückschieben, da umfasste er ihre Hand mit festem Griff, zog sie zu sich hinüber und drückte sie gegen die Innenseite seines rechten Oberschenkels. Zum Glück sprang die Ampel gleich wieder um.

„Du willst es doch auch, Gesa. Die Spannung zwischen uns ist kaum noch auszuhalten. Lass uns in meine Wohnung fahren, wir sind doch zwei erwachsene Menschen."

Wieder berührte er kurz ihren Oberschenkel. „Oder gleich hier im Auto?"

Da brodelte die reine Lust. Und ihr ging es nicht viel anders.

Mach dich nicht kleiner als du bist, versuchte sie sich zur Vernunft zu rufen. Du hast schon genug mit Max und Laursen zu tun. Diese Grenze darfst du nicht überschreiten.

„Da ist noch etwas anderes, Pavel, das ich mit dir besprechen muss. Bitte lass uns an die Moldau fahren", sagte sie mit belegter Stimme.

„Hier im Auto sind wir ungestört, und es ist trocken. Da können wir reden."

Doch sie bestand darauf, an den Fluss zu fahren.

Als sie endlich an der Moldau waren, außerhalb des Zentrums, auf der anderen Seite der Stadt, erwartete sie kein Idyll am Wasser. Zwar war der Fluss, wie sie es schon vom Hradschin aus beobachtet hatte, in sein altes Bett zurückgekehrt, aber die Landschaft war beschädigt. Überall lagen vom Hochwasser gezeichnete Bäume, die Unrat trugen, genauso, wie sie es schon an anderen Orten vom Zug aus gesehen hatte. Zwischen Ästen hatten sich Dachpappen, Papier und jede Menge Plastikabfall verfangen.

Der kleine Weg, auf den Pavel sie führte, war schon etwas aufgeräumt worden und auch nicht ganz so matschig, wie er befürchtet hatte.

Er war schweigsam geworden und hatte kaum noch etwas gesagt während der Autofahrt. Vielleicht ahnte er ja bereits, worüber sie mit ihm reden wollte.

Sie starrte eine Weile aufs Wasser, doch die Moldau, die gar nicht weit von hier in die Elbe mündete, sandte ihr keine hilfreichen Geister.

Unsicher suchte sie nach Worten.

„Es fällt mir nicht leicht, dir die folgende Geschichte zu erzählen."

Immer noch zögerte sie. Danach, das wusste sie, würde zwischen ihnen nichts mehr sein wie bisher.

„Es hat mit Zuzana Farkasz zu tun."

Er runzelte die Stirn. „Was findest du nur an dieser Frau?"

Sie wagte nicht, ihn anzusehen.

„1968, während des Prager Frühlings, hat sie sich in einen jungen Mann aus dem Westen verliebt, der Kontakt zu Dissidenten suchte. Als die Russen kamen, stand sie allein da, war schwanger und musste sich verstecken." Das war alles, was sie sich aus den spärlichen Informationen von Zuzana hatte zurechtreimen können. Hoffentlich stimmte es auch so.

„Und da haben meine Eltern ihr geholfen und sie zu meiner Großmutter Jana gebracht?"

Er reagierte noch genauso skeptisch wie am vergangenen Abend.

„Das Kind wurde am 24. Februar 1969 geboren."

„Zwei Tage vor meinem Geburtstag."

„Die Frau behauptet nun…", Gesa zögerte einen Moment.

„Sagen Sie es nur, Frau Dr. Jakobsen. Sprechen Sie es klar und deutlich aus!", fuhr er sie an.

„Sagen Sie es!"

Er ließ den Schirm fallen und packte sie bei den Schultern.

Er hatte es längst gewusst!

„Das Kind von Zuzana Farkasz und dem Fremden", sagte sie leise, „heißt Pavel Klima."

Er ließ sie stehen im strömenden Regen und marschierte flussaufwärts.

Was konnte er auch anderes tun?

Sie nahm den Schirm, ging zum Auto und wartete auf ihn. Eine kleine Ewigkeit.

Schließlich kehrte er schweigend zurück, nickte ihr zu und dann forderte er sie auf, ihren Bericht fortzusetzten.

„Mehr weiß ich nicht."

„Wer ist der Vater?"

„Auch das weiß ich nicht. Das musst du Zuzana fragen. Ich habe dir alles gesagt, was ich wusste. Aber die Frau hat mir noch einige Unterlagen anvertraut, die ich dir heute Abend geben sollte. Darunter auch Evas Klimovás Tagebücher. Eines habe ich dabei."

Sie gab ihm das Heft und er steckte es, ohne einen Blick hineinzuwerfen, in seine Manteltasche.

„Die anderen Hefte liegen in der Nachtischschublade im Salon. Wollen wir schnell zum Hotel fahren, um sie zu holen?"

Er schüttelte den Kopf.

„Und das mit uns, Gesa?"

Was sollte sie darauf antworten?

„Nur Mitleid?"

Was sie auch sagte, wäre falsch.

Ihr war kalt.

Er stand vor ihr wie ein Häufchen Elend.

So konnte sie ihn unmöglich alleine lassen, aber wenn sie hier noch länger stehen blieben, würde sie sich wieder erkälten.

„Lass uns einen Kaffee trinken, Pavel, und uns etwas aufwärmen. Dann gebe ich dir die Geburtsurkunden."

33.

Schweigend fuhren sie die Moldau entlang.

Für Worte war es wohl zu spät. Sie versuchte es dennoch.

„Ein Bekannter von Barbora hat mich gebeten, Zuzana in einer Familienangelegenheit zu helfen. Ich weiß inzwischen, dass ich mich nicht darauf hätte einlassen dürfen und ich weiß auch, dass ich viel zu lange geschwiegen habe. Aber ich habe mich einfach nicht getraut, dir gleich die Wahrheit zu sagen. Zuzana habe ich vorher nicht gekannt."

Er schwieg.

Sie starrte aus dem Fenster.

Es hatte wieder aufgehört zu regnen.

Geflickte Dächer, düstere Fassaden. Hier sah es aus wie früher in der DDR.

Sportanlagen und Paläste im Grünen. Straßenbahnen kreuzten ihren Weg.

Je näher sie dem Viertel Malá Strana kamen, desto dichter wurde der Verkehr. Vor einer breiten Moldaubrücke fuhren sie in einen Stau. Jetzt saßen sie fest, dabei wollte er gar nicht auf die Brücke, sondern blinkte nach links. Nun würde es wohl Ewigkeiten dauern bis ins Zentrum.

Dann ging es doch voran. Ein Schutzmann winkte sie vorbei.

„1991 machten wird Urlaub auf der Chalupa im Böhmerwald", brach er unvermittelt sein Schweigen. „Zufällig wurde ich Zeuge eines heftigen Streits zwischen meiner Großmutter, meiner Tante und Alzbeta. Es war Sommer und alle Fenster standen offen. Alzbeta, die damals noch als Empfangsdame in einem großen Prager Devisenhotel beschäftigt war, befürchtete, ihre Anstellung zu verlieren, und nun sollte meine Tante, die ältere Schwester meiner Mutter, die unser altes Hotel wieder übernehmen wollte, ihr einen Arbeitsplatz versprechen. Meine Tante weigerte sich, es kam zu einem lauten Wortwechsel, und als meine Großmutter Alzbeta beschuldigte, für die StB, die Staatssicherheit, gearbeitet und unserer Familie geschadet zu haben, drohte diese damit, das Geheimnis des *Zigeunerbastards Pavel* zu lüften. Ich habe das zunächst nicht ernst genommen, jedoch als sie dann später tatsächlich die Stelle bei uns an der Rezeption bekam, habe ich meine Mutter darauf angesprochen. Sie hat nur den Kopf geschüttelt und gemeint, eine treuere Seele als ihre Freundin Alzbeta gebe es nicht. Aber meine Zweifel waren gesät. Ich brauchte mich ja nur anzusehen und mit meinen Schwestern zu vergleichen. Da hat mir meine Mutter ein Jugendbild meines Großvaters gezeigt und da gab es tatsächlich eine gewisse Ähnlichkeit."

Er hielt kurz inne. „Ihre Arbeit im Hotel erledigt sie professionell. Alzbeta hat mich immer gut behandelt, fast wie einen Sohn. Schon ihre Mutter hat bei meiner Großmutter gearbeitet." Es klang, als redete er mit sich selbst.

Während der ganzen Zeit hatte er es vermieden, zu ihr hinüberzuschauen.

„Eva Klimová hat wohl befürchtet, dass du als Rom Schwierigkeiten bekommen könntest, auch nach der *Samtenen Revolution*", versuchte Gesa ihn zu trösten.

Er schien ihr gar nicht zugehört zu haben.

„Gestern Abend bei Petre habe ich sofort wieder an diese alte Geschichte denken müssen. Aber die Frau erschien mir wenig glaubwürdig."

Gedankenverloren setzte er hinzu: „Vielleicht wollte ich das alles auch gar nicht so genau wissen."

Er ließ einen Moment verstreichen. Dann wurde es bitter für Zuzana. „Was muss das für eine Mutter sein, die ihr Kind so einfach weggibt? Dabei heißt es doch, Zigeunerinnen würden so an ihren Kindern hängen. Meine Eltern hatten wohl gute Gründe, mir all die Jahre nichts zu erzählen."

Immer noch hatte er nicht zur Seite geschaut.

Vielleicht wäre es das Beste, sie verabschiedete sich jetzt von ihm. Ganz in der Nähe waren sie an einer Straßenbahnhaltestelle vorbei gekommen.

„Mit den nassen Sachen erkältest du dich, Gesa. Ich koche uns einen Tee."

Er schien sich wieder gefasst zu haben.

34.

Den Wagen parkte er vor der Ausfahrt eines baufälligen Wohnhauses.

Hinter der Fassade des barocken Gebäudes konnte man mit viel Phantasie Reste von grüner Farbe erahnen. Unten im Flur standen ordentlich aufgereiht mehrere Fahrräder und ein Kinderwagen. Der Putz bröckelte von den Wänden und es roch etwas faulig. Aber anders als draußen lag nirgendwo Abfall herum und es gab auch keine Schmierereien an den Wänden.

„Entschuldige den Gestank. Das Hochwasser stand bis zu dreißig Zentimetern im Haus."

Als sie die ausgetretenen Stufen hinaufgingen, hielt er sich dicht hinter ihr, genauso wie am Vortag auf der Reitertreppe.

Seine Wohnung befand sich im Obergeschoss und bestand aus einem großen Raum. Das Zimmer war weiß gestrichen und ordentlich aufgeräumt. Durch ein breites, offenbar neu eingesetztes bodentiefes Fenster konnte man direkt auf die Moldau schauen und die ganze Stadt lag dem Betrachter zu Füßen. Es war ein überwältigendes Panorama.

Er konnte stolz sein auf diese Wohnung.

„Das solltest du erst bei Dunkelheit sehen."

So lange würde sie nicht bleiben.

Der Raum war möbliert mit einer Schlafcouch, einer Anrichte mit einem Wasserkocher, einem Schrank und einem Schreibtisch samt PC. Die beiden roten Ledersesel, der Stuhl und der kleine Tisch stammten wohl aus Maries Hotel. Mehrere große

Grünpflanzen verliehen dem Zimmer etwas exotisch Anmutendes und es fehlte auch nicht die teure dänische Musikanlage. Es gab keinerlei Nippes oder andere persönliche Gegenstände, bis auf ein kleines Regal mit Büchern, CDs und einigen Fotos.

„In diesem Haus habe ich schon während meines Studiums gewohnt. Barbora hat mir damals den Tipp gegeben. Es ist nicht weit von hier bis zur Karlsuniversität und auch die anderen Bewohner kenne ich aus dieser Zeit. Wir machen zusammen Musik, im Erdgeschoss haben wir einen Probenraum. Keiner von uns drängt auf eine Sanierung des Hauses, weil wir dann vermutlich die Miete nicht mehr bezahlen könnten. Die Eigentumsverhältnisse scheinen immer noch nicht geklärt zu sein. Kleine Renovierungen erledigen wir selbst, das hat uns die Maklerin erlaubt."

Er lächelte ihr zu. Es war ein scheues Lächeln. Da war eine seltsame Fremdheit zwischen ihnen entstanden.

Nachdem er den modernen Kohleofen angezündet hatte, nahm er ihr das nasse Schultertuch und den Trenchcoat ab, stelle einen Kleiderständer neben den Ofen und hängte beides darüber. Dann gab er ihr ein paar dicke Strümpfe und einen maisgelben Jogginganzug aus feinstem Baumwollmaterial, offensichtlich Frauensachen, und wies auf eine schmale Tür.

Das kleine Duschbad besaß die gleichen blassgrünen Fliesen mit dem verspielten, stilisierten Blütenband wie ihr Bad in Maries Hotel und auch die Armaturen waren ihr vertraut. Sie schmunzelte. Die Steuerbehörden mussten schließlich nicht alles wissen.

Es gab sogar einen Fön. Das warme Wasser kam aus einem Boiler, aber auf eine Heizmöglichkeit hatte Pavel verzichtet.

Sie zog ihre klammen Kleider aus und wechselte ihre nassen Strümpfe gegen eine dicke schwarze Strumpfhose, die sie am Morgen vorsorglich eingesteckt hatte. Das würde sie warm halten. Dann schlüpfte sie in den aparten Jogginganzug mit dem Logo H.K., der für eine Frau von ein Meter siebzig allerdings viel zu groß war. Das Oberteil ging ihr fast bis zu den Knien und die Hose musste sie umkrempeln.

HK. Helena Klimová!

Die beiden Geburtsurkunden, die sie bis dahin in einer kleinen Tasche am Körper getragen hatte, steckte sie in ihre Umhängetasche, trocknete ihre Haare und machte sich, so gut es ging, zurecht.

Als sie mit ihren Sachen auf dem Arm zurückkam, fand sie ihn in Eva Klimovás Tagebuch vertieft.

Auf dem Tisch standen zwei große Becher Kamillentee.

Er sah auf und nun schmunzelte auch er.

„Heute sind die Mädchen größer gewachsen", meinte sie und legte die beiden Geburtsurkunden auf den Tisch.

Er stand auf, stellte einen von Maries Sesseln an den Ofen und legte ihre Jeans und den Blazer darüber. Auch er hatte sich bereits trockene Sachen angezogen, nur seine Haare waren noch nass.

„Die Farbe steht dir ausgezeichnet."

„Darf ich fragen, wessen Sachen ich trage?" Sie bemühte sich, ihrer Stimme einen ruhigen Klang zu verleihen, denn es gefiel ihr nicht, dass er so einfach Frauenkleider vorrätig hatte.

„Sie gehören Jiris Schwester Jana."

Er nahm ein sorgfältig gerahmtes Foto von der Anrichte.

„Das war im letzten Sommer in der Hohen Tatra, beim Wandern", erklärte er. Das Bild zeigte die beiden Freunde, die ein hochgewachsenes Mädchen mit langen, braunen Haaren in ihre Mitte genommen hatten. Die Augen der hübschen jungen Frau strahlten Pavel an.

So ähnlich hatte sie auch ausgesehen mit Anfang zwanzig, die Frisur mit dem Mittelscheitel jedenfalls war die gleiche gewesen und genauso verliebt und erwartungsvoll hatte sie damals, als ihr Laursen begegnet war, vermutlich auch in die Welt geschaut.

Jiris Schwester? Das erklärte einiges.

„Sie macht hier manchmal Ordnung."

Nannte man das heute so?

„Wo sind deine Schuhe, Gesa?"

„Die stehen noch im Bad."

„Entschuldige mich einen Moment", sagte er, holte ihre durchweichten Pumps, stopfte sie mit Zeitungspapier aus und stellte sie an den Ofen.

Dann bot er ihr den anderen Sessel an und setzte sich auf die Couch.

„Leider kann ich dir nichts zu essen anbieten und Zucker für den Tee ist auch nicht da. Eigentlich wollte ich dich heute Mittag in ein böhmisches Gasthaus zu Schweinebraten mit Knödeln einladen. Ich könnte uns schnell eine Pizza holen."

„Das ist nicht nötig, ich habe mir auf dem Markt vor eurem Hotel wieder etwas Proviant besorgt."

Sie nahm zwei Käsebrötchen aus der Tasche und bot ihm eines an.

Doch er hatte keinen Hunger, holte ihr aber einen Teller und stelle ihn vor sie hin. Dann legte er eine Miles Davis CD auf und wandte sich den Geburtsurkunden zu.

Diese Dokumente untersuchte er nun genauso akribisch wie am Vortag die Gedichte von Mörike.

Mit welcher Haltung er das alles nahm!

Kein böses Wort, kein Vorwurf mehr an sie.

Sie musste sich beherrschen, ihn nicht zu berühren.

„Die Unterschriften sind echt", meldete er sich schließlich zu Wort und nahm sich noch einmal Evas Tagebuch vor.

Am besten ließ sie ihn für einen Augenblick allein.

„Ich gehe kurz nach draußen auf den Flur und telefoniere", sagte sie, nachdem sie eines der Brötchen gegessen und auch den Tee ausgetrunken hatte.

Er nickte, doch wieder schien er gar nicht richtig zugehört zu haben.

Im Treppenhaus neben Pavels Garderobe standen ein Klappstuhl sowie ein Hocker mit einem Aschenbecher darauf.

Sie öffnete eines der Velux-Fenster und zündete sich eine Zigarette an. So viel wie hier in Prag hatte sie lange nicht mehr geraucht.

Eigentlich müsste sie noch etwas wegen einer größeren Bücherlieferung mit Frau Weiß besprechen, doch in der Buchhandlung würde sie niemanden mehr erreichen, denn bis auf den *Aldi* hatten am Mittwochnachmittag alle Geschäfte in Barkenstedt geschlossen. Mit ihren Kindern hatte sie bereits am Vormittag telefoniert. Abgesehen davon, dass sein Arm noch etwas juckte, ging es Jan wieder gut.

Sie zog an ihrer Zigarette und wählte Gesines Nummer. Ihre Tante hatte sich bereit erklärt, auch bei ihr sowie an zwei benachbarten Gymnasien aus der Kleist-Biografie zu lesen, eine bessere Werbung für ihre Buchhandlung gab es nicht. Jetzt mussten nur noch die Termine abgeglichen und die Presse informiert werden.

Gesine befand sich auf Lesereise in Süddeutschland und meldete sich aus München, wo sie bei ihrem Verlag zu tun hatte.

„Hast du ihn schon gesehen?"

Das war das Erste, wonach sie sich erkundigte?

„Heute Nachmittag", sagte sie leise und wollte sofort ins Geschäftliche wechseln, doch ihre Tante kam ihr zuvor.

„Pass auf dich auf, Gesa, und lass dich nicht noch einmal auf ihn ein, nach all dem Kummer, den er dir zugefügt hat."

Darüber wollte sie jetzt nicht reden, sie wollte nur ein paar Termine absprechen und dann zurück in Pavels Wohnung gehen.

Dann fiel ihr noch etwas Wichtiges ein.

„Mörike, *Peregrina*. Sagt dir das etwas?"

„Das ist nicht mein Fachgebiet. Ich weiß nur, dass Mörike darin seine unglückliche Liebe zu einer schönen Herumtreiberin verarbeitet hat. Eine junge Frau, die sich mehrmals hilflos auffinden ließ und dann die Herzen ihrer Retter brach." Sie hielt kurz inne. „Erinnert dich das an jemanden?"

Diesen Seitenhieb auf Gesas erste Begegnung mit Max hatte Gesine sich wohl nicht verkneifen können.

„Auch in *Maler Nolten* gibt es Anspielungen auf diese Liebe. Es ist eine anrührende Geschichte."

Vielleicht war ja auch Kafka als junger Mann auf eine schöne Herumtreiberin hereingefallen und hatte ihr die Gedichte geschickt. Fest stand jedenfalls, dass Kafka die Texte abgeschrieben hatte, schließlich hatte Pavel seine Handschrift identifiziert. Eine Vorfahrin Zuzanas? Eine Zigeunerin? Doch darüber wollte sie sich nicht den Kopf zerbrechen. Das würde sie Pavel überlassen.

Als sie in seine Wohnung zurückkam, war er immer noch in die Tagebuchaufzeichnungen vertieft. Vor ihm auf dem Tisch stand eine angebrochene Flasche Bier.

Er würde doch wohl nicht anfangen zu trinken?

„Ich hatte dann doch Hunger", sagte er und deutete auf den leeren Teller, auf dem das Käsebrötchen gelegen hatte.

„Wenn du noch rechtzeitig zu deiner Pressekonferenz kommen willst, müssen wir allmählich aufbrechen, Pavel. Ich muss mich nur noch umziehen."

Als sie aus dem Bad zurück war, saß er über die Zeichnung mit der Göttin Kali gebeugt.

Sie zog ihren Mantel an, der immer noch nicht ganz trocken war, und nahm die hart gewordenen Schuhe vom Ofen.

„Du musst mich nicht begleiten."

Er unternahm keinen Versuch, sie aufzuhalten.

„Sehen wir uns heute Abend bei Petre?", erkundigte sie sich leise. „Du solltest mit Zuzana reden."

Immer noch stand sie da mit den ruinierten Schuhen in der Hand.

„Ich werde nun gehen."

Zögernd ging sie zur Tür.

„Nur Mitleid?"

Sie fuhr zusammen. Da war sie wieder, diese Frage, die sie nicht beantworten würde.

„Auf dem Hradschin? Gestern Abend? Heute am Grab?"

Sie drehte sich um.

Er stand vor der Couch, die Arme vor seinem Körper verschränkt, und nun musterte er sie wieder auf die gleiche unverschämt fordernde Weise wie am ersten Abend in Barboras Bistro.

Nun denn!

Langsam stellte sie die Schuhe auf den Boden, zog den Mantel wieder aus und ging zu ihm hinüber.

35.

Auf der Karlsbrücke vor dem heiligen Nepomuk, dem Helfer bei Gefahr durch Wasser, hatten sie sich verabschiedet. Wie durch ein Wunder hatte die berühmteste Prager Brücke das Hochwasser überstanden, ob unversehrt, das wurde noch geprüft.

Erwartungsvoll berührte sie die bronzene Statue. Das machen alle so, das bringt Glück, hatte Pavel augenzwinkernd gemeint, bevor er zu seiner Pressekonferenz geeilt war.

Ein Lächeln fuhr ihr übers Gesicht. So etwas war ihr noch nie untergekommen. Wilder, purer Sex. Ohne Sentimentalitäten. Es war gewesen wie eine Reinigung!

Und sie verspürte nicht einmal ein schlechtes Gewissen.

Das wird sich schon noch melden, dachte sie. Aber vielleicht war es ja diese Art von Beziehung, die ihr guttat, traute sie sich seit der Trennung von Laursen ohnehin nicht mehr, sich voll und ganz auf einen Mann einzulassen und auf die Liebe zu setzen.

Oder machte sie sich da schon wieder etwas vor? Reiner, purer Sex? War da nicht noch etwas anderes gewesen, als Pavel sie ein zweites Mal genommen hatte - und sie dann gar nicht wieder voneinander hatten lassen können?

Es schauderte sie. Nein, daran durfte sie keinen Gedanken verschwenden!

Jetzt jedenfalls fühlte sie sich gewappnet für die Begegnung mit Laursen. Jetzt musste sie sich nur noch neu einkleiden, dann konnte sie ihm gegenübertreten.

Zeit genug war, denn er hatte ihr mitgeteilt, dass er sich um etwa eine Stunde verspäten würde.

In Helenas Geschäft wurde sie von einer freundlichen, älteren Frau um die Sechzig, die eher klassisch als modisch gekleidet war und fließend Deutsch sprach, in Empfang genommen.

„Wenn es Ihnen recht ist, werde ich mich um Sie kümmern, Frau Dr. Jakobsen. Ich bin Jelena. Die Chefin hat noch zu tun", sagte sie und führte Gesa an eine breite Marmortreppe. „Wenn Sie mich bitte nach oben begleiten würden."

Gesa zögerte einen Moment, bevor sie der Frau folgte. Sie wollte ihr keine unnötige Arbeit machen, reichte doch ein Blick auf die Auslagen, um zu erkennen, dass sie in dieser Luxusboutique nichts Passendes für sich finden würde. Zu grell, zu bunt, zu jung war diese Mode. Kein Wunder, dass sich hier keine weiteren Kundinnen aufhielten.

Oben wurde sie eines Besseren belehrt. Hier herrschte reger Betrieb, hier wurde russisch gesprochen, und die Mode, die angeboten wurde, sagte auch ihr auf Anhieb zu.

Ein schmaler, kurzer Mantel in einem warmen Rot fiel ihr sofort ins Auge. Das wäre einmal etwas anderes als die ewigen Schwarz- und Beigetöne, die sie sonst bevorzugte.

Jelena bat sie, Mantel und Blazer abzulegen und musterte sie eingehend. Dann führte sie sie an einen Tisch mit Kaffee, Gebäck und Modezeitschriften und ließ sie kurz allein.

Gesa ging noch einmal zu dem roten Mantel und fasste ihn an. Ein leichter, weicher Wollstoff, sehr wahrscheinlich Kaschmir. Die Größe könnte hinkommen, aber ein Preis war nicht angegeben.

„Pavel hat ein gutes Auge", meinte Jelena lachend, als sie nach kurzer Zeit mit einem kleinen Rollwagen voller Kleidungsstücke zurückkam. „Er hat mir am Telefon schon die wichtigsten Informationen durchgegeben, so dass ich einiges vorbereiten konnte."

Gesa stand immer noch neben dem roten Mantel.

„Da haben wir Passenderes für Sie", meinte Jelena und nahm ein ähnlich schmal geschnittenes Modell, aber in einer anderen Machart und Farbe von dem Wagen.

„Das ist eine grob gewebte Wolle, eine Art Bouclé. Die Grundfarbe ist ein dunkles Braun, der andere Ton ein zartes Rosé", klärte Jelena sie auf und half ihr in den Mantel. Er saß wie angegossen und die Farbe schmeichelte ihr. Wäre sie alleine unterwegs gewesen, hätte sie sich wohl nicht getraut, dieses aparte Teil zu probieren.

„Wie für Sie gemacht."

Angezogen wirkte der Mantel ausgesprochen leger. Darin könnte sie mit den Kindern Fahrrad fahren, oder am *Neuen Wall* und in Eppendorf herumstolzieren, wenn sie Max in Hamburg besuchte.

„Und der Preis?", traute sie sich zu fragen.

„Die exklusiveren Stücke finden Sie unten oder ein Stockwerk höher. Hier, auf dieser Etage, bieten wir Alltagsmode zu moderaten Preisen an. Der Mantel kostet 260 Euro."

Das war weniger, als sie erwartet hatte. Doch für eine Pragerin mit einem normalen Einkommen wäre das bestimmt zu teuer. Die Russinnen schienen es sich leisten zu können.

Jelena empfahl Gesa einen kurzen, schwarzen Rock aus leichter Wolle sowie ein dazu passendes kragenloses, kastenförmiges Oberteil zum Knöpfen.

„Das gleiche Modell habe ich hier noch einmal in einem dezenten Maisgelb. Wenn Sie beides nehmen, können sie die Teile wunderbar miteinander und auch mit anderen Sachen kombinieren. Die Oberteile sind locker geschnitten, sodass Sie im Winter noch etwas darunter anziehen können."

Sie probierte den gelben Rock mit dem dunklen Oberteil zu ihrer schwarzen Strumpfhose, und da die Sachen gut saßen und auch für die Buchhandlung geeignet waren, beschloss sie, alle vier Teile zu nehmen.

„Pavel hat Recht, Gelb ist Ihre Farbe", meinte Jelena, als sie ihr noch einen bunten Seidenschal um den Hals drapierte, in dem sich auch die Farben des Mantels wiederholten.

„Ist der Rock nicht zu kurz?"

„Gerade richtig für eine Frau mit ihren Beinen und in ihrem Alter."

Die andere sah nun schon zum wiederholten Male auf Gesas Schuhe, die einen erbärmlichen Eindruck machten.

„Zu ihrer Schuhgröße hat Pavel nichts gesagt."

Er hatte wohl anderes im Blick gehabt. Dabei hatte er sich oft genug mit ihren Schuhen beschäftigt.

Jelena griff zum Telefon und schon nach kurzer Zeit erschien eine jüngere Verkäuferin mit mehreren Kartons auf dem Arm.

Es waren ausschließlich flache, schwarze Modelle. Jelena empfahl ihr ein Paar, das auf den ersten Blick etwas derb, am Fuß aber ganz interessant wirkte und sehr bequem war, genau das Richtige für ihr Geschäft oder einen Stadtbummel.

Sie beschloss, die neuen Sachen anzubehalten und auch den wärmenden Mantel anzuziehen.

Alles in allem kostete sie ihre Einkaufstour etwas mehr, als sie geplant hatte, aber es passte noch in ihr Budget.

Jelena schlug ihr vor, die anderen Kleidungsstücke dazulassen, Pavel würde ohnehin noch vorbeikommen und könnte die Sachen dann mit ins Hotel bringen.

36.

Ganz in der Nähe der Moldau, beim Rudolfinum am Jan-Palach-Platz, gab es eine kleine Grünanlage mit Bänken. Dort war es menschenleer und auf der Straße daneben fuhren nur wenige Autos. Da es nicht mehr regnete, beschloss sie, hier einen Moment zu verweilen. Auf einer der Bänke lag eine trockene Zeitung, sie setzte sich darauf und zündete sich eine Zigarette an.

Zehn Jahre lang, nahezu die Hälfte ihres erwachsenen Lebens, war sie die Geliebte des dänischen Wissenschaftlers und Diplomaten Erik Laursen gewesen. Sie war seine Tarnung gewesen und hatte ihn begleitet, wenn er geheim verhandelte im Auftrag der NATO in Ost- und Westeuropa.

Kennengelernt hatte sie ihn knapp zwei Jahre vor dem Fall der Mauer auf einem sicherheitspolitischen Seminar für Doktoranden in Brüssel, an dem zu ihrer Überraschung auch sowjetische Wissenschaftler teilnahmen.

Er war einer der Referenten gewesen. 38, Däne, Volkswirt, Friedens- und Konfliktforscher.

Verheiratet, drei Kinder hatte außerdem noch in den Tagungsunterlagen gestanden. Er sah aus wie ein Franzose und sprach auch so, mit einer auffallend sonoren Stimme.

Sie hatte ihm direkt gegenüber gesessen und seinem Vortrag über die Kaufkraft der DDR-Mark gebannt gelauscht. Er war ein brillanter Redner, der es verstand, seine Zuhörer durch anschauliche Beispiele aus dem Alltag der Ostdeutschen zu fesseln. Anschließend hatte es noch eine Diskussion über die Zukunft der deutsch-deutschen Beziehungen gegeben und daran hatte sie sich lebhaft beteiligt.

Sie hatte sich sofort in ihn verliebt.

Am Abend, in der Bar des Tagungshotels, hatten sie weiter diskutiert, bis nur noch sie und Laursen übriggeblieben waren, und dann hatte er sie, weil sie so kluge Fragen gestellt habe, gleich zu einem weiteren Seminar nach Groningen eingeladen.

So war es eine Zeit lang weitergegangen. Von Liebe hatte er nie gesprochen und bis zu jenem verhängnisvollen Abend in Köln, als plötzlich sein Partner John Richardsen aufgetaucht war, hatte sie nicht gewusst, dass Laursen auch für die NATO arbeitete.

Der elegante Brite hatte sie kurz gemustert, dabei war sein Blick stirnrunzelnd über ihre bunt geblümte H&M-Bluse gefahren, und dann hatte er ihr ein überraschendes Angebot gemacht: Man habe Erkundigungen über sie und ihre Familie eingezogen. Sie spreche leidlich Russisch, besitze gute Umgangsformen, sei eine gute Sportlerin und dazu eine attraktive junge Frau. Ob sie sich vorstellen könnte, als Reisebegleiterin für Dr. Laursen zu arbeiten.

Zunächst hatte es ihr vor Scham die Sprache verschlagen, doch Richardsen hatte sie zu beruhigen gewusst.

„Liebesdienste erwarten wir nicht. Sie sollen nur so tun als ob."

Und sie hatte sich tatsächlich darauf eingelassen und sich für Jahre die Zukunft verbaut.

Unvorstellbar, wie gutgläubig und naiv sie damals gewesen war.

Und ihre Mutter? Die hatte sie nicht zurückgehalten, sondern bestärkt in diesem abenteuerlichen Vorhaben, nachdem sie Laursen auf dem Hamburger Flughafen kurz in Augenschein genommen hatte. Ein seriöser Mann, Gesa. Du könntest nach Herzenslust reisen und die Welt kennen lernen. Wenn man mir als junge Frau ein solches Angebot gemacht hätte, wäre ich vor Freude in die Luft gesprungen.

Zehn Jahre lang war kein Platz gewesen für alte Freunde oder neue Bekanntschaften, geschweige denn, für einen anderen Mann in ihrem Leben. Niemand durfte etwas erfahren, und so hatte sie sich in ihre Arbeit gestürzt, wobei die Kontakte zu ihren Kolleginnen und Kollegen an der Universität selten über Berufliches hinausgingen. Ihre Freizeit verbrachte sie, soweit sie nicht nach Barkenstedt gefahren war und das Wetter es irgendwie zuließ, auf dem Golfplatz, mit sportlichen Erfolgen und nichtssagenden Small-Talk-Beziehungen.

Einsam hatte sie sich nicht gefühlt.

Sie war nie losgekommen von ihm – bis zu ihrer Trennung in Kopenhagen.

Wie blind sie doch gewesen war!

Was wohl gewesen wäre, wenn ihr schon damals einer wie Pavel Klima über den Weg gelaufen wäre?

Auf der Bank beim *Rudolfinum* war ihr nach kurzer Zeit kalt geworden und inzwischen war sie im Innenhof des *Klementinums* angekommen. Nun fühlte sie sich nicht mehr so unbeschwert wie noch vorhin auf der Karlsbrücke oder in Helenas Geschäft. Noch war Zeit. Noch könnte sie weglaufen.

Doch irgendetwas hielt sie hier zurück. Und wie sie so dastand, so unentschlossen, umgab sie plötzlich eine unerwartete Ruhe. Nichts war mehr zu hören von dem Lärm der Baumaschinen, die wenige Schritte von hier entfernt mit Erdarbeiten beschäftigt waren, nichts zu spüren von der Hektik dieser Großstadt. Die Jesuiten, die hier über Jahrhunderte gewirkt hatten, hatten es verstanden zu bauen. Sie war ergriffen von der Atmosphäre dieses stillen Innenhofs. Es kam ihr vor, als befände sie sich in einer eigenen Welt.

Aus ihrem Reiseführer erfuhr sie, dass dies nicht immer ein so friedlicher Ort gewesen war. Von hier aus hatten die Jesuiten ab 1620 die Rekatholisierung Böhmens in Angriff genommen, hatten gründlich aufgeräumt mit den Büchern und Lehren der Protestanten und sich auch die ketzerische Karlsuniversität einverleibt. Erst 1733, als der Papst die einflussreiche Societas Jesu aufgelöst und auch aus Prag verbannt hatte, war der Spuk zu Ende gewesen. Später war im Klementinum die Universitätsbibliothek untergebracht gewesen und jetzt befand sich hier die Nationalbibliothek.

Sie wollte noch etwas weiter lesen, doch ihre Gedanken kreisten bereits wieder um Laursen.

Nein, sie würde nicht weglaufen. Sie war nicht mehr das junge, naive Ding von damals. Sie war eine gestandene, erwachsene Frau, die Verantwortung trug und aus ihren Fehlern gelernt hatte.

Nicht so ganz, besann sie sich und dachte an ihr Beisammensein mit Pavel. Allein bei dem Gedanken daran spürte sie, wie ihre Anspannung sich zu lösen begann.

37.

Als sie den berühmten Bibliothekssaal betrat, war sie überwältigt von der barocken Pracht und all den kostbaren, aufwändig gebundenen Büchern, die das Wissen aus so vielen Jahrhunderten festhielten. Wieviel Sorgfalt die Menschen damals allein auf die Gestaltung der Einbände verwandt hatten. Vielleicht, weil das Wissen damals noch nicht einem so rasanten Wandel unterzogen gewesen war wie heute.

Und erst die wunderschönen, alten Globen!

„Tycho Brahe, Gesa, geboren 1546 in Knutstorp, Südschweden, nordisch wie ich und ein treuer Diener seines Königs. Später dann Hofastronom in Prag. Gestorben 1601. Seine Grabplatte nebenan in der Teynkirche schmückt der Danebrog. Suchst du den, min kæreste?"

„Schön, dich zu sehen, Erik." Diesen Satz hatte sie einstudiert und auch die Körperhaltung, die sie dazu einnehmen würde. *Kopf hoch, Schultern zurück.*

Doch es funktionierte nicht so richtig. Kaum hatte der große, schlanke Mann sie in seine Arme genommen, Küsschen links, Küsschen rechts, schon überkam sie ein Gefühl, das sie nicht so richtig einzuordnen wusste, eine seltsame Mischung aus Fremdheit und Nähe.

Wo war ihre Bitternis geblieben?

„Entschuldige die Verspätung, Gesa. Gut siehst du aus."

146

Er musterte sie eingehend.

„Immer noch das hübsche Puppengesicht und dazu die neueste tschechische Mode." Er schmunzelte. „Helena Klimová?"

„Du lässt mich beobachten?"

„Ich habe mit Barbora telefoniert", gestand er ein. „Deine Augen strahlen. Freust du dich so, mich zu sehen?"

Wenn du wüsstest, dachte sie, und nun musterte auch sie ihn etwas genauer. Lässiger, anthrazitfarbener italienischer Anzug, kragenloses, dunkles T-Shirt und ein kurzer, dunkler Mantel, den er offen trug. Auf das blütenweiße Hemd und die Krawatte hatte er verzichtet, was darauf hindeuten mochte, dass er nicht in offizieller Mission unterwegs war und vielleicht doch Zeit für sie haben würde. Bis auf die Brille und die ersten grauen Strähnen, die sein dunkles Haar durchzogen und gut zu ihm passten, hatte er sich kaum verändert. Er wirkte wie immer sehr selbstsicher, in seinem Blick ein Anflug von Überheblichkeit. Und da war auch wieder der vertraute Geruch.

Unvermittelt musste sie an Pavel denken und an ihre beiden Söhne.

Nein, sie würde sich nicht wieder abspeisen lassen!

Kopf hoch, Schultern zurück.

Zunächst das Naheliegende.

„Warst du 1968 während des Prager Frühlings in Prag?"

Ihre Stimme zitterte.

„Das traust du mir zu!"

Die Entrüstung war nicht zu überhören gewesen. „Was ist das für eine Begrüßung nach so vielen Jahren?"

Sollte er sie ruhig für unhöflich halten. Ihr stand der Sinn jetzt nicht nach oberflächlichem Geplänkel.

„Warst du 1968 im Mai in Prag?", setzte sie nach.

„Ich war jung verheiratet."

Seine Eltern hatten ihm sogar mit Enterbung gedroht. Inzwischen war seine Frau Jytte Laursen eine der erfolgreichsten dänischen Möbeldesignerinnen und ihr Vermögen dürfte um einiges größer sein als das seiner vornehmen Familie.

Er war also in Prag gewesen.

„Hast du Frantisek Klima gekannt?"

Er räusperte sich.

„Ein Träumer!"

„Und woher kennst du Barbora Karlová?"

„Darauf erwartest du keine Antwort."

Je weniger du um diese Dinge weißt, desto besser für dich, hatte er ihr eingeschärft, doch jetzt war die Situation eine andere.

„Ich bin nicht der Vater, Gesa. Schlag dir das aus dem Kopf." Er seufzte. „Mehr kann ich dir darüber im Moment leider noch nicht sagen", machte er ihr ein Friedensangebot. „Wie kommst du überhaupt darauf? Sieht Zuzanas Sohn mir so ähnlich?"

Er riecht wie du? Nein, sie würde sich nicht rechtfertigen vor ihm.

„Das tut nichts zur Sache."

„Ich bin wirklich nicht der Vater. Und nun lass uns nach draußen gehen und ein wenig am Altstädter Ring spazieren!"

Er nahm ihre Hand und drückte sie.

„Deine Verhörmethoden, min kæreste, sind übrigens immer noch dermaßen dilettantisch, dass man darüber verzweifeln möchte", lachte er plötzlich laut auf.

„Das ist nicht zum Lachen, Erik!", wies sie ihn zurecht, doch als sie den Schalk in seinen Augen sah, durchfuhr sie ein Schauder! Das ist der Vater meiner Söhne, packte es sie völlig unerwartet, der Mann, den ich über alles geliebt habe.

Doch sofort verbot sie sich diesen Gedanken.

Der Mann, der dich eiskalt abserviert hat, ermahnte sie sich und hielt noch immer seine Hand.

38.

Sobald sie das Klementinum verlassen hatten, befanden sie sich wieder in der lärmenden Wirklichkeit der Millionenstadt Prag.

Überall waren jetzt Touristen. Am Altstädter Ring, Ecke *Pařížká*, hatte sich sogar ein kleiner Menschenauflauf gebildet. Hier wurde ein Film gedreht. Zwischen Kameras und Aufnahmewagen umstanden die Menschen einen alten Bugatti, an dessen Lenkrad ein Schauspieler saß, der im Stil der zwanziger Jahre gekleidet war.

„Wollen wir uns als Liebespaar bewerben?"

Das hatte bitter geklungen, aber sofort lenkte er ein.

„Wie geht es deinen Eltern? Ist deine Mutter immer noch eine so rasante Autofahrerin?"

Damals, als Laursens Leute sie überprüft hatten, waren sie auch auf Margarethes Verkehrssünden gestoßen.

„Sie hat sich gerade ein neues Auto gekauft, ein rotes Cabrio. Sie arbeitet immer noch mit meinem Bruder Stefan zusammen im Geschäft."

„Und dein Vater? Ist er noch im Landtag?"

„Er hat nicht wieder kandidiert, sitzt aber noch im Kreistag und betreut auch noch einige seiner alten Mandanten, obwohl er eigentlich nicht mehr als Steuerberater arbeiten wollte. Ansonsten kümmert er sich viel um meine beiden Söhne, viel mehr, als er sich jemals um seine eigenen drei Kinder gekümmert hat."

„Die Zwillinge hatten jetzt irgendwann Geburtstag, nicht wahr?"

„Das liegt schon etwas zurück", wich sie aus, obwohl sich ihr da plötzlich eine gute Gelegenheit bot, ihm die Wahrheit zu sagen. Doch sie hatte immer noch Angst vor seiner Reaktion. Nein, hier auf diesem belebten Platz unter all den fremden Menschen wollte sie dieses Thema nicht ansprechen. Dazu brauchte es einen anderen Rahmen und mehr Zeit, als er heute vermutlich mitgebracht hatte. Sie hatte fünf Jahre geschwiegen, da konnte sie auch noch bis zum nächsten Tag warten.

„Es sind aufgeweckte Jungen, allerdings sind sie, wie das bei Zwillingen häufig so ist, am liebsten unter sich."

Als er sich nach ihrer Trennung zum ersten Mal wieder bei ihr gemeldet hatte, hatte sie ihm ein falsches Geburtsdatum angegeben, die Kinder einfach um einige Monate jünger gemacht.

Der Vater sei ein Urlaubsflirt auf Teneriffa gewesen, ein Weltenbummler, zu dem sie keinen weiteren Kontakt wünsche, hatte sie ihm damals erzählt. Ihre Eltern würden ihr helfen, die Kinder großzuziehen, und sie auch finanziell unterstützen. All die Jahre hatte sie sich gewundert, dass er nie auf die Idee gekommen war, auch diese Angaben überprüfen zu lassen. Sie hatte es als Zeichen genommen, dass er sich nicht wirklich für sie und ihre Kinder interessierte.

„Und wie geht es deiner Familie?"

Seine Lippen verspannten sich. „Hattest du mir nicht verboten, über dieses Thema zu reden?"

Irgendwann im letzten Jahr ihrer Beziehung hatte sie es nicht mehr ausgehalten, wenn er in allen Einzelheiten von den Problemen seiner Töchter, den klugen Enkeln oder den geschäftlichen Erfolgen seiner Frau berichtete, und da hatte sie ihn barsch zurechtgewiesen.

„Das ist lange her."

„Jytte verkauft Möbel in Boston", meinte er nachdenklich und wechselte sofort das Thema. Weshalb verschwieg er, dass er sich inzwischen von ihr getrennt hatte? Oder hatte Barbora sie etwa angelogen?

„Und was ist mit deinen Zukunftsplänen, Gesa? Wann ziehst du zu deinem Anwalt nach Hamburg?"

Das ging ihn nichts an. Aber sie hatte sich vorgenommen, ihm nicht wieder etwas vorzumachen, sondern bei der Wahrheit zu bleiben.

„Es ist keine leichte Entscheidung, gerade jetzt, da ich mir in Barkenstedt mit der Buchhandlung eine neue Existenz aufgebaut habe. In Hamburg müsste ich wieder ganz von vorne anfangen, und ich bezweifle, dass man in Winterhude oder Eppendorf auf meine Bücher wartet. Nur als Anwaltsgattin möchte ich nicht leben."

Außerdem wüsste sie keinen besseren Platz für ihre Kinder als in Barkenstedt bei ihrer Familie.

„Vielleicht kannst du ihn ja davon überzeugen, nach Bremen zu gehen."

Da sprach er ein heikles Thema an. Zwar stammte Max aus Bremen, lebte aber schon lange in Hamburg und hatte sich mit seiner Wirtschaftskanzlei einen Namen gemacht. Anders als viele seiner Kollegen war er kein reiner Zahlenmensch, sondern interessierte sich auch für Kultur, ging gerne in die Oper oder ins Theater, und da hatte die größere Hansestadt mehr zu bieten als Bremen.

Sie atmete tief. Und dann waren da noch seine Tochter Theresa, die immer noch bei ihm in der Dorotheenstraße wohnte, obwohl sie längst erwachsen war, und Frau de Wall, die schon für seine verstorbene Frau gearbeitet und nach deren frühen Tod Theresa großgezogen hatte.

Aber das ging Laursen nun wirklich nichts an.

„Was ist mit dir, Gesa, fühlst du dich nicht wohl?"

Sie spürte, dass dieses Thema ihr auf den Magen zu schlagen drohte.

„Lass uns über etwas anderes reden", sagte sie schließlich und entzog ihm ihre Hand. „Erzähl mir etwas über Prag."

„Ach, Gesa", seufzte er, beugte sich zu ihr hinunter und küsste sie auf den Mund.

In diesem Augenblick kamen ihnen drei junge Leute entgegen. Sie hätte im Boden versinken mögen. Zwei Männer und eine junge Frau, die einen großen Blumenstrauß in der Hand hielt. Pavel, Jana und Jiri! Das hübsche Mädchen hatte sich bei Pavel untergehakt und strahlte ihn genauso an wie auf dem Foto in seiner Wohnung.

Das war keine lange Pressekonferenz gewesen.

„Mir ist kalt. Lass uns schnell irgendwo reingehen."

Jetzt senkte auch sie den Blick und versuchte vergeblich, Laursen in die andere Richtung zu lenken.

„Ich möchte dir erst noch das Café *Milena* zeigen und auch das Kinsky Palais, wo Kafka zur Schule gegangen ist und wo später auch das Geschäft seiner Eltern war."

Längst hatte Pavel sie entdeckt, und auch Jiri schaute sie an, doch die beiden ließen sich nichts anmerken, sondern gingen einfach weiter.

Etwas in ihr zog sich zusammen. Was musste Pavel von ihr denken? Kaum war sie von seinem Schoß gestiegen, schon gab sie sich mit einem anderen ab. Dabei diente Laursens Kuss vermutlich einzig und allein dem Zweck, mit ihr in der Öffentlichkeit aufzufallen. Aber so ganz sicher war sie sich nicht. Irgendetwas war anders gewesen, da lag auch etwas in seinen Augen, das sie so nicht kannte. Wenigstens hatte sie den Kuss nicht erwidert. Er hatte ihr nicht geschmeckt.

Laursen sah auf seine Uhr, als erwarte er noch jemanden.

„Es gibt Probleme. Die Deutschen haben eine andere Vorstellung von der NATO-Osterweiterung und der Modernisierung des Bündnisses als wir. Sie befürchten wohl, wieder einmal auf den Kosten sitzenzubleiben oder es sich mit den Russen zu verderben. Sie müssen nicht unbedingt mitbekommen, dass wir uns hier in Prag mit einigen Freunden treffen."

Das konnte nur bedeuten, dass die drei Diplomaten ihr eigenes Süppchen kochten, ohne Absprache mit dem NATO-Militärausschuss. In diesen gefährlichen Zeiten?

„Es kann sein, dass du heute Abend noch einmal für uns dolmetschen musst."

Da war es heraus. Also doch!

Seltsamerweise berührte es sie nicht besonders, dass er sie noch einmal für seine Interessen einspannen wollte, und es gelang ihr ruhig zu bleiben.

„Dieser Aufgabe fühle ich mich nicht mehr gewachsen, dafür reichen meine Russischkenntnisse nicht mehr aus."

Das war eine Notlüge. Sie liebte die russische Sprache und Literatur und unterhielt sich gerne auf Russisch mit Natalia, die, seitdem die Zwillinge aus dem gröbsten heraus waren, wieder im Feinkostgeschäft arbeitete, aber immer noch bei ihr im Kutscherhaus wohnte und ihr weiterhin bei den Kindern zu Hand ging.

Da war es auch schon zu spät für Diskussionen, denn schon stand Johan Bruni mit einer hochbeinigen jungen Frau vor ihnen.

Bruni war ein Mann, der Blicke auf sich zog. Es lag nicht nur an seiner hünenhaften Gestalt, der eleganten Kleidung und den für einen Mann in seinem Alter und seiner Position inzwischen wohl zu langen, blonden Haaren.

Seine ganze Haltung strahlte Macht aus!

Auch die junge, blonde Frau, die sich auf Englisch mit Olga Ivanowa vorstellte, vermutlich eine Russin, zog Blicke auf sich. Sie besaß die Gardemaße eines Mannequins, war extravagant in Künstlerschwarz gekleidet und hätte unbesehen für Helena Klimová über den Catwalk laufen können. Sie wirkte auf den ersten Anschein etwas affektiert.

Für einen Moment bereute sie es, nicht ihre hochhackigen Pumps angezogen zu haben. Aber sie kannte sich aus mit Brunis offiziellen Gespielinnen. Was sich wohl dieses Mal dahinter verbarg?

„Gehen wir zu *Kafka* in die Josefstadt. Dort machen sie einen guten Latte", übernahm Bruni sofort die Regie und marschierte mit weit ausholenden Schritten seinem Tross voran.

39

Im *Kafka Café* war alles alt und düster. Die Wände, die Möbel und sogar das Licht.

Obwohl sie die einzigen Gäste waren, wählte Bruni einen Tisch, der separat am Fenster stand.

Der Norweger war einer der attraktivsten Männer, die ihr je begegnet waren, und wirkte auch mit Mitte fünfzig immer noch sehr anziehend. Er wusste um seine Wirkung und er nutzte dies Frauen gegenüber schamlos aus. Da hatte er einiges mit ihrem Bruder Heinrich gemeinsam. Laursen hatte einmal angedeutet, dass Bruni sexsüchtig sei und seine Hypersexualität, wie Psychiater diese Störung nannten, ihm beinahe seine Karriere gekostet hätte, wenn Richardsen sich nicht für ihn eingesetzt hätte. Wie auch immer, sie konnte sich nicht vorstellen, dass Bruni eine Affäre mit Zuzana gehabt haben könnte. Kleine, dunkelhaarige Frauen passten nicht in sein Beuteschema. Er konnte unmöglich Pavels Vater sein, und Richardsen hatte sie bereits ausgeschlossen.

Vielleicht hatte sie sich doch zu voreilig auf die drei Diplomaten festgelegt.

Da die Bedienung keinerlei Anstalten machte, zu ihnen zu kommen, übernahm Laursen schließlich die Bestellungen und ging zur Theke hinüber.

Die Getränke mussten im Voraus bezahlt werden. Er hatte wohl ein ordentliches Trinkgeld gegeben, denn für einen Augenblick entspannte sich die Miene der strengen tschechischen Wirtin.

Inzwischen hatten noch zwei weitere Gäste das Café betreten, die sich so weit wie möglich von ihnen entfernt an einen Tisch setzten, als wollten sie ihnen zu verstehen geben, dass sie nicht vorhätten, sie zu belauschen. Den einen der Männer hatte sie schon in der Nationalbibliothek bemerkt.

„Unser tschechischer Begleitschutz", klärte Laursen sie auf.

Nachdem sie sich eine Weile über die Hochwasserschäden und die geplante EU-Ostererweiterung unterhalten hatten, wandte sich Bruni an Gesa.

„Weshalb haben Sie Ihre wissenschaftliche Laufbahn aufgegeben, Gesa?"

„Es waren die Umstände. Nachdem mein Doktorvater nach Tübingen gegangen war, wurde mein Vertrag in Hannover nicht mehr verlängert, und dann kamen die Kinder. Jetzt betreibe ich eine Buchhandlung, es macht mir Spaß und ich kann davon leben."

„Dann ist es wohl doch Krämerblut, das in Ihren Adern fließt", meinte er lächelnd und spielte damit auf ein Gespräch an, das sie vor vielen Jahren über ihre Familien geführt hatten. Auch er entstammte einer Kaufmannsfamilie, allerdings war das nicht vergleichbar, denn es handelte es sich um Großkaufleute, die in der ganzen Welt unterwegs waren.

„Soll ich mich trotzdem einmal umhören, Gesa, in Hamburg oder Hannover?", bot Bruni ihr an.

„In Hamburg?", horchte sie auf.

„Ich habe gute Kontakte zum Institut für Sozialforschung und auch zum GIGA-Institut. Da dürfte bestimmt etwas zu machen sein."

Doch sie kam nicht mehr dazu, ihm zu antworten, weil sein Handy klingelte. Er entschuldigte sich und ging in den Bereich rechts vom Eingang, wo sich die tschechischen Sicherheitsbeamten aufhielten. Auch Olga stand nun auf und ließ sie mit Laursen allein.

„Die neuen Sachen stehen dir gut, Gesa", versuchte er schön Wetter zu machen, doch sie ging nicht darauf ein.

„Ich müsste dringend etwas mit dir besprechen, in Ruhe, unter vier Augen."

„Ich weiß, Gesa. Morgen Abend haben wir Zeit, heute wird es vermutlich nicht klappen."

Ich weiß? Was wusste er?

Zu ihrer Verwunderung zündete er sich ein Zigarillo an. Er hatte wieder angefangen mit dem Rauchen?

Dann überraschte er sie aufs Neue.

„Hast du ein Foto von deinen Kindern dabei?"

Sie hatte sogar die Geburtsurkunden dabei. Wusste er etwa doch Bescheid? Oder war es nur ein allgemeines Interesse? Wie dem auch sei. Spätestens am nächsten Tag würde er ohnehin die Wahrheit erfahren.

Sie kramte in ihrem Beutel, holte die Brieftasche heraus und zeigte ihm eine aktuelle Aufnahme von den Zwillingen. Wie er wohl darauf reagieren würde?

Er zog die Stirn in Falten und senkte den Blick. Dann sah er sich das Foto noch einmal genauer an.

„Sie gleichen sich tatsächlich wie ein Ei dem anderen, und mit den dunklen Haaren und den schwarzen Augen sehen sie dir so gar nicht ähnlich."

Was sollte sie dazu sagen? Entweder er wollte es nicht wissen oder er hatte tatsächlich nicht bemerkt, dass die Kinder wie Miniaturausgaben von ihm aussahen.

„Sie sind groß gewachsen für ihr Alter, nicht wahr, dazu recht zart und feingliedrig, so dass sie etwas zerbrechlich wirken, aber sie blicken neugierig in die Welt." Er deutete auf die Werder-Trikots. „Und für Sport scheinen sie sich auch zu interessieren."

Da haben sie wohl einiges mit ihrem Vater gemein, dachte sie und freute sich über seine einfühlsame Charakterisierung. Aber das hier war nicht der richtige Ort, diese Unterhaltung fortzuführen.

Der Kaffee ließ immer noch auf sich warten.

„Ist Olga Brunis neue Reisebegleiterin?", wechselte sie das Thema.

„Die Zeiten haben sich geändert, Gesa. Sie ist eine Professionelle."

„Eine Prostituierte?", wunderte sie sich.

„Sie bekleidet den Rang eines Leutnants", klärte Laursen sie lächelnd auf. „Der tschechische Geheimdienst hat sie uns für ein paar Tage ausgeliehen. Seit den Anschlägen in New York ist alles anders geworden. So etwas wie damals, als du mich auf meinen Reisen begleitet hast, wäre heutzutage aus vielerlei Gründen nicht mehr möglich."

„Und das hier?", entfuhr es ihr.

„Das ist eine absolute Ausnahme, es wird nicht wieder vorkommen. Ich war nicht damit einverstanden, und es war auch nicht so geplant, als ich dich nach Prag eingeladen habe."

Bevor sie etwas darauf erwidern konnte, waren Bruni und seine Gespielin zurück.

„Ich habe der Frau etwas Dampf gemacht", sagte Olga und nun kam die Wirtin endlich mit ihrem Tablett und einem unerwarteten Lächeln an ihren Tisch.

Auf Kosten des Hauses schenkte sie allen einen hochprozentigen österreichischen Obstler ein.

„Am besten, Sie stellen die Flasche gleich auf den Tisch", wies Bruni sie an. Sie tat wie geheißen und verschwand in den Hinterräumen ihres Lokals.

„Bei dem russischen Abgesandten handelt es sich um einen alten Bekannten von uns. Er erwartet uns in einer Stunde in Vinohrady. Da brauchen wir die hübsche Übersetzerin heute nicht", wandte sich Bruni schließlich auf Norwegisch an Laursen, ein Zeichen, dass diese Informationen nicht für andere bestimmt waren.

„Sie wird uns auch morgen nicht zur Verfügung stehen", erhob Laursen die Stimme. „Sie muss für Barbora in einer komplizierten Familienangelegenheit vermitteln."

Endlich einmal klare Worte.

Was die beiden Diplomaten nicht wissen konnten, war, dass sie seit ihrer Schwangerschaft, in der Hoffnung, Laursen könnte sich doch noch für sie entscheiden, fleißig Dänisch gelernt hatte und daher nun auch Norwegisch verstand.

Diese kurze Szene hatte gereicht, sie trotz des Obstlers ganz schnell zu ernüchtern. *Die hübsche Übersetzerin* war nichts als Beiwerk, das hatte sie bitter erfahren müssen, als sie einmal aus ihrer Sicht als Politologin ein Verhandlungsergebnis Richardsens kritisch kommentiert hatte. Da hatte er sie in Gegenwart von Laursen und Bruni barsch zurechtgewiesen. Was sie sich anmaße, ihre Kompetenzen zu überschreiten. Sie sei keine Diplomatin und spiele, trotz ihres Doktortitels, nicht in der gleichen Liga. Streng genommen benötige man sie nicht einmal als Dolmetscherin, da Laursen mindestens so gut Russisch spreche wie sie. Sie sei reiner Zierrat, nichts als Zierrat.

Nach dieser Zurechtweisung hatte sie sich beschämt und gedemütigt gefühlt wie noch nie in ihrem Leben. Laursen hatte einfach nur dagesessen und geschwiegen.

Hätte sie nur gleich damals die richtigen Konsequenzen gezogen.

Auch Max Conradi spielte, zumindest was das Finanzielle betraf, in einer anderen Liga als sie, aber er hatte es sie, abgesehen von seinen teuren Geschenken, nie spüren lassen.

Allerdings hatte sie sich später eingestanden, dass Richardsen nicht so ganz unrecht gehabt hatte. Sie hatte sich wohl tatsächlich eine Rolle angemaßt, die ihr nicht zustand.

Bruni war inzwischen aufgestanden und erklärte ihr, dass man ihre Hilfe nun doch nicht benötige, sie würden noch kurz gemeinsam ins Theater gehen und dann könne sie frei über ihre Zeit verfügen. Wieder senkte Laursen den Blick.

40.

Es war ein kurzer Theaterbesuch gewesen. Sie waren zu spät gekommen und die beiden Diplomaten hatten die Sondervorstellung gleich wieder durch einen Hintereingang verlassen. Auch Gesa hatte bald die Lust an den poetischen, auf Dauer aber etwas ermüdenden Spielereien des Schwarzen Theaters verloren. Sie war ohnehin nur mitgegangen, weil sie sich nicht in ihr Hotel traute, geschweige denn auf das Benefizkonzert bei Petre. Dort würde sie Pavel und Zuzana begegnen und vermutlich auch Jiri und Jana. Wie sollte sie damit umgehen nach dem, was am Nachmittgag vorgefallen war? Nein, diese Blöße würde sie sich nicht geben.

Und was war mit Max? Nun meldete sich doch ihr schlechtes Gewissen. Wie konnte sie ihm in die Augen sehen, wenn sie am Freitag zurück war?

Das wird sich finden, dachte sie und wieder erschrak sie über sich selbst.

In der Pause hatte sie sich, obwohl sie kaum Hunger verspürte, bei Olga nach einem typischen böhmischen Restaurant erkundigt, am besten ein Kellerlokal mit Musik.

Das treffe sich gut, hatte die tschechische Sicherheitsbeamtin gemeint, auch sie habe inzwischen Appetit. Und dann hatte sie sie in eine Falle gelockt, denn das böhmische Restaurant, ganz in der Nähe, direkt um die Ecke, in das Olga sie führte, war Barboras Bistro.

Da saßen sie nun bei einem schweren Rotwein, der ihr allmählich zu Kopf stieg, die Knödelchen und der Braten längst verzehrt und bezahlt, doch Olga machte keine Anstalten aufzubrechen.

„Die Chefin möchte noch kurz mit Ihnen reden, Frau Dr. Jakobsen."

Etwas anderes hatte sie auch nicht erwartet.

Da es ihr in der Gesellschaft der jungen Tschechin, die etwas wortkarg war, allmählich langweilig wurde und es zudem im Gastraum sehr laut und stickig war, beschloss sie, kurz nach draußen zu gehen, um etwas frische Luft zu schnappen.

Unruhig ging sie ein paar Schritte vor dem Lokal auf und ab. Inzwischen bereute sie es, sich auf diese Reise eingelassen zu haben. Sie hätte wissen müssen, dass das nicht gutgehen konnte.

Nervös kramte sie in ihrer Tasche nach ihrem Telefon. Max hatte sich immer noch nicht gemeldet und sein Handy reagierte nicht. Daher versuchte sie es noch einmal bei ihm zu Hause, bei Frau de Wall, die würde ihr verraten, wo er sich aufhielt, die konnte nicht schwindeln. Doch auch dort nahm niemand ab. Mittwochabend, fiel ihr ein, traf sich Frau de Wall mit ihren Freundinnen zur Doppelkopfrunde, aber am nächsten Morgen würde sie sie erreichen.

Irgendwie erleichtert darüber, dass ihr noch eine Galgenfrist blieb, bevor sie mit Max reden musste, steckte sie das Handy wieder ein und ging zurück in das Bistro.

Kaum hatte sie den Gastraum betreten, kam Barbora auf sie zu und begrüßte sie herzlich. Nachdem sie einige Brotkrümel mit der Hand von einem der Stühle gefegt hatte, setzte sie sich mit Gesa an den Tisch. Olga war sofort aufgesprungen und hatte Haltung angenommen. Da fehlte nur noch der militärische Gruß!

Barbora sagte etwas auf Tschechisch zu ihr und dann verschwand die junge Frau auf den Flur, der, wie Gesa wusste, zur Küche führte.

„Eine tüchtige Mitarbeiterin", meinte Barbora anerkennend. Gesa lehnte sich zurück und trank noch etwas von dem Barolo, sie hatte sich vorgenommen, sich erst einmal in Ruhe anzuhören, was die andere ihr zu sagen hatte, vielleicht hatte sie ja noch eine weitere Überraschung in petto.

„Es wird nicht lange dauern", sagte Barbora freundlich und verzichtete auf den strengen Blick, der Gesa beim ersten Mal so verunsichert hatte.

„Das mit Frau Farkasz haben Sie gut gemacht. Zuzana und Pavel sitzen bereits vereint an einem Tisch bei Petre, lauschen dem Blues und warten auf Sie."

Die Frau gab sich keine Mühe zu verbergen, dass sie über gute Kontakte verfügte.

„Damit dürfte meine Mission wohl beendet sein. Ich nehme an, dass Sie mir den Namen des Vaters nicht verraten werden."

„Laursen ist es nicht."

Gesa zuckte zusammen. Konnte die andere ihre Gedanken lesen?

„Das Schicksal Zuzanas liegt uns am Herzen."

Um ihr das noch einmal mitzuteilen, hatte Barbora sie sicher nicht hierher bestellt.

„Ich vermute, dass Sie unserer Einladung nach Prag nur gefolgt sind, weil Sie mit Laursen über Ihre Kinder reden wollen."

Gesa versuchte gleichmäßig zu atmen, tief in den Körper hinein. Jetzt nur nicht die Nerven verlieren!

„Seit wann wissen Sie davon?"

„Das tut nichts zur Sache. Laursen jedenfalls weiß es erst seit Mitte Juli. Er hat einen Tipp bekommen bezüglich des Geburtstages der Kinder und dann hat Ihre Mutter sich wohl am Telefon verplappert."

Margarethe!

Nein, ihre Mutter traf keine Schuld.

„Was wollen Sie von mir?"

„Sie haben sich doch immer gut mit Laursen verstanden", zwinkerte die andere ihr zu. „Und wir wissen, dass Sie der NATO als einer demokratischen und transparenten Organisation wohlwollend gegenüberstehen und den Wert der Freiheit zu schätzen wissen."

Das hörte sich an wie aus einer Werbebroschüre des Nordatlantikpaktes.

„Gerade jetzt, da die einmalige Chance besteht, den Sicherheitsinteressen der ost-und mitteleuropäischen Völker entgegenzukommen, benötigen wir einen Strategen wie Erik Laursen. Er hat verwandtschaftliche Verbindungen ins Baltikum und kennt sich auch in Georgien und der Ukraine aus. Dazu spricht er fließend Russisch."

Das Baltikum, Georgien und die Ukraine!

„Das kann nicht Ihr Ernst sein!"

„Was nützt den Völkern des ehemaligen Ostblocks die Freiheit, wenn ihre Sicherheit nicht garantiert ist? Auch Tschechien, Ungarn und Polen konnten nicht schnell genug in die NATO kommen. Wer weiß, wie lange die Russen noch so nachgiebig sind. Wir haben jahrzehntelang unter ihrer Knute gelebt, Gesa." Sie starrte ins Leere. „Ich weiß, wovon ich rede."

„Und was geschieht, wenn die Russen wieder erstarken? Glauben Sie, Putin wird es auf Dauer hinnehmen, dass die NATO immer weiter nach Osten vorrückt?" Nun versuchte sie, wie Laursen es ihr beigebracht hatte, der anderen auf die Stelle zwischen ihren Augen zu starren, doch die ließ sich nicht aus der Ruhe bringen.

„Das lassen Sie unsere Sorge sein. Noch ist Putin kompromissbereit. Auch die Russen haben Probleme mit islamistischen Terroristen, denken Sie an Tschetschenien. Da kommt es ihnen vielleicht sogar gelegen, wenn wir an der Westgrenze für Ordnung sorgen." Für einen Moment war ihre Stimme etwas lauter geworden, doch sofort hatte sie sich wieder unter Kontrolle.

„Wie Sie wissen, hat Laursen vor, sich anders zu orientieren."

„Er ist ein freier Mann, weshalb sollte er nicht als Botschafter seines Landes nach Australien gehen."

„Das hat sich zerschlagen", bemerkte die andere mit einem zufriedenen Lächeln.

Dafür hatten sie also schon gesorgt.

„Das diplomatische Corps legt Wert auf geordnete Familienverhältnisse. Und wäre es nicht auch für Ihre Kinder besser, wenn der Vater, den sie so lange entbehrt haben, noch eine Weile in ihrer Nähe bleiben würde? Laursen hat einen Ruf ans CISAC erhalten. Bereits im November will er nach Stanford gehen und in Zukunft nur noch als Wissenschaftler arbeiten."

Kalifornien. Das war für zwei kleine Kinder fast so weit wie Australien.

„Was wollen Sie von mir?"

„Uns liegt daran, dass er noch etwas länger für uns arbeitet, mindestens bis die zweite Phase der Osterweiterung erfolgreich eingeleitet ist. Dass Sie ihre Reize einzusetzen wissen, ist uns bekannt."

Fast hätte sie sich übergeben mögen, doch anders als bei ihrer ersten Begegnung mit dieser unverschämten Frau hatte sie sich dieses Mal unter Kontrolle.

„Ich werde sehen, was ich tun kann", entgegnete sie lächelnd und hatte das Gefühl, dass die andere ihr diese Antwort tatsächlich abnahm, denn sie nickte ihr einvernehmlich zu.

„Ich glaube, es wird Zeit, dass Sie zu Ihrem Konzert aufbrechen, Frau Dr. Jakobsen. Olga wartet im Wagen."

41.

In der Veranda brannte Licht, doch anders als sonst war der Haupteingang zum Hotel verschlossen. Vermutlich hatte sich der Nachtportier verspätet.

Als sie mit ihrem Schlüssel, der nur zum Seiteneingang passte, durch das Kaminzimmer hineinging, hatte sie sofort ein ungutes Gefühl. Mit lauter Stimme versuchte sie sich bemerkbar zu machen, doch nicht einmal Josef, der sonst allgegenwärtig schien, meldete sich. Vermutlich waren alle beim Konzert.

Kaum hatte sie die Rezeption erreicht, verstärkte sich ihre Unruhe. Hektisch kramte sie in ihrer Umhängetasche nach ihrem Pfefferspray und dem Handy, lief ins Treppenhaus, wo nur eine Notbeleuchtung brannte, und eilte nach oben in den zweiten Stock. Fast hätte sie den Schlüssel vor der Zimmertür fallen lassen, so sehr zitterten ihre Hände.

Reiß dich zusammen, ermahnte sie sich, öffnete die Tür und drehte das Licht an.

Wie angewurzelt blieb sie auf der Schwelle stehen.

Im Rilke-Zimmer herrschte Chaos. Am Boden verstreut zerfetzte Dokumente, Scherben, Strümpfe und Schals. Nicht einmal vor ihren Schilddrüsentabletten und den rosa Dahlien hatte der Eindringling Halt gemacht. Alle Schubläden der Kommode waren herausgezogen, ihre Unterwäsche und der im Schritt zerschnittene Badeanzug lagen auf einem Haufen vor dem Bett, obenauf ihr seidenes Nachthemd, auf das jemand uriniert hatte.

Scham und Ekel stiegen in ihr hoch. Einem ersten Impuls folgend wollte sie sofort nach unten rennen, doch dann fasste sie sich ein Herz, lief, immer noch bewaffnet mit Pfefferspray und Handy, ins Bad, dort war niemand, dann zurück zur Tür, verriegelte sie von innen und sah noch einmal auf ihre besudelte Wäsche.

Hoffentlich saß sie jetzt nicht in einer Falle.

Hastig ging sie die Einträge auf ihrem Display durch und wählte mit zittrigen Händen eine Nummer, die sie bis dahin noch nie gewählt hatte.

Dann suchte sie nach den Dokumenten, die Zuzana ihr anvertraut hatte. Wie nicht anders zu erwarten, war auch die Nachtischschublade durchwühlt worden. Nicht nur die Briefe an Pavel, sondern auch Evas Tagebücher waren verschwunden.

Alzbeta!

Es kam ihr vor wie eine kleine Ewigkeit, aber es dauerte nur wenige Minuten, bis Hilfe eintraf. Auf das verabredete Zeichen hin öffnete sie die Tür und da stand auch schon Zuzanas Fahrer, der Mann mit dem süffisanten Lächeln vor ihr, doch dieses Mal lächelte er nicht.

„Oberst Parler", stellte er sich nun vor.

Ein Oberst, der den Laufburschen und Chauffeur für eine Zigeunerin spielte?

„Ich bin ein Freund von Richardsen und Laursen", klärte er sie auf. „Es tut mir schrecklich leid, Frau Dr. Jakobsen."

„Alzbeta!"

„Die Empfangsdame? Wie kommen Sie darauf?"

„Das sagt mir mein Gefühl!"

Er runzelte die Stirn.

„Ich habe alles so gelassen, wie ich es vorgefunden habe", sprach es aus ihr und sie spürte, wie ihre Beine unter ihr wegzusacken drohten.

„Ganz ruhig!"

Parler nahm ihren Arm und führte sie zu einem der geblümten Sessel. Dann schenkte er ihr ein Glas Wasser ein, doch sie ekelte sich, davon zu trinken.

Er schien ihre Gedanken lesen zu können. „Ich hole Ihnen ein Glas Leitungswasser aus dem Bad", sagte er, nahm zwei Gläser und ging auf den kleinen Innenflur, der zum Bad führte, hinaus.

Sie hörte ihn telefonieren. Dann wurde er von einem Hustenanfall gepackt.

„Hier in der Garderobe und im Bad ist alles in Ordnung", rief er ihr schließlich mit heiserer Stimme zu, und dann kam er auch schon mit zwei Gläsern Wasser zurück und setzte sich zu ihr in den anderen Sessel.

Sie trank einen Schluck und fand allmählich wieder zu sich.

Wieder hustete er, oder war es nur ein Verlegenheitsräuspern gewesen?

„Das Problem ist, dass Zuzana nicht offen mit uns redet. Immer noch misstraut sie unseren Sicherheitsorganen, es grenzt schon an Verfolgungswahn! Als hätte sich seit der Samtenen Revolution nichts geändert!

„Sie wird ihre Gründe haben", meinte Gesa und dachte an die schwierige Situation der Roma. Aber vermutlich steckte noch mehr dahinter, hatte Zuzana doch angedeutet, wie schwer die Zeit unmittelbar nach dem Prager Frühling für sie gewesen war.

„Sagen Sie mir nun, wer Pavels Vater ist? Ich glaube, ich habe ein Recht, es zu erfahren."

„Nicht bevor Pavel es weiß."

Damit gab sie sich nicht zufrieden.

„Johan Bruni?"

Zu ihrer Verwunderung ging Parler auf das Spiel ein und schüttelte den Kopf.

„John Richardsen."

Erneutes Kopfschütteln.

Sie holte Luft. „Erik Laursen?"

„Das trauen Sie ihm zu? Ihrem engen Freund und Vertrauten?" Auch das wusste er?

„Dann hätte er Sie wohl kaum nach Prag eingeladen."

Sie spürte, wie eine Last von ihr abfiel! Nicht auszudenken, wenn Laursen auch noch der Vater von Pavel gewesen wäre. Nun konnte sie endlich mit ihm über ihre gemeinsamen Kinder reden.

Parler spielte nervös mit den Fingern.

„Hier können Sie nicht bleiben. Olga wird Sie in unser Gästehaus im Zentrum bringen. Wenn Sie sich bitte noch kurz umsehen würden, ob etwas von ihren persönlichen Sachen fehlt."

Sie überlegte einen Moment. „Könnte ich nicht bei Petre übernachten? Ich wollte mich noch kurz mit Pavel und Zuzana treffen."

Wollte sie das wirklich? Nach allem, was geschehen war?

„Das wäre eine Möglichkeit, falls noch ein Zimmer frei ist. Wir haben ohnehin dort zu tun."

Sie ging in die kleine Garderobe, wo neben ihren Schuhen auch ihr Koffer stand. Die Geschenke für ihre Familie waren noch da, die Kleidungstücke, die in der Garderobe hingen, unversehrt, und auch im Bad fehlte nichts.

Sehr wahrscheinlich war Alzbeta nicht mehr dazu gekommen, auch noch im Flur und im Bad zu wüten.

Im Salon hatte die Frau sorgfältig darauf geachtet, nichts von Maries Sachen zu beschädigen. Gesa sah auf den Porzellanengel und die helle Tagesdecke, die unbefleckt auf dem Bett lag.

Sie spürte, wie Scham und Angst allmählich von ihr wichen, sammelte einige der Schilddrüsentabletten, die weit genug von der Wäsche entfernt lagen, auf, tat sie in die Bonbondose in ihrer Tasche und nahm Abschied vom Rilke-Zimmer. Die besudelten Sachen ließ sie zurück.

Nachdem er die Tür verschlossen und versiegelt hatte, nahm Parler ihren Koffer und ihre Umhängetasche und sie gingen zum Treppenhaus hinaus. Aber noch auf derselben Etage, vor Alzbetas Wohnung, hatte sie erneut ein ungutes Gefühl.

„Dort ist niemand", meinte Parler ungeduldig. „Aber es ist durchaus möglich, dass sich der Eindringling noch irgendwo im Haus versteckt hält. Der Hotelkomplex ist ausgesprochen unübersichtlich und bietet etliche Schlupfwinkel. Lassen Sie uns weitergehen."

Widerstrebend folgte sie ihm.

Als sie an der Rezeption angekommen waren, konnte sie ihre Hände kaum noch kontrollieren.

Doch im selben Moment wich die Verwirrung von ihr und sie nahm Witterung auf! Böses Wasser!

„Lachen Sie mich nicht aus, Oberst Parler, aber hier stimmt etwas nicht."

Sie riss einen Weidenzweig aus der Vase mit den Gladiolen, die vor ihr in einer Fensternische stand, nahm ihn vorsichtig in die Hände und machte sich auf die Suche.

Böses Wasser, Gesa.

Kaum hatten sie den Zwischentrakt betreten, gleich vor dem zweiten Zimmer, schlug die Rute aus und drehte sich wie vom Sturm getrieben in ihren Händen. Es war das gleiche Gefühl, das sie von früher kannte, von der Arbeit mit ihrem Großvater, wenn sie einmal auf verseuchtes Wasser oder Kadaver gestoßen waren.

Sie gab Parler ein Zeichen, die Tür war nicht verschlossen, er stieß sie auf und hielt kurz Ausschau, da hatte er den Kanister schon entdeckt. Und die toten Ratten, die danebenlagen.

„Benzin!"

Der Kanister stand offen da - ohne Verschluss!

Wie in Trance ging sie zurück auf den Flur und setzte ihre Suche fort, während Parler hektisch telefonierte.

Im Zwischentrakt war sonst nichts weiter, aber im Altbau bei den Monteuren wurde sie noch einmal fündig, zwei Kanister, die ebenfalls unverschlossen waren, in einem kleinen Zimmer, das nicht vermietet war, sondern wohl als Lagerplatz für Papier, Putzmittel und allerlei Krempel diente. Zwei Kanister Benzin.

„Fertig! Mehr werde ich nicht finden", war sie sich sicher. „Jetzt müssen Ihre Spezialisten ran."

Dann steckte sie die Rute in einen der beiden Kanister, schüttelte sich wie ein Tier, holte ihr Mineralwasser aus der Tasche und trank die halbe Flasche in einem Zug leer.

„Das mit den Ratten darf niemand erfahren, Oberst Parler, das wäre das Ende für Marie Schumanovás Betrieb", sagte sie und steckte die Flasche wieder ein.

Parler kniff die Augenbrauen zusammen und schien etwas entgegnen zu wollen, doch dann nickte er ihr einvernehmlich zu.

„Es wird nicht lange dauern, bis Unterstützung eintrifft", sagte er. „Jetzt verstehe ich auch, weshalb Sie zu Richardsens Team gehören. Sie haben eine verdammt gute Nase. Ich habe nichts gerochen, Gesa."

Nase?

„Das liegt wohl an Ihrer Erkältung", sagte sie und war froh, dass er der Wünschelrute offenbar keinerlei Bedeutung beigemessen hatte.

Wenigstens das hatten sie ihm nicht verraten.

42.

Da die Pension nahezu ausgebucht war, musste sie mit einer Kammer im Dachgeschoss Vorlieb nehmen, die direkt zur Straße ging und einen noch schäbigeren Eindruck machte als Zuzanas Zimmer. Zum Schlafen würde es reichen, es gab sogar zwei Betten. Doch noch war an Nachtruhe nicht zu denken, noch war sie viel zu aufgewühlt, um allein zu bleiben und sich hinzulegen. Daher ging sie noch einmal nach unten.

Das Konzert war längst vorbei, im Saal hielten sich nur noch wenige Gäste auf und die Musik kam vom Band.

Zuzana sei schon gegangen, sie habe noch eine Verabredung. Pavel warte nebenan in der Gaststube auf sie, hatte Petre gesagt.

Hoffentlich war er allein.

In der Gaststube herrschte reger Betrieb, es war laut und es war wohl auch reichlich Alkohol geflossen. Pavel saß mit einer Gruppe jüngerer Leute um einen großen Tisch herum und schien sich gut zu unterhalten. Erleichtert stelle sie fest, dass Jana und Jiri nicht dabei waren.

Zwar hatte Parler sie gebeten, Pavel bis zu seiner Rückkehr etwas abzulenken und ihm zunächst nichts von den Vorfällen in Maries Hotel zu erzählen, doch sie wollte ihm nicht wieder etwas vorspielen. Zu oft hatte sie das bereits getan.

Er hatte sie noch nicht bemerkt, sonst hätte er sie womöglich noch an seinen Tisch gebeten. Da sie sich die Begegnung mit seinen Freunden ersparen wollte, bat sie Olga, die sich inzwischen umgezogen hatte und nun Jeans und Parka trug, ihn in den Saal zu holen.

Und dann stand er vor ihr, nahm sie in seine Arme und zog sie an sich.

Love is a danger of a different kind, sang nun Annie Lennox im Hintergrund.

„Lass uns zu mir gehen, Gesa", flüsterte er ihr zu – er war nicht mehr ganz nüchtern - und wieder spürte sie, dass ihr Verlangen nach ihm längst nicht gestillt war.

Zum Glück war Olga bei ihr, das würde ihr helfen, nicht wieder in Versuchung zu geraten.

Der Abend sei ein großer Erfolg gewesen, schwärmte Pavel. Auch Zuzana habe ihren Auftritt gehabt. Sie habe Lieder von Marianne Faithfull vorgetragen, das Publikum sei begeistert gewesen von ihrer dunklen Stimme. Und dann habe sie ihn auf die Bühne gebeten und er habe *Hey Joe* in der Version von Willy DeVille zum Besten gegeben. Als er dann noch gemeinsam mit ihr *Sand* von Nancy Sinatra und Lee Hazlewood gesungen habe, habe der Saal getobt.

Sand.

Mein Herz ist kalt, die Seele frei.

Wenn es nur so wäre, dachte sie und starrte für einen Moment ins Leere. Immer noch umfasste sein Arm ihre Taille.

Kein Wort über die peinliche Begegnung am Altstädter Ring.

Und ich will dich. Dave Stewart stöhnte.

„Einmal noch, Gesa, ein allerletztes Mal!"

Wenn sie ihn sich jetzt nicht vom Leibe hielt, würde es über sie hereinbrechen wie eine Flut.

„Dann verstehst du dich inzwischen besser mit deiner Mutter?"

Augenblicklich ließ er sie los.

„Lass es gut sein. Sie ist eine hervorragende Sängerin, aber als Mutter kann ich sie nicht akzeptieren." Er benahm sich wie ein bockiges Kind. „Da halte ich mich lieber an Kafka", versuchte er abzulenken, während er erneut ihre Taille umfasste. „Ich habe Jana vorhin einige der Mörike-Gedichte mitgegeben. Sie kennt einen bedeutenden Kafka-Experten, der auch etwas von Grafologie versteht. Das könnte uns weiterbringen."

Uns?

Ruckartig löste sie sich von ihm und erkundigte sich nach den Sachen, die sie in Helenas Boutique zurückgelassen hatte.

„Die sind noch im Auto", zwinkerte er ihr zu. „Gehen wir also kurz nach draußen."

Sie konnte sich denken, was er unter *draußen* verstand, und war froh, dass Olga nicht von ihrer Seite wich, als sie die Sachen aus seinem Auto holten.

Und da, in seinem Kofferraum, entdeckte sie das Aftershave! In einem Einkaufskorb, der neben ihren Plastiktaschen stand! Es war das gleiche, das Laursen immer benutzt hatte, die blaue Hamburger Marke.

Daher also der vertraute Geruch! Jetzt hatte sie endgültig Gewissheit! Erleichtert atmete sie durch.

„Eine Freundin vor dir?", deutete Pavel anerkennend mit dem Zeigefinger auf Olga?

„Leutnant Ivanova vom BIS", gab sich die Frau ohne Umschweife zu erkennen und schlagartig wurde er nüchtern.

„Tschechischer Nachrichtendienst?"

Schnell übernahm Gesa die Regie und berichtete ihm, was im Hotel vorgefallen war.

Sofort wollte er nach dem Rechten sehen, doch Olga hielt ihn zurück. Einen Moment überlegte er, dann wandte er sich erneut an Gesa.

„Es geht nicht nur um die versuchte Brandstiftung! Es geht um meinen Vater, nicht wahr! Zuzana hat etwas angedeutet. Weißt du inzwischen, wer es ist?"

„Nein, ich weiß immer noch nicht, wer dein Vater ist."

Aber sie wusste endlich, wer es nicht war!

„Ist meine Schwester informiert?", richtete er sich nun wieder an Olga.

„Wir konnten sie nicht erreichen."

Er nahm sein Handy und versuchte mehrere Nummern. Schließlich hatte er Erfolg.

„Sie ist mit Helena bei einer Freundin. Sie kommt sofort zurück."

Vor dem Eingang zum Saal kamen ihnen schon einige der Monteure entgegen, die inzwischen wohl mitbekommen hatten, dass in Maries Hotel etwas vorgefallen war. Die Martinshörner waren nicht zu überhören gewesen.

„Wo werden die Männer bleiben?", wollte Pavel von Olga wissen.

„Wir werden in Petres Saal Feldbetten aufschlagen. Offiziell handelt es sich um eine Feuerschutzübung", meldete sich Parler, der auf einmal neben ihnen stand. „Die Sportler aus dem Neubau sind noch unterwegs. Sie erhalten ein Upgrade für ein Hotel im Zentrum."

„Oberst Parler!", stellte er sich nun Pavel vor. Er war nicht allein, sondern in Begleitung von zwei jüngeren Männern.

„Oberst Parler? So ernst ist die Lage?"

Pavel musterte den Offizier und schien zu überlegen.

„Kann es sein, dass wir uns schon einmal begegnet sind? Hier, bei Petre?"

„Das ist möglich", meinte Parler und wechselte ins Tschechische.

Gesa glaubte, den Namen Alzbeta herausgehört zu haben.

Pavel wurde bleich und schien sich augenblicklich in die Situation zu fügen.

„Wartest du auf mich, Gesa?"

Jetzt hieß es, konsequent zu sein.

„Es ist schon spät und du hast anderes zu tun. Morgen sehen wir weiter."

Er zögerte. „Kann ich dich wirklich allein lassen?"

„Sie ist nicht allein." Parler deutete auf Olga, und Gesa wagte nicht, den Oberst, der noch dazu Laursens Freund war, anzusehen.

„Schade", sagte Pavel, und nachdem er sich mit einem Kuss auf ihre Wange verabschiedet hatte, eilte er mit Parler und den beiden Sicherheitsbeamten zum Hotel hinüber.

173

Sie schaute noch einmal in die Gaststube. Immer noch waren einige Tische besetzt, aber es ging inzwischen wesentlich ruhiger zu. Vermutlich hatte sich die schlechte Nachricht schnell herumgesprochen.

Ein junger Mann spielte Konzertgitarre und sang dazu. Es war eine getragene, traurige Melodie und die meisten Gäste sangen mit, in einer Sprache, die ihr immer noch völlig fremd und verschlossen war. „Ein altes, tschechisches Volkslied", klärte Olga sie auf. „Wollen wir nicht hineingehen, Frau Jakobsen?"

Es war nicht zu überhören gewesen, wie gern die junge Tschechin sich dazugesetzt und mitgesungen hätte.

Die Melodie ging unter die Haut. Gesa spürte Tränen aufsteigen. Und dann wurde sie völlig unvermittelt von einem heftigem Heimweh gepackt, es schnürte ihr regelrecht die Kehle zu, und sie fühlte sich so einsam und verloren wie schon lange nicht mehr.

Da war auf einmal eine tiefe Sehnsucht nach Max und ihren Kindern. Und nach Barkenstedt.

Wollte die Verwirrung der Gefühle denn überhaupt kein Ende nehmen? Sie war doch sonst nicht so nah am Wasser gebaut?

Wäre nur Max an ihrer Seite!

„Gehen Sie ruhig hinein, Olga! Ich bin müde und lege mich schlafen."

Donnerstag

Ein Irrsal kam in die Mondscheingärten
Einer einst heiligen Liebe.
Schaudernd entdeckt ich verjährten Betrug.
Und mit weinendem Blick, doch grausam,
Hieß ich das schlanke, zauberhafte Mädchen
Ferne gehen von mir.
(Eduard Mörike)

43.

Das Bett neben ihr war leer.

Erleichtert atmete sie auf. Sie hatte also nur geträumt, dass Pavel noch zu später Stunde bei ihr geklopft und sie ihn hereingelassen hatte.

Unvorstellbar, wenn sie auch noch die ganze Nacht mit ihm verbracht hätte!

Einmal ist keinmal, versuchte sie sich herauszureden, dabei wusste sie genau, dass sie niemals so weit hätten gehen dürfen.

Und nun wollte sie sich schon wieder mit ihm treffen? Sie war sich selbst ein Rätsel! Noch einmal würde sie nicht darauf zählen können, dass die Umstände ihr zur Hilfe kämen. Wollte sie nicht die Achtung vor sich selbst verlieren, musste sie endlich dafür sorgen, dass er ihr nicht wieder zu nahe kam. Sie musste diese Affäre umgehend beenden!

Nein, es war nicht Pavel gewesen, der in der letzten Nacht vor ihrem Zimmer gelärmt hatte.

Gegen Mitternacht hatte es vor ihrer Tür gepoltert und jemand hatte geschrien, schnell war sie aufgestanden und, bewaffnet mit ihrem Pfefferspray, nach draußen auf den Flur geschlichen, wo Petre damit beschäftigt war, einen der betrunkenen Musiker auf sein Zimmer zu verfrachten.

In dieser Nacht hatte Morpheus ihr noch einen Traum geschickt, an den sie sich nun vage zu erinnern begann. Einen seltsamen Traum!

Max und Bekker tanzten Tango auf der Terrasse ihres Hotels am Wittenbergplatz in Berlin. Gesas Eltern und Laursen umstanden die Tanzfläche und applaudierten. Da war plötzlich ihre Tante Gesine aufgetaucht und hatte gerufen: „Ihr müsst Gesa endlich ziehen lassen!"

Unruhig fuhr sie sich mit den Fingern durch die Haare. Erik Laursen gemeinsam mit ihren Eltern in Berlin?

Viel zu schnell hatte Barboras Gerede über seine Trennung den Weg in ihre Träume gefunden.

„Dein Platz ist bei Max in Hamburg. Höchste Zeit, dich endlich von deiner Familie abzunabeln", hatte Gesine tatsächlich noch vor kurzem auf sie eingeredet.

Dabei war sie nie eine Nesthockerin gewesen. Gleich nach dem Abitur hatte sie Barkenstedt verlassen und sich ihr eignes Leben aufgebaut. Zurückgekommen war sie erst viele Jahre später, von Laursen und der Welt verlassen, als Stefan die Idee mit der Buchhandlung gehabt hatte. Sie hatte nicht lange überlegen müssen, ob sie das Angebot ihrer Familie annehmen sollte, kannte sie doch aus ihrem beruflichen Umfeld einige gut ausgebildete ledige Mütter ohne feste Anstellung, denen es unmöglich war, ihren Kindern ein geregeltes Familienleben zu bieten, die mal hier, mal dort ein kleines Projekt oder ein Wochenendseminar leiteten und zusätzlich auf staatliche Unterstützung angewiesen waren.

Dennoch war es in der ersten Zeit nicht einfach gewesen. Es es hatte Gerede gegeben über die hochstudierte Krämerstochter, die auf ganzer Linie gescheitert war und nun, schwanger und arbeitslos, reumütig nach Barkenstedt zurückgekehrt war. Das war eine schwere Zeit gewesen, ihr lief immer noch ein Schauer über den Rücken, wenn sie daran dachte.

Was sprach dagegen, in Barkensedt zu bleiben, vor allem jetzt, da die Buchhandlung so gut lief? Zwar war Hamburg nur eine Stunde von Bremen entfernt, aber wenn ihre Eltern später einmal auf ihre Hilfe angewiesen sein sollten, wäre sie in der Nähe und müsste nicht meilenweit anreisen oder fern bleiben mit einem schlechten Gewissen.

Vielleicht könnte sie Max ja doch dazu bewegen, seine Zelte in Hamburg abzubrechen. In der letzten Zeit hatte er einige Male angedeutet, dass sein Hamburger Unternehmen viel zu schnell gewachsen war und er sich manchmal zurücksehne nach seiner kleinen, noblen Bremer Kanzlei an der Contrescarpe.

Sie sah auf die Uhr, und da es schon nach sieben war und der Autolärm allmählich lästig wurde, beschloss sie aufzustehen.

Als sie sich gerade vor dem Spiegel über dem kleinen Waschbecken zurechtmachte, klopfte es an ihrer Tür!

Sie fuhr zusammen.

Pavel!

Das ging zu schnell. Darauf war sie nicht eingestellt.

Noch einmal klopfte es und dieses Mal machte sich der ungebetene Gast mit Worten bemerkbar.

„Schlafen Sie noch, Frau Jakobsen?"

Sie hätte nicht gedacht, dass ihr der Klang von Olgas Stimme einmal so willkommen sein würde.

Sofort öffnete sie die Tür. Frisch frisiert und angenehm duftend stand die junge Frau mit einem kleinen Beutel in der Hand vor ihr und wünschte ihr lächelnd einen Guten Morgen. Die Nachtarbeit hatte keine sichtbaren Spuren auf ihrem Gesicht hinterlassen.

„Guten Morgen, Olga", fand nun auch Gesa Worte.

„Ich muss gleich weiter, aber ich wollte Ihnen noch kurz etwas von Barbora vorbeibringen", schmunzelte die junge Frau und überreichte Gesa den Beutel.

Eine Garnitur frische Unterwäsche! Sportunterwäsche, die noch in der Originalverpackung steckte.

Barbora! Mit so viel Fürsorge hatte sie nicht gerechnet. Die Frau verstand es wirklich, sie immer wieder aufs Neue zu überraschen.

„Ich danke Ihnen, Olga."

„Oberst Parler erwartet Sie in einer Viertelstunde an seinem Auto."

Da es auf dem Zimmer keinen Festnetzanschluss gab, sie aber unbedingt mit Max und ihrer Familie telefonieren wollte, musste sie die Auslandsgespräche wieder vom Handy aus führen.

Es war es ihr wert.

„Wann kommst du zurück, Mama?"

Endlich schienen die Zwillinge sie zu vermissen.

„Wie geht es euch?"

„Den beiden geht es blendend", schaltete sich Margarethe ein. „Sie haben heute nur keine Lust in die Kita zu gehen, sondern wollen lieber in der Buchhandlung bleiben. Soll ich sie abmelden?"

Sie wusste genauso gut wie ihre Mutter, dass ein paar Stunden im Geschäft für die beiden Jungs spannender und anregender sein konnten als eine ganze Woche in der Kita.

„Ist Frau Weiß einverstanden?"

„Sie freut sich auf die beiden. Donnerstags vormittags ist bei euch im Geschäft ja ohnehin nicht so viel Betrieb. Wann kommst du zurück? Bleibt es bei Freitagabend?"

„Wenn alles klappt, ist mein Flieger schon am frühen Nachmittag in Hamburg. Hat Heinrich schon wieder bei euch angerufen?"

„Max hat sich immer noch nicht bei dir gemeldet?"

„Ich kann auch Frau de Wall nicht erreichen. Allmählich mache ich mir Sorgen."

„Das musst du nicht, mein Kind. Es wird schon alles werden", sagte ihre Mutter und legte auf.

44.

Etwas zögerlich nahm sie ihre Tasche, zog ihren neuen Mantel an und ging die enge Treppe hinunter durch den Hintereingang auf den Parkplatz, wo der dunkelblaue Audi stand.
Es nieselte.
Anders als Olga war Parler anzusehen, dass er kaum Schlaf gehabt hatte in der letzten Nacht. Zudem deuteten die rote Nase und die blutunterlaufenden Augen darauf hin, dass sich seine Erkältung nicht gebessert hatte.
Nachdem Barbora und Josef Gesas Verdacht bestätigt hatten, ging nun auch Parler davon aus, dass Alzbeta für die Vorfälle im Hotel verantwortlich war. Sie hatten sie immer noch nicht gefunden und es fehlte auch noch ein Kanister Benzin. Eingedenk schlechter Zeiten hatte Josef Benzin und Diesel in einem Schuppen im Garten gehortet, einundzwanzig Kanister, und war ganz verzweifelt angesichts dessen, was er beinahe damit angerichtet hätte. Fünf Kanister fehlten, drei davon hatte sie am gestrigen Abend gefunden, einen weiteren hatten die Spezialisten im Fitnessraum des Neubaus aufgespürt.
„Das Hotel können wir noch nicht freigeben. Es wird noch einmal durchsucht. Marie Schumanová erwartet Sie bei Petre zum Frühstück. Gegen zehn Uhr wird Olga Sie abholen und in unser Gästehaus bringen, wo wir inzwischen auch Zuzana untergebracht haben. Zuzana und Pavels Vater haben sich gegen unseren ausdrücklichen Rat einige Male im Penthouse von Marie Schumanovás Hotel-Neubau getroffen."
Sie musste schmunzeln. Meiden Sie den Neubau, hatte Zuzana ihr geraten. Jetzt wusste sie auch, weshalb.
„Das hört sich irgendwie romantisch an."
Parler runzelte die Stirn.
„Es hat uns sicherheitstechnisch vor große Probleme gestellt und war, wie Sie wissen, nicht ungefährlich, schließlich befand sich einer der Kanister im Neubau. Pavels Vater ist eine

bedeutende, internationale Persönlichkeit. Eigentlich waren wir nur zu seinem Schutz hier, wer hätte auch damit rechnen können, dass die Gefahr von einer ganz anderen Seite droht. Aber jetzt sind die beiden hoffentlich in Sicherheit." Er zögerte. „Wenn sie sich denn an unsere Anweisungen halten und sich nicht wieder irgendwo zu einem Schäferstündchen treffen. Zuzutrauen wäre es ihnen."

Sie konnte sich ein zufriedenes Lächeln nicht verkneifen. Ein Schäferstündchen nach so vielen Jahren der Trennung!

Parler räusperte sich. „Jetzt zu Ihnen, Frau Jakobsen. Ich habe eine Überraschung für sie."

Noch eine Überraschung?

Er griff in seine Jackentasche und hielt ihr zu ihrer Verblüffung die gestohlen geglaubte Gucci-Uhr unter die Nase. Die Gravur stimmte.

Sie freute sich. So war wenigstens dieses Problem vom Tisch.

„Wie haben Sie sie gefunden?"

„Ein junger Polizist, ein Freund von Pavel, hat sie bei uns abgegeben. Er und seine Kollegen haben in der letzten Nacht wohl etwas heftiger auf den Busch geklopft. Allerdings ist die Uhr wertvoller, als Sie angegeben haben."

„Mehr als vierhundert Euro?"

Das war die Summe, die Max ihr eingestanden hatte.

„Dazu werde ich mich nicht äußern, da es sich offensichtlich um ein Präsent handelt", meinte Parler, als er ihr das schöne Stück übereichte, doch als sie die Uhr gleich umbinden wollte, empfahl er ihr, sie zunächst im Zimmersafe des Gästehauses zu verwahren, dort sei sie besser aufgehoben als an ihrem Arm.

„Das Wasser, das Sie gestern Abend im Salon nicht trinken wollten, war destilliertes Wasser."

„Davon stirbt man nicht", bemerkte sie nüchtern, damit kannte sie sich aus.

„Es sei denn, es wird einem über eine Infusion eingeträufelt", entgegnete Parler. „Alzbeta hat vermutlich geglaubt, es wäre gefährlich, davon zu trinken. Hoffentlich finden wir sie bald, damit sie nicht noch mehr Schaden anrichten kann."

Parler sah zu Boden.

„Da ist noch etwas, Gesa. Der Eifer, mit dem Richardsen und Barbora die Aufnahme neuer Mitglieder in die NATO betreiben, scheint keine Grenzen zu kennen. Barbora hat Schlimmes mitgemacht bei den Russen und in den Gefängnissen der Stasi, aber aus ihrer Dissidentenzeit verfügt sie bis heute über Kontakte nach ganz oben, wo man ähnliche Positionen bezüglich der NATO-Osterweiterung vertritt wie sie. Daher können wir sie nicht ohne Weiteres ausbremsen."

Jetzt spielte er wieder nervös mit seinen Fingern.

„Im Gefängnis hat sie auch Zuzana kennengelernt."

„Zuzana war auch im Gefängnis?"

„Nicht so lange wie Barbora, einige Wochen im Frühjahr 1969, gleich nach Pavels Geburt, aber es dürfte gereicht haben!"

„Weshalb erzählten Sie mir das alles?"

Wieder räusperte er sich.

„Ich würde Ihnen empfehlen, sich nicht weiter für Barboras politische Ambitionen einspannen zu lassen, das könnte Ärger mit Ihren Landsleuten geben."

Er meinte es offensichtlich gut, aber inzwischen war sie nicht mehr auf eine Anstellung beim deutschen Staat angewiesen.

„Ich muss etwas Wichtiges mit Laursen regeln, sonst wäre ich längst abgereist."

„Dann lassen Sie mich dafür sorgen, dass Ihr Treffen mit ihm zu einer zivilen Zeit in unserem Gästehaus stattfindet und nicht, wie von Richardsen geplant, spätabends in Karlstein bei den Russen."

Etwas in ihr zog sich zusammen und sie brauchte einen Moment, um zu erfassen, was er ihr da gerade mitgeteilt hatte.

Spätabends in Karlstein? Übernachtung inklusive?

Nein, das war nicht auf Laursens Mist gewachsen. Er hatte ihr sogar geraten abzureisen.

Und Parler? Spielte er wirklich mit offenen Karten? Er konnte unmöglich glauben, dass Laursen sich auf ein Treffen im Gästehaus einlassen würde, auf verwanztem Terrain.

Sie atmete schwer, und plötzlich war da wieder die Übelkeit, die ihr schon seit einigen Tagen zu schaffen machte.

„Ich bin Ihnen sehr verbunden, Oberst Parler", brachte sie gerade noch heraus, bevor sie, die Hand vor dem Mund, zu den Holunderbüschen hinüberüberrannte, die den hinteren Teil des Parkplatzes säumten. Sie trugen reichlich Früchte.

45.

Sie brauchte keinen Schwangerschaftstest, um zu wissen, was mit ihr los war. Und sie wusste auch, dass sie dieses Kind nicht wollte. Gerade waren die Zwillinge aus dem gröbsten heraus, das Geschäft lief gut, und manchmal fand sie sogar Zeit, mit Max ins Kino oder ins Theater zu gehen oder eine halbe Runde Golf zu spielen.

Ein weiteres Kind wäre das letzte, das sie in ihrer jetzigen Situation brauchen konnte.

Bis zur zwölften Woche war eine Abtreibung kein Problem.

Wann hatte sie zuletzt geblutet?

In dem kleinen Waschraum neben dem Saal hatte sie sich etwas frisch gemacht und auch ihre Brust und ihren Bauch betastet.

Die Brüste fühlten sich etwas kräftiger an und hatten in der letzten Zeit auch manchmal etwas gespannt, aber ihr Bauchumfang hatte sich nicht verändert, das hätte sie an den Jeans gemerkt.

Die letzten Blutungen waren schwach gewesen, womöglich Schmierblutungen, wie sie sie auch während der Schwangerschaft mit den Zwillingen gehabt hatte.

Unruhig ging sie noch ein Stückchen weiter die Straße hinunter. Diese Gegend kannte sie noch nicht, vielleicht gab es ja in der Nähe eine Apotheke. Dann hätte sie Gewissheit.

Im Sommer kurz vor den Ferien hatte sie eine Magen-Darminfektion gehabt, da hatte sie wohl vergessen, die erbrochene Pille durch eine neue zu ersetzten.

Und dann während des Urlaubs in Juelsminde, in dem kleinen Ferienhaus seiner Tante direkt an der Ostsee, waren Max und sie sich so nah gewesen wie selten.

Einmal waren die Zwillinge sogar aufgewacht, weil der Holzfußboden so geknarrt hatte unter ihrer Lust. Die Kinder hatten Einbrecher vermutet und plötzlich mit ihren Taschenlampen vor ihrem Bett gestanden. Zum Glück hatten die beiden nicht viel sehen können. Sie waren schnell zu ihnen auf die schmale Doppelliege gekrochen und, nachdem sie sie beruhigt hatten, bald wieder eingeschlafen.

Das war vor etwa neun Wochen gewesen.

So lange schon?

Erst danach hatte Laursen sie nach Prag eingeladen.

Und dann war der Regen gekommen. Ungesunder Regen, Gesa, hätte ihr Großvater dazu gesagt.

Weshalb hatte sie dieses Mal, abgesehen von der Spannung in ihrer Brust, nichts bemerkt?

Und was war mit der *hormonell bedingten Verminderung des sexuellen Triebes während der Schwangerschaft?*

Davon konnte ja wohl keine Rede sein.

Eine Apotheke fand sie nicht, aber eine Bäckerei, die einen guten Eindruck machte, und da sie plötzlich Hunger verspürte, kaufte sie sich ein Stück Mohnkuchen sowie drei trockene Brötchen und zwei Flaschen Wasser für den Tag. Den Kuchen verschlang sie gleich vor dem Geschäft. Er schmeckte fast so gut wie der von Jiri.

Abtreibung.

Sie dachte an ihre beiden Söhne und ging noch ein Stückchen weiter neben der stark befahrenen Hauptverkehrsstraße entlang.

Als sie mit den Zwillingen schwanger gewesen war, hatte sie keinen Gedanken an Abtreibung verschwendet, wie hätte sie das auch tun können, war es doch ihr sehnlichster Wunsch gewesen, ein Kind von Laursen zu bekommen. In den letzten Monaten vor ihrer Trennung hatte er häufiger angedeutet, dass es in seiner Ehe kriselte. Seine Frau interessiere sich nur noch für Möbel, sie sei kaum noch in Dänemark, sondern eröffne eine ausländische Niederlassung nach der anderen. Manchmal würden sie sich wochenlang nicht sehen.

Da hatte sie Hoffnung geschöpft, dass es vielleicht doch noch etwas werden könnte mit ihnen beiden, und hatte, ohne ihn darüber zu informieren, die Pille abgesetzt. Doch noch bevor sie ihm überhaupt etwas von ihrer Schwangerschaft hatte erzählen können, hatte er Schluss gemacht, einfach so von heut auf morgen.

Aber nicht all ihre Träume waren zerplatzt. Sie hatte zwei wunderbare Kinder bekommen.

Bis zur zwölften Woche.

Da war noch Zeit zum Überlegen.

Nein, an Abtreibung hatte sie damals nie gedacht, und sie war sich auch immer sicher gewesen, dass es ihr irgendwie gelingen würde, die beiden auch ohne Vater großzuziehen.

Es war ein trüber Morgen, aber es hatte inzwischen aufgehört zu nieseln und die frische Luft tat ihr gut.

Nach der achten Woche war eigentlich schon alles fertig an dem Kind, so stand es in jedem Schwangerschaftsführer. Jetzt musste es nur noch wachsen.

Max würde sich freuen. Aber er würde keine Zeit haben für sein Kind, kam er doch selten vor neun Uhr abends aus der Kanzlei zurück. Bisher hatte sie das nicht gestört, sahen sie sich doch ohnehin nur an den Wochenenden und das meistens auch nur von Samstagabend bis Montagmorgen, da ihr Geschäft am Samstag, einem der umsatzstärksten Tage der Woche, bis mittags um zwölf geöffnet war. Außer im Urlaub und an den Feiertagen hatten sie noch nie für längere Zeit zusammengelebt.

Was sollte aus ihrer Buchhandlung werden, wenn sie womöglich für einige Monate ausfiele. Schließlich galt sie nun als Spätgebärende.

Und Max? Sie dachte an die alten Väter, die auf dem Spielplatz meistens eine lächerliche Figur abgaben oder gleich für den Großvater gehalten wurden.

Das wäre bei Laursen und den Zwillingen auch nicht viel anders, rief sie sich zur Vernunft.

Sie fröstelte, obwohl sie den wärmenden Mantel trug.

Zeit, zu Marie zum Frühstück zu gehen.

46.

Marie hatte schon auf sie gewartet, in Petres Bierstube hielt sich sonst niemand auf. Die geschmackvolle Tischdekoration trug die Handschrift einer Künstlerin, passte aber nicht so recht zu diesem urigen, rustikal möblierten Gastraum.

„Bin ich die Letzte?"

„Die Monteure sind schon fertig, aber die Musiker finden nicht aus den Betten. Ich habe Zeit, drüben kann ich nichts tun, obwohl dort viel Arbeit auf mich wartet", sagte sie, während sie die Kanne nahm, um ihr den Kaffee einzuschenken.

Bei dem Gedanken daran, wie heiß und stark er immer war, meldete sich sofort ihr Magen.

„Könnte ich vielleicht einen Kamillentee haben. Ich glaube, ich habe mir den Magen verdorben."

„Gerne. Ich bin gleich wieder da."

„Guten Morgen, Frau Jakobsen. Ein solch opulentes Frühstück, wie Marie es heute gezaubert hat, sind meine Gäste gar nicht gewohnt", kam Petre auf sie zu, als sie am Büffet stand, und sah auf ihren Teller. Zunächst hatte sie nur etwas Müsli essen wollen, doch dann hatte sie nicht widerstehen können und sich reichlich an dem Rührei mit Speck und den braun gebratenen Würstchen bedient.

„Guten Appetit", lächelte er zufrieden. Dann wurde er ernst. „Zuzana hat gestern am späten Abend noch eine ganze Weile mit Pavel und seinen Schwestern zusammengesessen. Danach wirkte sie sehr bedrückt, so ganz anders als ich sie kenne, als ob sie Kummer hätte. Sie meldet sich im Laufe des Nachmittags bei Ihnen."

Der Tee ließ auf sich warten und sie war froh, dass Marie nicht mitbekam, wie herzhaft und kalorienreich sie mit ihrem „verdorbenen Magen" frühstückte. Kaum hatte sie festgestellt, dass sie schwanger war, schon hatte sie Heißhunger? Ja, Max würde sich freuen über das Kind. Aber dafür würde er nicht all das aufgeben, was er sich in Jahren in Hamburg aufgebaut hatte. Er beschäftigte inzwischen an die dreißig Mitarbeiter. Niemals würde er in die kleine Bremer Kanzlei zurückkehren und zu ihr nach Barkenstedt ziehen.

„Entschuldigen Sie, dass es so lange gedauert hat".
Etwas außer Atem stellte Marie eine Teekanne mit einer dazu gehörigen Tasse auf den Tisch.
„Petre hatte keinen Kamillentee und auch kein Teegeschirr, da bin ich schnell nach drüben gelaufen. Sie sind jetzt wieder im Neubau und untersuchen die Tiefgarage und das Penthouse, aber Parler hat mir Mut gemacht, vielleicht geben sie das Hotel schon heute Mittag frei, obwohl sie den Kanister immer noch nicht gefunden haben. Sie gehen inzwischen wohl davon aus, dass Josef, der ja nicht der Hellste ist, sich verzählt haben könnte. Parler will mir zwei seiner Leute da-

lassen, und auch die Feuerwehr ist in Rufbereitschaft. Die Monteure sollen sicherheitshalber noch eine Nacht bei Petre bleiben. "

Man konnte ihr die Erleichterung anmerken.

„Wenn es Sie nicht stört, setzte ich mich einen Augenblick zu Ihnen."

„Gerne", sagte Gesa mit einer einladenden Geste, stand kurz auf und räumte einen der beiden Stühle, auf denen ihr Mantel und ihre Tasche lagen, frei.

„Hübsch sehen Sie aus in Helenas Sachen."

Das hatte sich also auch schon rumgesprochen.

Unruhig klopfte die Wirtin mit den Fingersitzen ihrer rechten Hand auf den Tisch. „Was soll mit Ihrer Wäsche geschehen, Gesa? Ich könnte sie waschen und sie Ihnen dann über Pavel zukommen lassen."

„Am besten geben Sie die Sachen einer wohltätigen Organisation."

Damit schien die andere nicht ganz einverstanden, hakte aber nicht weiter nach.

„Mein Mann hält drüben die Stellung. Die Kinder haben wir zu seinen Eltern gebracht."

Nun hatte sie doch Tränen in den Augen.

Sanft strich Gesa ihr über die Hand.

„Wollen Sie sich nicht eine Tasse Kaffee einschenken? Dabei lässt sich besser reden."

Jetzt hätte sie selbst gerne etwas von dem starken Gebräu getrunken, doch sie traute sich nicht, hatte sich doch Marie so viel Mühe gemacht mit dem Tee.

Dankbar nahm die andere ihr Angebot an.

„Zum Glück hat sich wenigstens die Angelegenheit mit Sören Reuter zum Guten gewendet. Pavel hat Ihnen sicher erzählt, dass er wegen des Streits mit Helena sein Geld aus unserem Betrieb ziehen wollte, aber das hat sich inzwischen erledigt."

Gesa nickte ihr freundlich zu, obwohl Pavel ihr nichts davon erzählt hatte, er hatte keine Geschäftsheimnisse verraten.

„Helena und er waren fast zehn Jahre ein Paar, und jetzt hat sie ihn so einfach abserviert. Er tut mir fast ein wenig leid."

Deshalb war der junge Berliner so unruhig gewesen, und nun konnte sie sich auch einen Reim darauf machen, wie der Neubau finanziert worden war. Das Geld stammte aus Deutschland.

Škoda, ČKD, Pavels Zeitung – alles in deutscher Hand!

Unruhig rutschte Marie auf ihrem Stuhl hin und her. Vermutlich hatte sie noch etwas auf dem Herzen.

„Stört es Sie, wenn ich eine Zigarette rauche?"

„Überhaupt nicht", sagte Gesa und Marie ging kurz in die Küche, um ihre Zigaretten und einen Aschenbecher zu holen. Am liebsten hätte sie auch eine geraucht, aber irgendetwas hielt sie davon ab, und ihre Hände blieben ruhig auf dem Tisch liegen.

47.

„Pavel hat gerade angerufen. Ich soll Ihnen ausrichten, dass er erst heute Abend Zeit für Sie haben wird", sagte Marie leise, nachdem sie sich wieder an den Tisch gesetzt und mit unruhiger Hand eine Zigarette angezündet hatte. „Heute Vormittag treffen er und Jana sich in Chodov mit einem Kafka-Experten, Sie wüssten, worum es geht, und am Nachmittag trifft er sich in Karlstein zum ersten Mal mit seinem Vater."

Am Abend hatte sie keine Zeit. Damit wäre dieses Problem wohl vom Tisch, versuchte sie sich einzureden, dabei konnte sie die Enttäuschung darüber, dass die Gedichte ihm wichtiger waren als sie, nur mühsam zurückhalten. Sollte alles so zu Ende gehen? So ganz, ohne Abschied voneinander zu nehmen?

„Da ist noch etwas, was ich Ihnen erzählen möchte, Pavel hat mich darum gebeten."

Marie nahm einen tiefen Zug aus ihrer Zigarette.

„Wir haben uns gestern Abend noch mit der Frau getroffen. Sie können sich denken, wie überrascht Helena und ich waren. Obwohl er anders aussieht als wir, sind wir nie auf die Idee gekommen, dass Pavel nicht unser Bruder sein könnte. Er denkt wie wir und hat sich immer für unseren Betrieb eingesetzt."

Sie zögerte einen Moment.

„Stellen Sie sich vor, wir kannten die Frau bereits von früher und wir kennen auch ihre Tochter Mila."

„Wie ist das möglich?"

„Nach dem Ende des Prager Frühlings haben sie meinen Vater zunächst in Ruhe gelassen, seine Professur hat er erst später verloren. Unser Haus in Vinohrady, das Elternhaus meines Vaters, konnten wir behalten. Anfang Februar hat er einen Tipp bekommen, dass es besser wäre, aus Prag zu verschwinden. Fluchtartig haben wir die Stadt verlassen und sind mit unseren überladenen Škoda in den Böhmerwald zu meiner Großmutter gefahren."

Gesa dachte an die Geburtsurkunde, die Zuzana ihr anvertraut hatte.

„Sie hieß Jana Fischerová, nicht wahr?"

„Die Mutter meiner Mutter."

Marie schenkte sich noch etwas Kaffee nach.

„Die Chalupa meiner Großmutter war mehr als eine Hütte, es war ein abgelegenes Ausflugslokal, wo auch Zimmer an Wanderer vermietet wurden, und dazu gehörte ein kleines landwirtschaftliches Anwesen, so dass es viel Platz gab für Menschen und Tiere. Dort konnte man sich vor allem im Winter, wenn keine Gäste da waren, gut verstecken und zur Not auch selbst versorgen."

Marie sah kurz auf.

„Interessiert Sie das wirklich?"

Diese Frage überraschte Gesa.

„Natürlich möchte ich verstehen, weshalb Zuzana ihr Kind weggeben musste", versuchte sie die andere zu ermuntern, doch die zog daraufhin die Stirn in Falten. Es schien ihr sichtlich zu widerstreben, ihr, einer Außenstehenden, noch weitere Einblicke in ihre Familiengeschichte zu gewähren. Sie saß hier offensichtlich nur bei ihr am Tisch, weil Pavel es ihr aufgetragen hatte.

Aber Gesa war nicht bereit, auf den Rest der Geschichte verzichten.

„Meine Mutter war zu dem Zeitpunkt hochschwanger und es ging ihr nicht gut", fuhr Marie schließlich fort. „Und da war noch eine andere Frau, die ebenfalls schwanger war, nur sah man es ihr wohl auch wegen der weiten Röcke nicht an. Sie kam aus Spanien, war vor den Faschisten geflohen und hielt sich bei uns in der ČSSR versteckt. Die Frau konnte gut singen. Ihre Tochter hieß Maria, genau wie ich, und wir haben oft zusammen gespielt. Die beiden sind dann bald nach Kuba ausgewandert."

„Das war die Version Ihrer Eltern. Erzählen Sie mir, was wirklich geschehen ist."

Die andere atmete schwer.

„Kurz nachdem die Fremde ihren Sohn entbunden hatte, setzten auch bei meiner Mutter die Wehen ein, die Geburt zog sich über zwei lange Tage hin, doch anders als Pavel war dieses Kind nicht lebensfähig und ist nach wenigen Stunden gestorben."

Das war das Schlimmste, was einer Frau, die sich monatelang auf ihr Kind gefreut hatte, widerfahren konnte.

Und sie dachte an Abtreibung?

„Noch am selben Abend wurde mein Vater von einem Freund, der beim Geheimdienst arbeitete, darüber informiert, dass die Russen Zuzana am nächsten Tag verhaften würden. Pavels Vater, soviel weiß ich darüber, kam aus dem Westen und war militärischer Geheimnisträger. Über Zuzana wollten sie an ihn herankommen."

Nun wurde ihr einiges klar.

„Deshalb musste auch das Kind verschwinden."

„Sie haben es gegen die Totgeburt ausgetauscht."

Die Totgeburt. Dieser Ausdruck gefiel ihr nicht, immerhin hatte das Kind einige Stunden gelebt.

„Die Totgeburt wurde auf der Apfelweide neben dem Schafstall, wo außer Josef niemand hinkam, begraben. Meine Mutter hat zunächst alles mitgetragen, sie hat auch die Geburtsurkunde, die Pavel uns gestern gezeigt hat, unterschrieben. Zuzana konnte fürs Erste untertauchen, wurde aber später von der Staatssicherheit aufgespürt und an die Russen ausgeliefert."

„Und was geschah mit Mila, ihrer kleinen Tochter."

„Darauf kann sich die Schwarze bis heute keinen Reim machen. Die Russen haben Mila einfach zu ihrer Tante in das Haus an der Kleinseite zurückgebracht."

Das war wirklich verwunderlich. Und zugleich wunderte sich Gesa erneut über Maries Wortwahl.

„Drei Wochen später wurde mein Vater von den Russen verhaftet. Daraufhin ist meine Mutter in eine tiefe Depression gefallen und dann tauchte ihre Freundin Alzbeta auf. Gegen den Widerstand meiner Großmutter hat sie sich dann um Pavel gekümmert und später, nach dem Tod meines Vaters, ist sie zu uns nach Vinohrady gezogen und hat auch für meine Schwester Helena und mich gesorgt. Meine Mutter war wegen ihrer seelischen Erkrankung zunächst nicht dazu in der Lage." Sie zögerte kurz. „Stellen Sie sich vor, meine Mutter und Alzbeta sollen Zuzana nach ihrer Haftentlassung damit gedroht haben, alles den Russen zu verraten, wenn sie jemals versuchen sollte, sich dem Kind zu nähern."

Sie schüttelte ihre Schultern, als müsste sie etwas von sich abwerfen.

„Helena hat der Frau nicht geglaubt und sich verbeten, dass sie so schlecht über unsere Mutter und Alzbeta redet. Als die Schwarze ihr dann erklärt hat, dass man alles in den Tagebüchern nachlesen könnte, hat Helena sie aufgefordert, ihr diese

Dokumente zu zeigen, doch das konnte sie nicht. Sie behauptete, sie habe sie Ihnen zur Verwahrung gegeben."

„Alzbeta hat die Tagebücher aus meinem Zimmer entwendet, aber Pavel besitzt noch eines davon. Weshalb hat er es Ihnen nicht gegeben?"

„Er war schon gegangen, er musste zu Oberst Parler. Meine Schwester besitzt ein lockeres Mundwerk, es kam zu einem heftigen Streit und schließlich ist die andere aufgestanden und gegangen. Pavel weiß noch nichts davon. Inzwischen habe ich von Barbora erfahren, dass die Frau wohl doch die Wahrheit gesagt hat."

Immer noch vermied es Marie, die Romni bei ihrem Namen zu nennen.

„Und weiter?"

Gesa konnte nicht verhindern, dass sich ein scharfer Unterton in ihre Frage schlich, und sie spürte auch, wie dieses Gespräch sie zunehmend belastete.

„Die Frau hat gesagt, sie sei froh, dass sie endlich nach England ausreisen könne, und sie würde Pavel so schnell wie möglich nachholen. Auf Verwandte wie uns könnten sie verzichten."

„Warum gehen Sie nicht einfach zu ihr und entschuldigen sich."

„Vielleicht könnten Sie ja zwischen uns und der Frau vermitteln, Sie sind doch mit ihr befreundet."

Deshalb also saß Pavel Klimas Schwester hier bei ihr am Tisch.

„Ich reise morgen ab."

„Man lässt uns nicht an die Frau heran. Wir wissen nicht, wo sie sich aufhält."

Sie mochte Marie, und sie half gerne, wenn es nötig war, aber das hier war nicht ihre Angelegenheit, das musste die Familie untereinander klären. Drei Tage lang hatte sie sich einspannen lassen für die Nöte anderer, für die Probleme fremder Menschen. Höchste Zeit, damit aufzuhören und endlich an sich selbst zu denken und an Max Conradi, bevor sie sich womöglich noch verloren.

„Warum wenden Sie sich nicht an Pavel. Der wird wissen, wo seine Mutter ist."

Plötzlich spürte sie wieder Übelkeit aufsteigen.

„Entschuldigen Sie, Marie, mein Magen rebelliert schon wieder, ich müsste dringend an die frische Luft, und außerdem wartet Olga auf mich. Die Rechnung habe ich bei Petre beglichen."

Hastig stand sie auf und griff nach ihrem Gepäck.

„Alles Gute für Sie und Ihre Familie."

48.

Unter dem Gästehaus der Tschechen hatte sie sich einen Palast im Grünen vorgestellt, jenseits der Hektik der Großstadt, gelegen an einem Hang an der Kleinseite mit Blick auf die Moldau und die hundert Türme der Stadt und vielleicht sogar auf Gehrys Tanzendes Haus, auf Ginger und Fred.

Und nun stand sie inmitten eines belebten Geschäftsviertels, umgeben von imposanten Wohn-und Bürohäusern aus der Zeit um die Jahrhundertwende, ganz in der Nähe des Wenzelsplatzes. Die Gegend kam ihr bekannt vor, nicht weit von hier musste die Nekazánka sein, wo sich auch Barboras Bistro befand.

„Leider kann ich Sie wegen der Baustelle nicht bis vor die Tür fahren. Vor dem Haus herrscht absolutes Halteverbot", hatte Olga gesagt, als sie Gesa gut hundert Meter vor ihrem Ziel mit ihrem Gepäck abgesetzt und sich hektisch von ihr verabschiedet hatte. Die junge Tschechin hatte sich offensichtlich wieder für ein Treffen mit Bruni herausgeputzt. „Es ist die blaue Hausnummer 47. Dort, in der Versicherungsagentur links vom Eingang, wird man Ihnen weiterhelfen. Die roten Nummern spielen keine Rolle."

Es gab tatsächlich jeweils zwei Nummern an den Häusern, eine rote und eine blaue, das war ihr bisher noch gar nicht aufgefallen.

In dem Versicherungsbüro, wo reger Kundenverkehr herrschte, wurde sie von einem freundlichen, älteren Herrn in Empfang genommen, der sie, nachdem er ihre Papiere überprüft hatte, mit einem modernen Fahrstuhl in den vierten Stock beförderte.

Dort wartete an der Rezeption ein jüngerer Mann in Pavels Alter auf sie, der sich mit Jindrich vorstellte und sie, nachdem er ihr eine Chipkarte mit einem dazugehörigen Zahlen-Code überreicht hatte, auf ihr Zimmer brachte.

„Falls Sie Hunger haben oder Ihnen nach frischer Luft sein sollte, ein Stockwerk über uns befinden sich das Restaurant und der Dachgarten. Mit der Chipkarte und dem Code können Sie sich hier und in der fünften Etage frei bewegen. Dort finden Sie übrigens auch einen Fitnessraum sowie eine Sauna und bei Bedarf unseren medizinischen Dienst. Wenn Sie das Haus verlassen, melden Sie sich bitte beim Concierge gegenüber vom Versicherungsbüro ab."

Hier kam so leicht niemand hinein.

Hier war sie sicher vor Alzbeta!

Das Zimmer entpuppte sich als eine geräumige Suite, die Fenster gingen auf die belebte Straße hinaus, doch Lärm war nicht zu hören. Der geschmackvoll gestaltete Wohnbereich war auch für kleinere Meetings geeignet, ein großer, runder Tisch mit sechs Stühlen sowie eine Sitzecke mit komfortablen Polstermöbeln fielen ins Auge. Es gab ausländisches Fernsehen, einen Computer mit Internetanschluss, einen Drucker sowie eine moderne Telefonanlage.

„Auch Auslandsgespräche und Internetrecherchen sind für Sie frei", sagte Jindrich. „Es ist bereits ein Anruf für Sie eingegangen, Frau Dr. Jakobsen."

Er erklärte ihr kurz die wichtigsten Funktionen der Anlage und sie machte sich dazu ein paar Notizen. Es erschien ihr ausgesprochen kompliziert, von diesem Apparat aus zu telefonieren.

„Seit dem Wochenende gelten in ganz Tschechien neue Telefonnummern, wir haben unser Netz auf EU-Standard umgestellt", verkündete Jindrich stolz. „Es ist auch ein Paket für Sie abgegeben worden. Und für heute Abend haben wir für Sie und Professor Laursen ab neunzehn Uhr einen Tisch in unserem Restaurant reserviert."

Diesen Tisch würde sie nicht in Anspruch nehmen, doch das wollte sie dem netten, jungen Mann nicht gleich auf die Nase binden.

Nachdem sie sich in dem großen, luxuriös ausgestatteten Badezimmer etwas frischgemacht hatte, hörte sie zunächst den Anrufbeantworter ab.

Pavel teilte ihr zu ihrer Überraschung mit, dass er sich schon mit dem Kafka-Experten getroffen habe und nun doch Zeit habe, ihr, wie versprochen, den Petřín zu zeigen. Er erwarte sie in einer Stunde am Hintereingang, an der Hofausfahrt des Gästehauses.

Damit hatte sie nicht gerechnet, und sie wusste nicht so richtig, ob sie sich darüber freuen sollte. Zwar befürchtete sie nicht mehr, dass sie ihn noch einmal zu nah an sich heranlassen würde, aber sie bezweifelte, dass sie in ihrem Zustand die Muße für einen Ausflug mit ihm finden konnte.

Sie musste unbedingt mit Max telefonieren.

49.

Bis zu dem Treffen mit Pavel blieb ihr noch genügend Zeit für das Paket, das Jindrich auf dem breiten Doppelbett in ihrem Schlafzimmer postiert hatte. Das würde sie ablenken von trüben Gedanken.

Das Paket, soviel hatte bereits ein kurzer Blick darauf verraten, stammte aus dem Geschäft von Pavels Schwester. Helena Klimová.

Sie hatte eine vage Ahnung, was es enthalten könnte, und tatsächlich fand sie darin einen raffinierten lindgrünen Seidenpyjama sowie eine Garnitur Unterwäsche. Aber es barg noch eine ganz besondere, kiwi-grüne Überraschung. Zunächst hatte sie es für ein Twinset gehalten, doch es entpuppte sich als ein kniekurzes, leichtes, ärmelloses Wollkleid mit einem dazu passenden Jäckchen.

Kiwi-apfelgrün mit einem leichten Stich ins Gelbe. Ein Kleid in dieser Farbe hatte sie noch nie getragen. Das musste sie unbedingt probieren. Schnell zog sie es an, es saß eng am

Körper und betonte ihre Brüste, die nun tatsächlich voller wirkten als sonst. Die Farbe stand ihr gut zu Gesicht.

Mit Dank und Gruß von Helena Klimová und Marie Schumanová, war auf dem beigefügten Kärtchen zu lesen.

Darunter standen noch ein paar persönliche Zeilen.

Liebe Frau Jakobsen.

Ich hoffe, ich habe Ihren Geschmack getroffen. Die dunkelgrünen Schuhe sind nur eine Leihgabe, falls Sie das Kleid noch in Prag tragen wollen. Pavel kann sie später zurückbringen.

Jelena.

Darüber konnte sie sich amüsieren. Was Schuhe betraf, schien Helenas Chefverkäuferin kein besonderes Vertrauen in ihren Geschmack zu setzten.

Ja, sie würde dieses Kleid, das sicher bald zu eng für sie sein würde, noch hier in Prag tragen und auch die hochhackigen, dunkelgrünen Pumps.

Als sie gerade dabei war, ihre Uhr im Zimmersafe zu deponieren, fiel ihr plötzlich eine Möglichkeit ein, wie und wo sie Max vielleicht erreichen könnte.

Ostsee, Segeln, Dänemark.

In Juelsminde gab es einen Yachthafen und in dem Haus am Meer einen alten Apparat ohne Display. Da würde er rangehen.

Sie nahm ihr Handy aus der Tasche, suchte nach der Nummer und bediente sich dann mühelos der Festnetzanlage des Gästehauses. Und tatsächlich! Nach dem sechsten Klingeln wurde abgenommen, aber es meldete sich nicht Max Conradi, sondern seine Haushälterin Uta de Wall.

Und die war genauso überrascht wie sie und zierte sich zunächst, mit ihr über Max zu sprechen.

„Er hat es mir verboten, Frau Jakobsen, damit Sie sich keine Sorgen machen."

Nach einigem Hin und Her erzählte sie ihr dann doch, was geschehen war.

Heinrich habe Max am Dienstagvormittag zu einer Runde Wasserski eingeladen, und als sie wieder zurück gewesen seien, habe er sich auf dem Wohnzimmerboden gekrümmt vor Schmerzen.

„Zum Glück war es nichts mit dem Herzen! Heinrich hat ihn sofort nach Horsens in Krankenhaus gebracht und da haben sie festgestellt, dass es eine Nierenkolik war, vermutlich ausgelöst durch die Erschütterungen beim Wasserski."

„Ich mache mir große Sorgen, Frau de Wall. Was ist mit ihm?" Und weshalb hatte ihr Bruder Heinrich es nicht für nötig befunden, sie darüber zu informieren?

Unruhig kramte sie nach ihren Zigaretten.

„Es geht ihm schon wieder gut. Im Krankenhaus hatten sie ihn unter Drogen gesetzt - ich habe ihn Dienstagabend besucht, er sah aus wie einer dieser Junkies aus Sankt-Georg, mit erweiterten Pupillen und allem, was dazu gehört. Er war kaum ansprechbar. Er tat mir so leid."

„Ist er operiert worden?"

„Das war nicht nötig. Nachdem sie ihn immer wieder die Treppe rauf- und runtergejagt hatten, sind die Steine schließlich auf natürlichem Weg abgegangen, unter großen Schmerzen. Gestern Mittag ging es ihm schon wieder etwas besser, und die Steine lagen auf seinem Nachttisch wie Trophäen. Heute stehen noch einige Untersuchungen an und am späten Nachmittag wird er dann hoffentlich entlassen."

„Dann rufe ich ihn am besten heute Abend an."

Vielleicht hatte sie bis dahin ja auch die Angelegenheit mit Laursen zu seiner Zufriedenheit geregelt.

„Er wird sich freuen. Hoffentlich reißt er mir nicht den Kopf ab, dass ich Ihnen alles erzählt habe", versuchte die andere zu scherzen.

Und nun spürte auch Gesa die Erleichterung und goss sich ein Glas Wasser ein. Die Zigaretten rührte sie nicht an.

„Was machen Sie überhaupt in Juelsminde, Frau de Wall? Sind die beiden Männer nicht in der Lage, ihren Fisch zu grillen?“

„Das ist nun wirklich eine Überraschung. Darüber müssen Sie mit Max reden, dazu sage ich nichts.“

„Eine böse Überraschung?“, wiederholte sie die Frage, die sie bereits ihrer Mutter gestellt hatte, und erhielt nahezu die gleiche Antwort.

„Wie kommen Sie nur darauf?“

Ich habe auch eine Überraschung für ihn, dachte sie und nahm einen großen Schluck von dem Wasser.

Da meldeten sich auf einmal völlig unvermittelt ihre Schuldgefühle, mit einer Heftigkeit, die sie nicht erwartet hatte, und fast hätte sie sich wieder übergeben können.

Kein Wunder, dachte sie. Während sie ihn in Prag mit Pavel betrog, hatte er sich gekrümmt vor Schmerzen!

Ob ihm die Angelegenheit mit Laursen so an die Nieren gegangen war?

So schnell bilden sich keine Steine, sagte sie sich und zündete sich eine Zigarette an.

50.

„Der neue Mantel steht dir gut, Gesa“, begrüßte Pavel sie augenzwinkernd mit einem Kuss auf die Wange am Hintereingang des Gästehauses.

Zuzana und sein Vater hatten die Nacht im *Paříž* verbracht und hielten sich jetzt an einem sicheren Ort auf.

So lange Alzbeta nicht gefasst sei, sei die Gefahr nicht vorüber, und das gelte auch für sie beide, habe Parler gemeint, aber Pavel wollte immer noch nicht glauben, dass die Hausdame hinter der versuchten Brandstiftung stecken könnte.

„Weshalb sollte sie so etwas tun, Gesa, das Hotel ist doch auch ihr Lebenswerk“, setzte er seinen Bericht fort, als er sie zu seinem Auto führte, das er in einer Seitenstraße in der Nähe des Gästehauses geparkt hatte.

„Mir war sie nie geheuer", widersprach sie.

„Sie wird uns nichts tun. Nach der Wende hat sie sogar mein Auslandsstudium finanziert."

Gesa seufzte. So eng war seine Bindung an diese Frau? Das würde nicht einfach werden für Zuzana.

„Hat der Kafka-Experte dir helfen können?", wechselte sie das Thema.

„Er hat uns Mut gemacht, was die Handschrift betrifft, wollte sich allerdings noch nicht endgültig festlegen. Daher haben wir haben ihm einige der Mörike-Gedichte zur genaueren Analyse dagelassen. Er arbeitet gerade an einem wissenschaftlichen Artikel über die Frauen in Kafkas frühen Mannesjahren, das betrifft auch die Zeit vor den regelmäßigen Bordellbesuchen mit Max Brod. Stell dir vor, Kafka soll als ganz junger Mann tatsächlich ein Mädchen aus der Moldau gefischt haben, eine indische Tänzerin, in die er sich dann wohl verliebt hat."

„Eine Inderin?", wagte sie einzuwenden.

„Indien ist die alte Heimat der Roma, das müsstest du eigentlich wissen, und eine indische Tänzerin muss nicht unbedingt daher stammen", belehrte er sie. „Leider ist der Forschungsstand über Kafkas Jugendjahre relativ dünn, auch deshalb, weil er später alle seine frühen Werke, die vielleicht Aufschluss hätten geben können, vernichtet hat."

Inzwischen erschien ihr sein Kafka-Projekt immer weniger überzeugend, irgendwie an den Haaren herbeigezogen, doch sie wollte ihn nicht entmutigen.

„Das hört sich interessant an, ich wünsche euch viel Glück." Etwas anderes interessierte sie mehr.

„Weißt du inzwischen, wer dein Vater ist?"

Er zögerte kurz und griff sich an den Nacken.

„Eigentlich darf ich noch nicht darüber reden."

„Sag es schon!"

Immer noch schien er zu überlegen, doch schließlich weihte er sie in das Geheimnis ein.

„Du wirst es nicht glauben! Es ist John Richardsens Bruder Paul. Zuzana hat es mir gestern Abend erzählt."

Jetzt war es an ihr, überrascht zu sein! Dass Richardsen einen Bruder hatte, war ihr nicht bekannt gewesen, aber Paul und Pavel, das passte.

„Der von der Wiener Behörde, der Atomphysiker!"

Abrupt blieb sie stehen und sah ihn ungläubig an.

„Das kann nicht sein. Der ist Amerikaner!"

Einmal war sie ihm persönlich begegnet, am Rande der Münchener Sicherheitskonferenz, zu der sie Laursen hatte begleiten dürfen. Natürlich nicht offiziell.

„Er ist Brite! Ich werde ihn heute Nachmittag in Karlstein treffen."

Der scheidende Chef der Wiener Behörde war sein Vater!

Deshalb die Geheimniskrämerei und der Aufwand der Dienste. Er und seine Leute hatten sich nicht nur Freunde gemacht mit ihren strikten Überwachungsmaßnahmen oder wenn sie eine Gefährdung der internationalen Sicherheit festgestellt hatten.

Er sei sogar einmal für den Nobelpreis in Physik nominiert gewesen, fuhr Pavel fort. Unvorstellbar, wenn die Russen ihn zur Zeit des Kalten Krieges in die Hände bekommen hätten!

Zuzana und Paul hätten sich über die Musik kennengelernt, über den Blues. Er sei ein begnadeter Pianist gewesen und habe ihr sogar Schubert-Lieder beigebracht. Mehr wisse er noch nicht, aber er könne sich einiges zusammenreimen.

Es war nicht zu überhören gewesen, wie stolz er war auf seinen Vater.

Und was war mit Zuzana?

„Ich freue mich für dich, Pavel."

Hoffentlich war Paul Richardsen, wenn er ihm zum ersten Mal begegnete, nicht genauso unnahbar, wie sie ihn auf dem Münchener Podium erlebt hatte.

„Stell dir vor, sie wollen heiraten!"

Heiraten? Da hatte sie Paul Richardsen wohl doch etwas falsch eingeschätzt. Sie spürte, wie ihr ein Lächeln über das Gesicht huschte, und sie erinnerte sich an das Strahlen, das in Zuzanas Augen gelegen hatte, als diese ihr von ihrer großen Liebe berichtet hatte.

„Wie schön für die beiden. Nach all den Jahren!"

„Wie soll das zusammengehen?"

„Du zweifelst daran?"

Er verzog das Gesicht, verzichtete dann aber auf eine Antwort und beide schwiegen einen Augenblick, während sie langsam weitergingen.

„Nun lass uns auf den Petřín fahren, bis zu dem Treffen mit meinem Vater kann ich etwas Ablenkung gebrauchen. Vielleicht trinken wir anschließend ja noch einen Tee in meiner Wohnung."

Er zwinkerte ihr zu.

„Ohne Zucker."

51.

Die Brücken waren endlich wieder frei, so dass er ohne Umwege nach Malá Strana fahren konnte, wo er wieder vor der Hofeinfahrt des heruntergekommenen barocken Hauses parkte.

Nein, sie würde nicht noch einmal mit ihm hinaufgehen.

Schnell brachte er seinen Laptop und einen kleinen Reisekoffer nach oben, das erschien ihm sicherer, als die Sachen im Auto liegen zu lassen. Dann fuhren sie ein Stückchen mit der Straßenbahn.

Dies war ihr letzter Tag in Prag, der Stadt mit den sieben Hügeln, und genauso wie in Rom hatte sie nicht alle davon gesehen, doch den Laurenziberg würde sie nun erleben.

Aber ihre Gedanken weilten ganz woanders.

Irgendwie spürte sie, dass ihr Körper sich längst verbündet hatte mit dem Kind, und das nicht nur über die Plazenta und die Nabelschur.

Dabei sprach alles dagegen!

Nun war angenehmes Wetter, es war nicht mehr so kalt wie am Dienstag, als sie auf dem Hradschin gewesen waren, wo alles angefangen hatte, bei strahlendem Sonnenschein.

Erst für den Nachmittag wurde wieder mit Regen gerechnet.

Geduldig stellen sie sich zwischen den Touristengruppen an der Standseilbahn an, die sie zum *Eiffelturm* hinaufbringen würde.

Die *lanová drahá,* die Drahtseilbahn, war 1891 zur großen Industrieausstellung in Betrieb genommen worden.

„Der Hügel ist 327 Meter hoch und früher wurde an den Hängen Wein angebaut", erklärte Pavel. „Jetzt ist es ein Naherholungsgebiet. Und die Bahn, in die wir jetzt steigen, wurde ursprünglich mit Wasserkraft angetrieben. Erst in der Zeit nach dem Ersten Weltkrieg wurde sie auf Elektrizität umgestellt und Mitte der sechziger Jahre musste sie dann wegen eines Erdrutsches eingestellt werden. Es hat bis 1985 gedauert, bis sie wieder in Betrieb genommen werden konnte."

Wasserkraft? Da fiel ihr etwas ein.

„Entschuldige, Pavel, wenn ich dich unterbreche."

„Langweile ich dich schon wieder?"

„Keineswegs. Aber ich wüsste vielleicht eine Erklärung dafür, weshalb euer Garten so morastig ist."

Überrascht sah er sie an, und ohne Bedenken, dass er sie auslachen könnte, erzählte sie ihm nun von ihrem Wassergespür.

„Eine Quelle? Oberhalb der Tomaten bei den alten Weiden? Davon wüsste ich."

„Vielleicht habe ich mich ja auch getäuscht."

„Allerdings befindet sich da oben im Gestrüpp auf einer der Terrassen eine alte Zisterne, eine Art Regenrückhaltebecken, und es ist durchaus möglich, dass die Erschütterungen während der Bauarbeiten Risse verursacht haben."

Sie ging immer noch davon aus, dass es sich um eine Quelle oder einen Rohrbruch handelte, denn auf einen Riss in der Zisterne hätten ihre Hände nicht so heftig reagiert.

Er lächelte. „Vielen Dank für den Tipp, Rusalka. Am besten, wir gehen gleich noch einmal an die Moldau."

Rusalka? Damit konnte sie nichts anfangen, doch er wollte ihr nicht verraten, was es damit auf sich hatte.

Inzwischen waren sie oben auf dem Petřín angekommen.

„Unser Eiffelturm ist erst vor kurzer Zeit völlig neu renoviert worden. Gleich können wir einen herrlichen Blick auf die ganze Stadt genießen", fuhr Pavel fort, als sie sich auf der Treppe befanden, doch zunächst mussten sie die fast dreihundert Stufen bewältigen.

Oben angekommen, erwartete sie wiederum ein herrlicher Blick auf Prag.

Pavel griff nach ihrer Hand, doch dieses Mal ließ sie ihn nicht gewähren.

Schweigend verweilten sie einen Augenblick und sie nahm Abschied von der Goldenen Stadt.

Hier hatte sie nichts mehr verloren, mochte er sie auch noch so sehnsüchtig ansehen mit seinen tiefen, braunen Augen.

52.

Der Aufstieg war ihr recht einfach erschienen, doch beim Abstieg meldete sich plötzlich ihr rechtes Knie. Sie blieb immer wieder stehen und hatte Probleme, den Weg nach unten zu meistern. Seit Jahren hatte sie keine größeren Steigungen mehr genommen, seit der Geburt der Zwillinge war sie nicht mehr im Gebirge gewesen.

„Was ist mit dir, Gesa?", drehte sich Pavel besorgt zu ihr um.

„Ich bin nur etwas außer Puste", versuchte sie abzulenken und quälte sich die letzten hundert Stufen bis zur Plattform hinunter.

Als sie endlich unten waren, holte er ihnen aus dem kleinen Café, das sich zu Füßen der Treppe des Eiffelturms befand, etwas zu trinken und sie setzten sich damit draußen im Park etwas abseits von den anderen Touristen unter einen der mächtigen, alten Bäume auf eine Bank.

Er schaute sie an.

„Keine Mitleidstouren mehr, Gesa?"

Sie nickte ihm zu.

Als sie aus der Straßenbahn gestiegen waren, hatte er ihr versprechen müssen, Distanz zu wahren. Sie hatte ihm zu verstehen gegeben, dass dieses eine auch das letzte Mal gewesen war.

„Darf ich fragen, wer der Mann war, mit dem du dich gestern am Altsädter Ring getroffen hast?"

Mit dieser Frage hatte sie nicht mehr gerechnet.

„Er ist der Vater meiner Kinder. Er hat mich damals sitzenlassen und ich bin nur nach Prag gekommen, um endlich mit ihm über alles zu reden. Er wird in Kürze nach Übersee gehen."

Verdutzt sah Pavel sie an.

„Das tut mir leid, Gesa."

„Und es gibt bereits einen anderen Mann in meinem Leben."
Jetzt hatte sie ihm alles gesagt, was er wissen musste.

„Aus den Augen aus dem Sinn. Ist das deine Art, mit Männern umzugehen?", fuhr er sie an und sie zuckte zusammen.
Wie kam er nur darauf? Hatte sie ihm diesen Eindruck vermittelt?

Aber vielleicht wäre das sogar ein Weg, ihn endlich auf Distanz zu halten.

„Die Franzosen formulieren es noch drastischer, Pavel. *Loin des yeux, loin du cœur.*"

Aus den Augen, aus dem Herzen.

Handelte sie tatsächlich nach diesem Muster?

Sie dachte an Max und da war auf einmal eine tiefe Scham und sie fühlte sich bloßgestellt von dem jungen Tschechen und errötete. Schnell senkte sie den Kopf und begann in ihrer Umhängetasche zu wühlen.

Aus den Augen, aus dem Herzen. Auf ihre Beziehung zu Laursen traf das jedenfalls nicht zu, den müsste sie sich womöglich noch herausoperieren lassen, Stück für Stück.

„Entschuldige mich einen Moment, ich bin gleich wieder da."
Er nahm die leeren Becher und ging zum Café hinüber.

Dann verschwand er hinter dem Gebäude.

Fluchtinstinkt? Wollte er sie etwa hier alleine zurücklassen?

Doch schon war er wieder da und setzte sich neben sie auf die Bank.

„Das mit dem anderen Mann habe ich mir schon gedacht",
sagte er mit belegter Stimme. „Und das mit uns?"

„Eine Mischung aus Mitleid und Lust!", sagte sie, obwohl sie wusste, dass das nicht fair und auch nicht die ganze Wahrheit war.

Ihre Antwort schien ihn zu überfordern, denn nun schaute er wieder genauso abschätzig an ihr hinunter, wie er es schon einige Male getan hatte.

Er tat ihr leid, aber es gab keinen anderen Weg. Am besten kam sie ihm zuvor, bevor er noch alles zerstörte.

„Und das mit Jana?", wollte sie von ihm wissen, während sie sich ebenfalls erhob, und lächelte ihn an. Sie wusste, dass er ihr Lächeln mochte. „Ich weiß, dass ihr ein Paar seid", behauptete sie, obwohl sie sich nicht sicher war.

„Das ist etwas anderes", entgegnete er barsch.

Noch immer strafte er sie mit seinem Blick.

Dazu hast du kein Recht, dachte sie. Warum hast du dich auch in mein Leben gedrängt!

„Typisch Mann!", versuchte sie es schließlich mit Humor und versetzte ihm mit ihrem Ellenbogen einen leichten Stoß in die Seite.

Endlich entspannten sich seine Züge. Doch noch einmal hakte er nach.

„Hat es dir denn gar nicht gefallen?"

Sie dachte an Max und das Kind.

„Es war eine Ausnahmesituation, Pavel, aber ich hätte es nicht tun dürfen. Könnten wir es bei dieser Sprachregelung belassen?"

Er holte tief Luft. „Es mag sich anhören wie ein Klischee, Gesa, aber ich habe mich noch nie so zu einer Frau hingezogen gefühlt wie zu dir."

Das hörte sich wirklich an wie ein Klischee.

„Wie soll das zusammengehen", griff sie seinen Kommentar zu den Heiratsplänen seiner Eltern auf und wandte sich von ihm ab.

Da atmete er tief aus, als müsste er mit einem Stoß die ganze unverbrauchte Liebe aus seinem Körper pressen. Sie tat es ihm nach und für einen Augenblick schienen beide zu überlegen, ob sie nun lachen sollten oder weinen.

53.

„Nun lass uns ins Paradies gehen!"

„Mir wäre es lieb, wenn wir keine weiteren Umwege machen würden, ich bin heute nicht so gut zu Fuß."

„Warst du das jemals?" Er deutete auf ihre neuen, flachen Schuhe. „Dabei hast du heute einmal ganz passables Schuhwerk an."

„Helena Klimová", sagte sie und hakte sich bei ihm unter. Doch kaum hatte sie ihn berührt, schon bereute sie es und ließ ihn wieder los. Da war noch viel zu viel Nähe.

Er wählte den direkten Weg nach unten, eine schmale, steile Betonstraße, die durch einen wunderschönen Park führte.

„Es ist nicht mehr weit, wir sind gleich bei der deutschen Botschaft angekommen. Gib mir deine Tasche."

Sie tat wie geheißen und langsam gingen sie weiter.

Als sie dann tatsächlich vor dem Palais Lobkowitz standen, hätte sie fast geweint vor Rührung, genauso wie damals, im September 1989, als sie alles im Fernsehen miterlebt hatte. Auch die unvergessene Balkonszene.

Es war ein riesiges Gelände, so weitläufig hatte sie sich den Park nicht vorgestellt, doch da war viel zu wenig Platz gewesen für die 4000 DDR-Flüchtlinge, die hier unter zum Teil menschenunwürdigen Bedingungen wochenlang eingepfercht gewesen waren, bevor sie endlich hatten ausreisen dürfen.

Immerhin hatte der Eiserne Vorhang einen gewaltigen Riss bekommen und dann war es ganz schnell gegangen mit dem Zusammenbruch der DDR.

Ihr Knie schmerzte. Ihre Beine waren schon ganz zittrig, doch sie riss sich zusammen. Es waren nur noch wenige Schritte bis nach unten ins Zentrum von Malá Strana, wo Pavel sie zum Abschied noch auf einen Kaffee einladen wollte.

Beide waren sie nun in Gedanken und gingen stumm nebeneinander her. Sie konnte sich kaum noch aufrecht halten und plötzlich zitterten ihre Beine so sehr, dass sie nicht mehr weiter gehen konnte.

„Was ist mir dir, du bebst ja am ganzen Körper und bist auf einmal ganz blass", meinte Pavel besorgt und stützte sie ab.

„So kannst du mir wenigstens nicht weglaufen", versuchte er zu scherzen und strich ihr zärtlich übers Haar.

„Das tut mir so leid", lächelte sie unsicher und war dankbar, dass sie sich an ihn lehnen konnte. „Es ist mein rechtes Knie."

Und plötzlich ahnte sie, woher die Schmerzen kommen könnten.

Vor fast sechs Jahren in Magdeburg bei ihrem letzten Einsatz für Laursen war sie von zwei Hooligans am helllichten Tage am Hauptbahnhof die Treppe hinuntergestoßen worden, nur die letzten sechs Stufen.

Vermutlich war ihr das widerfahren, weil ihre Aufmachung und ihr Auftreten den dumpfen Gesellen nicht gepasst hatten und sie wohl nicht früh genug den Blick gesenkt hatte. Keiner der anderen Passanten hatte sich getraut, ihr zu helfen. An einer der Stufen hatte sie sich das Knie aufgeschlagen. Es hatte nur ein wenig geblutet, und erst jetzt nach so langer Zeit meldete sich ihr Körper.

Der Körper vergisst nichts, erinnerte sie sich an einen Spruch ihrer Mutter.

„Soll ich dich ein Stückchen tragen? Es wäre mir ein Vergnügen, noch dazu vor dem Palais Lobkowitz", bot Pavel ihr an.

„Heute ist kein Orden mit mir zu verdienen. Lass uns einfach einen Augenblick stehenbleiben."

Sie hielt sich weiter an ihm fest.

„Du zitterst immer noch."

„Es geht schon wieder", sagte sie schließlich, löste sich von ihm und ging weiter.

Und dann passierte das Malheur.

Sie hatte wohl einen Moment nicht achtgegeben und war auf dem holprigen Kopfsteinpflaster umgeknickt. Trotz der flachen Schuhe! Hätte er sie nicht blitzschnell aufgefangen, wäre sie über die hohe Bordsteinkante hingeschlagen.

Und nun brach es aus ihr heraus, nun brachen all die Dämme, die sie so mühsam errichtet hatte.

„Ich kann nicht mehr, Pavel", erschütterte sie ein heftiger Weinkrampf. Nun bebte alles an ihr. Er hielt sie fest und streichelte ihr wie einem Kind über den Rücken.

„Das war alles zu viel!", schluchzte sie und wühlte in ihrer Manteltasche nach einem Taschentuch.

Eng umschlungen standen sie da, den neugierigen Blicken der Passanten ausgesetzt.

„Ich weiß", sagte er schließlich und nun klang seine Stimme ganz anders, ganz so, als habe er auch ohne viele Worte begriffen, wie es um sie stand.

Er räusperte sich.

„Keine Mitleidstouren mehr, Gesa, das verspreche ich dir."

Sein Blick sagte etwas anderes. Und ihre Augen gaben ihm recht.

Sie steuerten das erstbeste Touristencafé an. Er bestellte den Kaffee und sie humpelte direkt zur Toilette, machte sich etwas frisch, zog Schuh und Strumpf aus und hielt ihren Fuß ins Waschbecken unter das fließend kalte Wasser. Das würde ihrem Knöchel guttun.

Als sie zurückkam, saß er immer noch mit ernster Miene auf seinem Platz und wartete.

Worauf?

„Darf ich mir den Fuß einmal ansehen, Gesa? Bei der Armee war ich unter den Sanitätern."

Jede seiner Berührungen war zu viel.

Doch dieses Mal hielt er sich an die Vereinbarung.

Nachdem sie ihr Bein auf einen der leeren Stühle gelegt hatte, zog er ihr vorsichtig den Schuh aus, den Strumpf hatte sie erst gar nicht wieder angezogen, nahm ihren Fuß in die Hand und drückte an einigen Stellen.

„Gebrochen scheint er nicht zu sein, aber er ist bereits stark angeschwollen."

Nun strich er ihr mehrmals wie in Gedanken über den Knöchel und es durchfuhr sie eine unerwartete Wärme, eine wohlige Wärme, wie sie sie tags zuvor schon einmal unter Zuzanas Händen gespürt hatte. Nur dass hier noch etwas anderes mitschwang.

„Das tut gut!", sagte sie.

Er schien ehrlich überrascht.

„Ich habe nichts getan."

Sie musste sich beherrschen, nicht wieder in Tränen auszubrechen, und er schien das zu spüren.

„Was hältst du davon, Gesa, wenn wir unseren Abschied noch um einen Tag verschieben?"

Mach es mir doch nicht so schwer, dachte sie.

„Treffen wir uns morgen, bevor du abfliegst, noch einmal zum Frühstück? In einem der Nobelcafés am Altstädter Ring?"

Nein, wäre wieder einmal die richtige Antwort gewesen.

„Und ich bezahle die Zeche?", nahm sie sein Angebot an.

54.

Jindrich rümpfte die Nase, als er sie im Gästehaus in Empfang nahm. Sie stank nach Essig.

Bevor Pavel sie an dem Café in Malá Strana mit seinem alten Passat abgeholt hatte, hatte sie sich in der Küche eine Flasche Essig besorgt, ihren Schal damit an einem Ende gründlich getränkt und ihn sich, so gut es ging, um den Knöchel gewickelt. Es war zwar keine Essigsaure Tonerde, aber etwas Linderung schien es schon gebracht zu haben.

Trotz des absoluten Halteverbots hatte Pavel sie bis vor den Eingang des Gästehauses gefahren und dann bis in die Versicherungsagentur begleitet. Jetzt befand er sich bereits auf dem Weg nach Karlstein zu seinem Vater. Sie hatte ihm alles Gute gewünscht und er hatte erst gar nicht zu verbergen versucht, wie sehr er der ersten Begegnung mit seinem Vater entgegenfieberte.

Über seine Mutter hatte er nicht noch einmal mit ihr reden wollen.

Wie die Zwillinge wohl reagieren würden, wenn sie ihrem Vater das erste Mal begegneten? Ob sie sich genauso ablehnend verhalten würden wie Pavel gegenüber Zuzana? Das war nicht ganz auszuschließen, hatten sie doch in Max inzwischen einen liebevollen Ersatzvater gefunden, mit dem sie gut zurechtkamen.

Laursen verstand sich auf Kinder, versuchte sie sich zu beruhigen, immerhin hatte er nicht nur drei Töchter, sondern auch vier Enkelkinder, darunter zwei im Alter von Jan und Felix.

Hoffentlich gelang es ihr, mit ihm am Abend eine vernünftige Regelung zu finden, eine Vereinbarung, mit der auch Max leben könnte.

Und wenn Laursen womöglich gar kein Interesse hatte an ihren Kindern?

„Ich verständige umgehend den medizinischen Dienst, Frau Dr. Jakobsen", bot Jindrich ihr an, nachdem sie ihm von ihrem Malheur berichtet hatte. „Wir arbeiten mit einer kleinen Polyklinik zusammen, die sich gleich um die Ecke befindet. Unter den Ärzten ist auch eine tüchtige Orthopädin."

Normalerweise wäre sie mit einer solchen Verletzung nicht gleich zum Arzt gerannt, aber angesichts dessen, dass sie am nächsten Tag zurückkreisen würde, noch dazu mit allerhand Gepäck, nahm sie sein Angebot gerne an.

„Es eilt nicht", gab sie ihm mit auf den Weg. „Die Tür lasse ich besser unverschlossen."

Nachdem sie ihren Mantel ausgezogen und ein Glas Wasser getrunken hatte, löste sie das Schultertuch von ihrem Fuß und sah sich die Bescherung noch einmal an. Sie hatte fast den Eindruck, dass die Schwellung schon etwas zurückgegangen war, und auch die Schmerzen hatten nachgelassen.

Da war Jindrich auch schon zurück.

„Gleich nach der Sprechstunde kommt die Orthopädin zu Ihnen. Kann ich noch irgendetwas für Sie tun?"

„Wenn Sie mir vielleicht eine Schüssel und eine Flache Tafelessig besorgen könnten? Und ein anderes Tuch? Ein dünneres?"

„Kein Problem", sagte er lächelnd. „Ihren Schal nehme ich mit und lasse ihn waschen."

Nachdem er ihr auch noch ein belegtes Brötchen sowie ein Kännchen Schokolade aufs Zimmer gebracht hatte, verabschiedete er sich fürs Erste von ihr.

Die Schokolade würde nicht nur ihr, sondern auch ihrem Kind guttun.

Immer noch ging ihr Pavels Spruch *Aus den Augen aus dem Sinn* nicht aus dem Kopf. Sie dachte an Max. Auch er traute ihr, was das betraf, vermutlich nicht über den Weg.

Doch nach all den Aufregungen sehnte sie sich nun nach etwas Ruhe. Dabei hatte sie sich eigentlich noch das berühmte Gemeindehaus, das sich ganz in der Nähe befand, und

Muchas Paternoster-Zyklus ansehen wollen, ein Programm-punkt, auf den sie sich sogar etwas vorbereitet hatte.

Sie war gerade etwas eingeschlafen auf der komfortablen Couch, als ihr Handy klingelte. Es war der Anruf, auf den sie gewartet hatte.

Laursen.

Vorsorglich hatte sie das Prepaid-Gerät griffbereit vor sich auf den Tisch gelegt.

„Hey, Gesa. Mein Fahrer holt dich Punkt sechs direkt vor dem Gästehaus ab."

Im absoluten Halteverbot?

„Passt das in deinen Terminplan?"

„Ich komme nicht mit nach Karlstein."

„Das ist ganz in meinem Sinne, *min kæreste*. Allerdings muss ich später noch dahin. Daher haben wir nur gut zwei Stunden Zeit."

Zwei Stunden für eine Lebensentscheidung?

„In zwei Stunden lässt sich alles regeln, wenn beide Ge-sprächspartner gut vorbereitet und kooperativ sind", fiel ihr plötzlich ein Ausspruch von ihm ein und er lachte.

„Italienisch oder tschechisch?"

„Italienisch."

„Auch das ist ganz nach meinem Geschmack. Bis dann, Ge-sa."

„Bis dann."

Erleichtert atmete sie durch. Wie Parler und er es wohl ange-stellt haben mochten? Hinter dem Rücken von Barbora! Aber vermutlich ging der Tscheche immer noch davon aus, dass sie hier im Gästehaus mit Laursen speisen würde.

Jetzt war ihre Müdigkeit wie weggeblasen. Sie spürte neue Energie. Vielleicht wendete sich ja doch noch alles zum Gu-ten mit Laursen und den Kindern. Dann könnte sie auch endlich an eine gemeinsame Zukunft mit Max denken.

Aus den Augen, aus dem Sinn? So einfach war das wohl doch nicht.

Vorsichtig humpelte sie ins Bad, machte sich frisch für die Ärztin, die später bei ihr vorbeischauen würde, und ging dann ins Schlafzimmer, um sich bequeme Sachen anzuziehen. Dabei fiel ihr Blick auf die grünen Edelpumps und sie musste lachen. Diese Schuhe würde sie am Abend sicher nicht tragen können. Die wären eher etwas für Zuzana.

Plötzlich spürte sie wieder Übelkeit aufsteigen.

Sie schaffte es gerade noch ins Bad, und noch während sie sich übergab, durchzog ein kurzer, stechender Schmerz ihren Unterleib. Bitte nicht!

Sie musste schrecklich würgen. Ihr Atem wurde heftig und sie hatte das Gefühl, kaum noch Luft zu bekommen. Lass mir mein Kind! schrie alles in ihr. Ich möchte das Kind nicht verlieren! Und schon spürte sie, wie es aus ihr heraustropfte und langsam an den Beinen hinunterlief.

Nun war alles voller Blut. Nur nicht hinsehen! Dieses Bild wirst du nie wieder los! Es stand ihr immer noch vor Augen, wie sie Natalia vor knapp drei Monaten auf dem weiß gefliesten Badezimmerboden im Kutscherhaus gefunden hatte. In letzter Minute. Dabei hatte die junge Russlanddeutsche sich so gefreut auf ihr erstes Kind

Sie starrte auf die gegenüberliegende Wand. Einfach nicht hinsehen.

Und dann war es vorbei. Es hörte auf zu bluten. Genauso schnell wie es kommen war, war es vorüber.

Sie schnappte nach Luft.

Jetzt war alles vorbei. Jetzt hatte sie alles verloren.

Max und das Kind!

„Darf ich reinkommen?"

Zuzana?

„Die Ärztin ist da, sie wartet oben auf Sie!"

Hektisch drehte Gesa sich um und schon war Zuzana bei ihr und nahm sie in ihre kräftigen, schlanken Arme.

216

„Ganz ruhig, mein Kind, ganz ruhig atmen."

Gesa versuchte ihren Anweisungen zu folgen, doch es gelang ihr nicht. Ihr Atem ging immer noch viel zu schnell. Sie starrte ins Leere.

„Einatmen! Ausatmen!", wiederholte Zuzana immer wieder mit ruhiger Stimme, gab ihr den Rhythmus vor – „ein durch die Nase, aus durch den Mund", und strich ihr dabei besänftigend über den Rücken, bis sie sich endlich etwas beruhigt hatte und wieder etwas regelmäßiger atmete.

„Was ist passiert, Gesa? Bereitet Ihnen der Fuß solche Sorgen?"

„Alles ist voller Blut!", wimmerte sie.

„Hier ist kein Blut." Vorsichtig nahm die Romni ihren Kopf in ihre Hände und drückte ihn in Richtung Fußboden.

„Sehen Sie hin!"

Doch sie traute sich nicht, auf die Fliesen zu schauen.

„Sehen Sie hin!", wurde der Ton der Frau schärfer. „Hier ist kein Blut, aber es stinkt erbärmlich nach Essig, Urin und Erbrochenem."

Immer noch wagte sie nicht, auf den Boden zu schauen, doch die andere hielt ihren Kopf weiterhin nach unten gedrückt.

„Sehen Sie hin, Gesa. Sie hatten keine Fehlgeburt", wusste die Romni ihre Ängste zu deuten und sprach nun wieder mit sanfter Stimme auf sie ein. „Sie haben hyperventiliert und sich vor Angst in die Hose gepinkelt. Jetzt machen Sie sich etwas frisch, ziehen sich saubere Kleider an und dann bringe ich Sie nach oben ins Behandlungszimmer. Die sind hier technisch vermutlich besser ausgestattet als eine ganze Poliklinik. Wenn wirklich etwas sein sollte, werden sie es finden."

„Ich traue mich nicht, mich zu bewegen", gestand Gesa ein, obwohl sie sich inzwischen davon überzeugt hatte, dass auf den Fliesen kein Tropfen Blut war, sondern nur Erbrochenes und etwas Urin.

„Keine Angst, ich bin ja bei Ihnen", wusste die andere sie zu beruhigen, und sie folgte gehorsam deren Anweisungen.

55.

„Ich schäme mich, Zuzana. Wie konnte ich mich so gehenlassen", sagte Gesa, als sie zurück in ihrer Suite waren. Das Bad war bereits wieder sauber und Zuzanas Reisetasche stand griffbereit neben ihrem Sessel.

„Dabei bin ich sonst eher hart im Nehmen."

„Das glaube ich Ihnen gerne, aber irgendwann wird es zu viel und dann melden sich unsere Ängste, auch die, die die wir längst verarbeitet glaubten. Dann machen sich Körper und Seele selbständig und der Verstand bleibt außen vor", sagte Zuzana wie zu sich selbst, als sie Gesa das Ultraschallfoto zurückgab.

Dem Kind ging es gut, es war alles dran, was dran sein sollte, und es wurde gut versorgt.

„Freuen Sie sich auf das Kind?", wollte Zuzana nun von ihr wissen, während sie ihr eine Tasse Kamillentee einschenkte und ihr dabei genauso streng in die Augen schaute wie schon bei ihrer ersten Begegnung im Zug.

Gesa spürte, wie sich etwas in ihr stäubte, diese Frage zu beantworten.

„Ich will Ihnen nichts Böses, ich möchte Ihnen doch nur helfen", redete die andere besänftigend auf sie ein, während sie sie weiterhin mit ihrem Blick fixierte. „Ich habe noch Zeit, bis ich weiter muss, wollen Sie mir nicht erzählen, was Sie bedrückt."

„Natürlich freue mich auf das Kind", gab sie harsch zurück. „Sonst hätte ich wohl nicht solche Angst gehabt, es zu verlieren."

„Entspannen Sie sich, und sagen Sie mir, was Sie quält. Das wird auch Ihrem ungeborenen Kind guttun."

Was hast du zu verlieren? meldete sich plötzlich eine Stimme in ihr und sie spürte, wie die Spannung allmählich von ihr wich, und schließlich gab sie ihren Widerstand auf, schloss die Augen und ließ sich auf die andere ein.

„Aufwachen, Gesa!"
Die Stimme war ganz nah und klar und jemand streichelte ihre Hand.
Zuzana!
Langsam öffnete sie die Augen und fand in die Wirklichkeit zurück.
„Wie geht es Ihnen?"
„Ich fühlte mich wunderbar und ich habe großen Hunger", sagte sie und nahm einen Keks. „Ich hätte gern noch etwas weiter geschlafen."
„Haben Sie noch Fragen, Gesa?"
Sie zögerte. „Ich glaube nicht so recht an Ihre Zauberkräfte, Zuzana", gestand sie ein.
„Trotz Ihres Wassergespürs?"
Darauf ging sie besser nicht ein.
„Aber ich kann nicht leugnen, dass ich mich fühle wie von einem schlimmen Albdruck befreit." Sie überlegte. „Worauf muss ich in Zukunft achten."
Da schüttelte die andere laut lachend den Kopf.
„Das haben wir eigentlich schon geklärt, aber Sie können es offenbar nicht lassen, alles über den Verstand regeln zu wollen, obwohl Sie wissen, dass das nicht funktioniert. Also noch einmal: Freuen Sie sich auf das Kind und den Neubeginn in Hamburg, aber ziehen Sie nicht in das Haus seiner verstorbenen Frau, deren Seele könnte dort immer noch herumirren." Wieder lachte die andere. „Auf die tüchtige Haushälterin würde ich allerdings nicht verzichten. Alles andere wird sich finden."
„Auch wenn es für mich und auch für ihn nicht die große Liebe ist?", traute sie sich endlich zu fragen.

„Liebe kann wachsen", sagte die andere, bevor sie wie in Gedanken hinzufügte: „Je größer die Liebe, desto größer das Leid."

Gesa zuckte zusammen und schämte sich, wieder einmal nur an sich gedacht zu haben. „Das haben Sie bitter erfahren müssen, nicht wahr, Zuzana."

Jetzt standen der Frau sogar ein paar Tränen in den Augen und sie senkte ihren Blick.

„Pavel hat mir erzählt, dass Sie heiraten werden!", versuchte sie sie wieder aufzumuntern, was ihr auch sofort gelang, denn schon begannen die Augen der Frau zu strahlen.

„Nach all den Jahren, Gesa, nach all den vielen Jahren! Manchmal meint das Schicksal es dann doch gut!"

„Ich freue mich so für Sie, Zuzana."

„Eigentlich wollte ich zunächst für einige Zeit bei meiner Tochter wohnen, aber Paul meint, er habe lange genug auf mich gewartet. Wenn er nicht diese wichtige Position bei der Wiener Behörde gehabt hätte, hätte ich mich vielleicht schon vor Eva Klimovás Tod über Barbora an seinen Bruder gewandt."

Nun war es an Gesa, überrascht zu sein.

„Was hat John Richardsen damit zu tun?"

„Er hat uns damals auseinandergebracht, aber das ist inzwischen vergeben, nun, da er dafür gesorgt hat, dass doch noch alles gut geworden ist." Sie sah auf ihre Uhr. „Es wird allmählich Zeit. Einer von Parlers Leuten holt mich gleich ab. Ich treffe mich zu einem Versöhnungsgespräch mit Pavels Schwestern bei Barbora. Sie will zwischen uns vermitteln."

Da schien ihr noch etwas Wichtiges einzufallen. „Freuen Sie sich auf das Kind, Frau Dr. Jakobsen?", zwinkerte sie ihr zu.

Gesa spürte, wie ihr ein Lächeln übers Gesicht fuhr.

„Ja, ich freue mich auf das Kind, auch wenn es schon wieder ein Junge ist, und ich habe sogar einen Vater dafür, einen wunderbaren Vater."

Nun lachten sie gemeinsam miteinander.

Dann wurde Zuzana ernst. „Söhne sind etwas Besonders, wenn auch nicht immer leicht zu händeln", meinte sie nachdenklich, während sie und Gesa sich gleichzeitig aus ihren Sesseln erhoben. „Es wird wohl nicht ganz einfach werden mit Pavel, er lässt mich nicht an sich heran." Sie seufzte. „Immerhin will er in Zukunft wieder über die Nöte der Roma schreiben. Erst vorgestern ist eine von uns, ein ganz junges Mädchen, von zwei Gadjes vergewaltigt worden. Pavel will mit seiner Zeitung dafür sorgen, dass es dieses Mal zu einer Anklage und einem fairen Prozess kommt und nicht wieder alles niedergeschlagen wird von der Justiz. Das macht mir Hoffnung."

Sie griff zu ihrem Mantel, der auf einem der komfortablen Sessel lag, und zog ihn über. „Ich danke Ihnen für alles. Wir sehen uns dann in London auf meiner Hochzeit?"

Gesa zögerte.

„Ich glaube, ich verstehe", nickte die andere ihr zu. „Dann eben etwas später, wenn er nicht dabei ist. Ich danke Ihnen für alles Gesa."

„Auch ich danke Ihnen Zuzana.".

Nahezu gleichzeitig gingen sie aufeinander zu und umarmten sich wie zwei alte Freundinnen.

56.

Die grünen Pumps mit den hohen Absätzen hatte sie in einen Nylonbeutel gesteckt und in ihrer Umhängetasche verstaut. Ihrem Fuß ging es schon wesentlich besser, vielleicht könnte sie die Schuhe später doch noch anziehen.

Kaum hatte sie den Eingang zum Versicherungsbüro verlassen, schon stand ihr Taxi vor der Tür. Ein dunkelblauer Audi. Parler hielt ihr grinsend Laursens Visitenkarte hin, und sie quälte sich, so schnell sie konnte, in das komfortable Auto hinein.

„Ich wollte Ihnen die gute Nachricht persönlich überbringen, Gesa".

Und dann erzählte er ihr, dass Alzbeta vor knapp zwei Stunden verhaftet worden sei, in dem Haus an der Kleinseite, wo sich Pavels Wohnung befand. Eine seiner Mitbewohnerinnen sei zufällig früher von der Arbeit gekommen und habe beobachtet, wie Alzbeta unter Flüchen vergeblich versucht habe, das Haus in Brand zu setzen. Mit Diesel. Alzbeta habe offensichtlich nicht gewusst, dass Josef außer Benzin auch Diesel hortete, und einen falschen Kanister erwischt. Die Zeugin hatte sofort Polizei und Feuerwehr benachrichtigt. In einem ersten Verhör hatte Alzbeta darauf bestanden, dass sie nie vorgehabt habe, das Hotel anzuzünden, es sei schließlich ihr Zuhause. Das mit den vier Kanistern Benzin sei ein Ablenkungsmanöver gewesen. Nur die alte Hexe habe brennen sollen, und da sie an Zuzana nicht mehr herangekommen sei, habe sie sich deren Haus an der Kleinseite vorgenommen. Für die Bewohner habe keine Gefahr bestanden, sie habe genau gewusst, dass alle zur Arbeit waren. Die Tagebücher und die Briefe an Pavel hatte die Wahnsinnige in die Moldau geworfen. Nun, so Parler schließlich, sei der Spuk vorbei. Das Hotel sei wieder freigegeben worden und auch für Gesa bestehe keine Gefahr mehr. Sie könne sich wieder frei bewegen.

Der Sicherheitsbeamte, der sie in den letzten Tagen, hoffentlich angemessen diskret, begleitet habe, sei wieder abgezogen worden.

Nun erst wurde ihr bewusst, wie ernst die Lage gewesen war. Dass Alzbeta tatsächlich so weit gehen würde, hatte sie nicht erwartet. Als sie am letzten Abend in ihrem Zimmer bemerkt hatte, wie sorgfältig der Eindringling darauf geachtet hatte, nichts von Maries Inventar zu beschädigen, hatte sie geahnt, dass dem Hotel keine Gefahr drohte. Ihre Hände hatten dann allerdings eine andere Sprache gesprochen.

Konnte sie sich überhaupt noch auf ihr Gespür verlassen?

Erst jetzt nahm sie die chaotische Verkehrssituation wahr.

Dichtester Feierabendverkehr. Sie kamen kaum voran.

„Ich nehme einen Schleichweg. So können Sie vielleicht noch einen Blick auf eines der schönsten Gebäude Prags werfen", sagte Parler und verließ die Hauptverkehrsstraße.

Und, als hätte er ihre Gedanken lesen können, standen sie plötzlich vor dem Gemeindehaus. Obecní Dům.

Allein der Anblick der prachtvollen Außenfassade mit den vielen Plastiken und dem großen, halbrunden Mosaik war überwältigend. „Es ist das größte und bedeutendste Jugendstilgebäude Prags, ein beliebtes Veranstaltungszentrum mit Konferenzräumen, Geschäften, Cafés und Restaurants. Dort befindet sich auch der Smetana Saal, unsere berühmte Konzerthalle. Jugendstil pur! An der kunstvollen Ausgestaltung hat übrigens auch Mucha mitgearbeitet."

Der Stolz in seinen Worten war nicht zu überhören gewesen. Zu recht.

„Leider können wir hier nicht länger halten."

Die Ampelphasen waren wieder ausgesprochen kurz.

„Ein paar Minuten noch, dann haben wir die Brücke erreicht."

Parler hämmerte bereits nervös auf das Lenkrad ein.

„Danach geht es hoffentlich schneller voran."

Und wie es da plötzlich voranging, in rasendem Tempo. Hoffentlich drohte nun nicht von dieser Seite Unheil. Doch der Mann beherrschte sein Auto.

Es hatte wieder angefangen zu regnen.

„Ist hier immer so viel Verkehr oder hat es mit dem Hochwasser zu tun?", fragte sie Parler, der nun wieder entspannt hinter seinem Lenkrad saß.

„In Prag konzentriert sich nahezu die geballte Wirtschaftskraft unseres Landes", erklärte er ihr. „ Offiziell leben hier 1,2 Millionen Einwohner, in Wirklichkeit dürften es wesentlich mehr sein. Seit es die alte Staatssicherheit nicht mehr gibt, weiß das keiner mehr so genau."

„Wie meinen Sie das?"

„Die Freiheit hat ihren Preis, Gesa. Es kommen immer mehr Illegale aus dem Osten, vor allem aus Ländern, in denen es nicht so gut vorangeht wie in Tschechien. Es sind nicht nur die Besten, die hier ihr Glück suchen. Waffenhandel hat es hier schon immer gegeben, dafür ist Prag bekannt, aber nun kommen Prostitution, Drogen, Frauen-und Kinderhandel in einem Ausmaß dazu, das unvorstellbar ist! Das ganze Spektrum der Mafia!"

Er schien also doch nicht ganz zufrieden mit der Arbeit der neuen, demokratischen Sicherheitsorgane. „Die Touristen bekommen meist nichts davon mit, mal abgesehen von den Taschendieben und den vielen Bettlern, die sich jetzt überall in der Stadt herumtreiben."

Das ist in Hamburg auch nicht viel anders, dachte sie, verzichtete aber auf einen Kommentar.

Noch einmal nahm der Audi Fahrt auf und raste über die holprigen, alten Straßen.

Plötzlich bremste Parler so scharf, dass die Sicherheitsgurte reagierten. Sie hatten ihr Ziel erreicht.

57.

Da stand sie nun, direkt vor dem Eingang eines kleinen italienischen Restaurants in Smíchov, einem Stadtteil Prags, von dem sie bis dahin noch nie gehört hatte, und trug immer noch die flachen, etwas klobigen Schuhe aus Helena Klimovás Geschäft.

Keine Zeit für Eitelkeiten, jetzt geht es um deine Kinder, ermahnte sie sich und humpelte in das Lokal. Trotz der bequemen Schuhe war sie etwas unsicher auf den Beinen, und das lag gewiss nicht nur an ihrer Fußverletzung, geschweige denn der wüsten Autofahrt.

Vergeblich suchte sie auf dem überladenen Garderobenständer neben der Eingangstür einen Platz für ihren neuen Mantel. Immerhin gab es einen großen Spiegel. Nachdem sie sich kurz darin gemustert hatte - das neue Kleid stand ihr gut, es war wirklich wie für sie gemacht - zog sie den Mantel wieder über.

Ihre Haare hatte sie nach dem Waschen nicht mehr lange föhnen können, dazu war die Zeit zu knapp gewesen.

Jetzt heißt es tapfer sein, Gesa, spornte sie sich an, stieß die Klapptür auf und ging in den Gastraum, direkt hinein in die Kampfzone!

Trotz der relativ frühen Abendstunde waren alle Tische besetzt. Bei den Gästen handelte es sich überwiegend um jüngere, einfach gekleidete Leute, es war laut und es wurde nur tschechisch geredet. Sie war froh, nicht die teuren Pumps angezogen zu haben, denn für dieses Lokal war sie in ihrem schicken, farblich auffälligen Designerkleid ohnehin zu fein angezogen. Doch noch trug sie ihren neuen Mantel, und der schien tatsächlich passend für Lokalitäten und Gelegenheiten aller Art.

Auch der große, smarte Mann mit der modischen Brille, der lässig an der Theke lehnte und die Blicke sämtlicher weiblichen Gäste auf sich zog, war viel zu fein gekleidet für diese Trattoria. Blank gewienerte Oxfordschuhe, dunkelgrauer, englischer Maßanzug mit blütenweißem Hemd und eine modische Krawatte mit vielen kleinen Meerjungfrauen darauf. Meerjungfrauen?

Mit Sicherheit hatte er noch eine andere Krawatte dabei.

Küsschen links, Küsschen rechts und nachdem er sie wegen ihres Fußes bedauert hatte - er wusste bereits davon – führte er sie behutsam an seinem Arm in einen gemütlichen Nebenraum des Lokals, wo vier freie Tische standen, einer davon war noch nicht eingedeckt.

Reserviert.

Er hatte gleich alle vier Tische bestellt, damit sie ungestört reden konnten. Der Wirt habe es nicht bereut.

Nachdem er ihr den Mantel abgenommen und ihn über einen der leeren Stühle am Nebentisch gehängt hatte, begutachtete er sie, bevor er ihr den Stuhl zurechtrückte, auf seine dezente Weise und schmunzelte.

„Helena Klimová. Gefällt es dir?"

Er sah kurz auf ihre Brust.

„Alles neu?"

„Nur die Verpackung", grinste sie.

Nun wurde er ernst. „Keiner von uns, nicht einmal Barbora, konnte wissen, dass Alzbeta so weit gehen würde. Hätte ich es geahnt, Gesa, hätte ich dich gewiss nicht nach Prag eingeladen und dich um deine Hilfe gebeten."

„Es ist ja alles gutgegangen", sagte sie leise, kramte in ihrer Tasche und legte die vorbereiteten Dokumente auf den Tisch.

„Du kommst direkt zur Sache?", wunderte er sich, beugte sich hinunter zu einem kleinen Aktenkoffer, den sie bisher noch nicht bemerkt hatte, und nahm ebenfalls einige Papiere heraus, die er vor sich auf den Tisch legte.

„Wer zuerst?"

„Du, Erik."

„Vaterschaftsanerkennung."

„Habe ich auch dabei. Zustimmung zur Vaterschaftsanerkennung."

„Habe ich ebenfalls."

Nachdem sie die von den Notaren eingesetzten Daten abgeglichen und die Dokumente unterschrieben hatten, entstand eine kleine Pause.

Gerade in diesem Moment erschien der Wirt, ein charmanter, älterer Tscheche, und stellte beiden ein Glas Wasser auf den Tisch.

„Ich kenne den Wirt. Mein Fahrer hat mir dieses Lokal empfohlen, er wohnt gleich nebenan. Ich gehe hier gerne essen, meistens alleine, abseits vom touristischen und diplomatischen Trubel. Von hier aus komme ich nachher auch schneller nach Karlstein."

Beide nahmen sie einen Schluck Wasser.

„Jetzt wird es kompliziert, Erik."

„Ich hätte auch noch einiges in petto, *min kæreste*", versuchte er die Situation zu entspannen.

„Unterhaltszahlungen für die Kinder", sagte sie zögernd und überreichte ihm das entsprechende Dokument.

„Tatsächlich habe ich hier eine etwas andere Aufstellung."

Sie verglichen die beiden Versionen miteinander. Die erste Summe, die Nachzahlungen für den Unterhalt der Zwillinge und die aktuellen Beträge, waren nahezu identisch, aber sein Notar hatte zusätzlich noch den Unterhalt für die ledige Mutter ausgewiesen.

„Das möchte ich nicht. Schließlich habe ich dir die Kinder so lange vorenthalten."

„Das Geld steht dir zu."

Hatte da ein bitterer Unterton mitgeklungen?

„Die Gesamtsumme wird morgen auf deinem Bremer Konto eingehen."

Es überraschte sie nicht, dass er ihre Kontonummer besaß.

„Wollen wir uns erst etwas stärken, Gesa, oder gleich ins Feld ziehen?"

Das Sorgerecht!

Sie nickte. Und er gab ihr das nächste Dokument.

Es war genauso, wie Max prophezeit hatte. „Über die ersten beiden Punkte werdet ihr euch, wie ich Laursen einschätze, schnell einigen", hatte er gesagt. „Aber dann musst du aufpassen, dass er dich nicht über den Tisch zieht."

Das, was Laursen hier von ihr forderte, ging weit über das geltende deutsche Recht hinaus.

Gemeinsames Sorgerecht. Mitentscheidung über die schulische Laufbahn der Kinder. Großzügiges Besuchsrecht, bis zu vier Wochen an einem Stück und so weiter und so fort.

„Bis zu vier Wochen?"

„So ist es, Gesa. Bis zu vier Wochen am Stück."

„Du kennst die beiden doch gar nicht. Sie sind noch viel zu klein für weite Reisen."

„Ich werde sie jetzt hoffentlich bald kennen lernen. Entschuldige mich einen Augenblick."

Und schon war er verschwunden.

So konnte sie wenigstens einen Moment durchatmen.

Sie schob die Schultern zurück, kreiste sie mehrmals mit angewinkelten Ellenbogen, seufzte, nahm ihren Stift aus dem Etui und unterschrieb sein Dokument. Die Version ihres Anwalts ließ sie unberührt in der Schutzfolie stecken.

Danach atmete sie auf, als wäre eine zentnerschwere Last von ihr gefallen.

Alles war so viel leichter geworden.

Alles hatte sich verändert durch das Kind.

Erst kurz vor ihrer Abreise hatte sie zum ersten Mal mit ihrem Vater offen über alles geredet, und der hatte ihr einen ganz anderen Rat gegeben als Max. Er hatte ihr sogar empfohlen, Max ganz außen vorzulassen, er sei parteiisch.

Ihr Vater war ein besonnener Mann, der die Nöte und Sorgen der Menschen kannte und umzugehen wusste mit Konflikten. Ein Sozialdemokrat von altem Schrot und Korn, noch dazu Mitglied im Kirchenvorstand, ein echter Vorachtundsechziger, wie ihre Mutter das nannte.

Allerdings hatte er bis zu seinem Rückzug aus der Politik für die Sorgen und Nöte der eigenen Familie meistens kein Ohr, geschweige denn Zeit gehabt.

Nach allem, was sie ihm erzählt habe, so ihr Vater, sei Laursen trotz des Leids, das er ihr zugefügt habe, seines Erachtens ein respektabler Mensch.

Daher rate er ihr zum Wohle aller, ihm nicht die Kinder vorzuenthalten. Sonst gebe es ein ewiges Hick-Hack und Gezerre, er kenne Fälle, wo am Schluss alle Beteiligten an Streit und Verbitterung zerbrochen seien.

Auch habe er wenig Verständnis für Frauen, die aus enttäuschter Liebe oder verletztem Stolz den Vätern eins auswischen wollten. Die Opfer seien immer die Kinder. Deshalb habe er sich auch schon früh für eine Reform des geltenden Sorgerechts eingesetzt.

Dann hatte er das Urteil des Salomo zitiert und sie war gerührt gewesen.

Doch dann hatte er zu ihrer Verwunderung von ihr wissen wollen, warum sie sich als Opfer empfinde. Ob sie das sechste Gebot vergessen habe?

„Du sollst nicht Ehe brechen, Gesa."

„Was hat das damit zu tun? Willst du das alte Schuldprinzip wieder einführen? Außerdem war ich nie verheiratet."

„Aber Laursen ist verheiratet", hatte Johann Jakobsen entgegnet.

Moralapostel, hatte sie gedacht. Und dann war ihr die Schamröte ins Gesicht gestiegen.

58

„Entschuldige, dass es so lange gedauert hat."
Laursen wirkte etwas blass.

„Ich glaube, wir beide könnten jetzt etwas zu essen vertragen", sagte sie und deutete auf das unterschriebene Dokument.

„Du hast unserem Vorschlag zugestimmt?"
Die Verwunderung war nicht zu überhören.

„Ich hoffe, du behandelst meine Kinder gut."

„Unsere Kinder, Gesa." Nun lächelte er und die Blässe wich allmählich aus seinem Gesicht.

„Deine Kinder müssen es erst noch werden", beharrte sie und bat ihn um die Speisekarte, die nebenan auf einem der freien Tische stand.

Er gab sie ihr und grinste. Die Angaben waren nur auf Tschechisch. Aber die niedrigen Preise hatte sie verstanden.

„Ich nehme eine halbe Portion bunte Nudeln", entschied sie sich und er zwinkerte ihr zu.

„Halten wir es wie immer. Ich nehme die andere Hälfte und einen Salat Nizza. Es gibt zwar nachher bei den Russen noch reichlich zu essen, doch es kann nicht schaden, wenn ich schon einmal eine Grundlage schaffe."

„Trinken sie immer noch so viel?"

„Es ist etwas besser geworden, seitdem ihr neuer Unterhändler eine Frau ist. Eine ausgesprochen gewiefte Verhandlungsführerin. Aber auch sie verträgt einige hundert Gramm."

„Wodka?"

„Dachtest du Wein?"

Sie sahen sich an und lachten.

„Zeit auf unser Verhandlungsergebnis anzustoßen", sagte er, und da kam auch schon der Wirt mit einer Flasche Pinot und nahm die Bestellung auf.

Gesa lehnte dankend ab, als Laursen ihr von dem Wein einschenken wollte.

Enttäuscht stellte er die Flasche zurück in den Kühler.

„Was ist mit dir? Rauchen tust du auch nicht mehr. Bist du unter die Gesundheitsapostel gegangen."

Sie überlegte kurz, dann entschied sie sich, ihm die Wahrheit zu sagen.

„Ich bin schwanger, Erik."

Für einen Moment verschlug es dem wortgewandten dänischen Diplomaten die Sprache. Dann zog ein Lächeln über sein Gesicht.

„Das freut mich für dich, Gesa. Wie fühlst du dich?"

„Nachdem ich heute Nachmittag eine kleine Krise hatte, geht es mir jetzt blendend. Das Kind ist gesund, ich fühlte mich gut und freue mich darauf."

„Seit wann weißt du davon?", schlug er plötzlich einen schärferen Ton an und sofort fühlte sie sich an ein Verhör erinnert, dem er sie vor vielen Jahren in Brüssel einmal unterzogen hatte.

Wovor hatte er Angst?

„Vermutet habe ich es bereits heute Morgen", antwortete sie. „Gewissheit habe ich seit 16.12 Uhr – das ist die Zeit, die auf dem Ultraschallfoto vermerkt ist. Das Kind ist von Max."

Er stieß einen Seufzer der Erleichterung aus, nahm erneut die Flasche aus dem Kübel und goss nun doch beiden ein Glas von dem Pinot ein. Ihres nur halbvoll. Es waren ohnehin kleine Gläser, 0,1 Liter, ein Maß, das man im Westen in italienischen Restaurants kaum noch kannte.

„Was hast du denn geglaubt?"

„Das Terrain, auf dem ich mich bewege, ist nicht ungefährlich und auch nicht besonders vertrauensbildend. Verzeih mir, Gesa. Stoß wenigstens einmal mit mir an."

Sie nippte an ihrem Wein, während er sein Gläschen in einem Zug leer trank und sich gleich darauf ein weiteres einschenkte, das er allerdings zunächst unberührt stehen ließ.

Das Essen war sehr gut. Eine so leckere Pasta hatte sie nicht erwartet. Auch der Salat war ganz frisch.

„Aus welcher Region Italiens stammt der Koch?"

„Aus Mittelböhmen", klärte Laursen sie auf und wieder lachten sie miteinander.

Da ihr inzwischen warm geworden war, legte sie ihr kleines kiwi-grünes Jäckchen ab.

„Das Kleid steht dir ausgezeichnet", zwinkerte er ihr zu und sah auf ihre nackten Arme. Dann starrte er ihr, für einen Augenblick zu lang, unverblümt auf die Brust.

Das ging zu weit.

Hätte sie sich nur nicht so herausgeputzt für ihn!

Sofort zog sie die Jacke wieder an.

„Weshalb hast du mich damals so eiskalt abserviert?"

Er zuckte zusammen, griff zu seinem Glas und nahm einen kräftigen Schluck.

„Das weißt du genau."

„Wenn ich es wüsste, würde ich nicht fragen."

„Wir hatten eine Vereinbarung. Und du hast diese Vereinbarung gebrochen."

„Rede Klartext! Ich bin keiner deiner osteuropäischen Verhandlungspartner."

„Als du mich damals vor dem Außenministerium in Kopenhagen abgepasst hast, hast du eine rote Linie überschritten, die du niemals hättest überschreiten dürfen. Du hast versucht, in meine Welt einzudringen, obwohl du wusstest, dass mir meine Familie über alles geht und ich mich niemals von Jytte trennen würde."

„Ich war schwanger."

„Das wusste ich nicht. Außerdem war auch das gegen unsere Abmachung. Ich wollte damals kein gemeinsames Kind. Und das wusstet du genau."

Aber ich wollte ein Kind von dir, weil ich dich über alles geliebt habe.

Sie hatte bitter dafür zahlen müssen, aber die beiden Jungs waren es tausendfach wert.

„Du hast mich behandelt wie eine billige Hure."

Jetzt wirkte er ehrlich überrascht.

„Weil ich dir die zweitausend Kronen für deine Reisekosten in die Manteltasche gesteckt habe?"

„Nicht nur deshalb, Erik."

Er schien zu überlegen.

„Kann sein, dass ich damals entgegen meiner sonstigen Gewohnheit etwas panisch und unhöflich reagiert habe. Akzeptierst du meine Entschuldigung?"

Sie seufzte. So einfach ließ sich das nicht beheben.

Dennoch nickte sie ihm zu, trank ihr Mineralwasser aus und stand auf, um sich etwas frisch zu machen.

59.

Und das mit uns? Wollte sie ihn gerade fragen, nachdem sie sich wieder gesetzt hatte, als es ihr plötzlich wie Schuppen von den Augen fiel.

Und das mit uns, Gesa?

Was hatte sie Pavel darauf geantwortet?

Sie war gerne mit ihm zusammen gewesen, er war so jung und unbeschwert und da war so viel Lust und Nähe.

Doch das reichte nicht.

Aus den Augen, aus dem Herzen! *Loin des yeux, loin du cœur.*

Wie würde sie sich verhalten, wenn der junge Tscheche plötzlich in Barkenstedt vor ihrer Tür stände und in ihre Welt einzudringen versuchte?

Doch das würde er nicht tun.

Aus den Augen, aus dem Sinn. Das galt auch für ihn. Auch für ihn war es nur eine kleine Liebe, die er verraten und vergessen würde, sobald ihm etwas anderes wichtiger war. Oder täuschte sie sich da etwa?

„Natürlich habe ich dich begehrt", sagte Laursen, als könnte er immer noch ihre Gedanken lesen. „Aber du passt nicht in meine Welt, Gesa, auch das habe ich dir schon damals erklärt."

Sie verstand inzwischen, dass das nicht als Kränkung, sondern als Beschreibung gemeint war.

Der dänische Adel ist durch und durch demokratisch, hatte er einmal gesagt, aber ganz so edel, wie er sie darzustellen pflegte, war seine feine Adelswelt wohl doch nicht. Jytte Laursen jedenfalls, das hatte er selbst einmal angedeutet, hatte jahrzehntelang unter der mangelnden Anerkennung durch seine Familie gelitten.

„Wo bist du mit deinen Gedanken?"

Sie schaute auf und sah ihm in die Augen.

„Leider ist da immer noch ein Restposten Liebe für dich in meinem Herzen, Erik."

„Das muss man sich abtrainieren. Ich bin auch gerade dabei."

Sie sah ihn fragend an.

Nun räusperte er sich.

„Glaubst du, es ist einfach für mich, dass Jytte mich nach so vielen gemeinsamen Jahren verlassen hat."

Barbora!

„Nicht du hast sie, sondern sie hat dich verlassen?"

„Hat Barbora dich auf mich angesetzt?"

„Was hast du erwartet?"

Und wieder musste sie an Pavels denken.

„Sicher gibt es schon eine neue Frau in deinem Leben", sprach sie ins Ungewisse.

„Ja", sagte er und lehnte sich zufrieden zurück. „Die gibt es."

„Und?"

„Eine Norwegerin. Sie hat Volkswirtschaft und Jura studiert wie ich und arbeitet an führender Stelle bei der WTO in Genf?"

„Eine jüngere Frau?"

234

„Wesentlich jünger als ich", schmunzelte er. „Vier Jahre jünger!"

Nun musste auch sie lachen und trank noch einen Schluck von dem Pinot.

„Und Stanford?"

„Eine Finte. Es wird Paris und das ist gar nicht weit von Barkenstedt entfernt."

Und auch nicht von Genf.

„Erlaubst du, dass ich rauche in deiner Gegenwart?"

Sie nickte ihm zu. Jetzt hätte sie auch gerne eine Zigarette geraucht.

„Ich habe hier einige mögliche Termine und Lokalitäten zusammengestellt", holte er ein weiteres Dokument aus seinem Aktenkoffer und zündete sich ein Zigarillo an.

„Jetzt möchte ich die beiden möglichst bald sehen. Lies es dir in Ruhe zu Hause durch. Ich melde mich bei dir."

Erleichtert lehnte sie auf ihrem Stuhl zurück. Endlich würden Jan und Felix ihren Vater kennen lernen und er schien sich tatsächlich auf die Kinder zu freuen.

„Weißt du, Gesa, ich bin neugierig auf die beiden. Ich habe mir immer einen Sohn gewünscht, und jetzt sind es gleich zwei geworden."

Sie dachte an das ungeborene Kind in ihrem Leib. Nun hatte auch sie doppelten Grund zur Freude.

Er sah auf seine Uhr.

„Du musst los, nicht wahr?"

„Ein paar Minuten habe ich noch, *min kæreste*."

„Und das mit dem Baltikum, Erik?", meldete sich nun doch noch die Politologin. „Wirst du das Richardsen und Barbora ausreden?"

„Warum sollte ich das tun? Ich sehe es genauso wie die beiden. Schmiede das Eisen, solange es heiß ist! Das mit Georgien und der Ukraine, geschweige denn Weißrussland, ist etwas anderes. Davon werden wir erst einmal die Finger lassen."

„Aber was werden die Russen dazu sagen?"

„Das solltest du uns überlassen. Du bist nicht die schärfste Analytikerin, geschweige denn eine gute Strategin. Das Baltikum jedenfalls wird es uns danken! Muss ich dich daran erinnern, dass du wie die meisten deiner Landsleute die Teilung Deutschlands einfach hingenommen und keinen Gedanken an die Einheit deiner Nation verschwendet hast. Noch im Mai 1989, ein halbes Jahr vor dem Zusammenbruch der DDR, als wir in Köln mit den Russen über eine mögliche Wiedervereinigung Deutschlands geredet haben, hast du nicht daran geglaubt!"

Und schon hatte er sich erhoben.

„Zeit, die Tische für andere Gäste freizugeben, Gesa. Dein Wagen dürfte bereits vor der Tür stehen. Ich begleite dich nach draußen, *min elskede.*"

Freitag

Wie? Wenn ich eines Tages auf meiner Schwelle
Sie sitzen fände, wie einst, im Morgen-Zwielicht,
Das Wanderbündel neben ihr,
Und ihr Auge, treuherzig zu mir aufschauend,
Sagte, da bin ich wieder
Hergekommen aus weiter Welt!
(Eduard Mörike)

60.

„Es ist viel passiert in den letzten vierundzwanzig Stunden, Gesa."

Das kann man wohl sagen, dachte sie, als sie sich noch eines von Jiris sozialistischen Brötchen nahm und es dick mit Salami belegte.

Die grünen Pumps lagen in einem Beutel auf dem Stuhl neben ihr, auch ihre Umhängetasche sowie ihren Mantel hatte sie bereits dabei. Weil neue Gäste erwartet wurden, hatte sie die Suite etwas früher als geplant räumen müssen. Um ihr anderes Gepäck würde Jindrich sich kümmern.

Sie war gerade dabei gewesen, sich etwas Proviant für die Reise zusammenzustellen, als Pavel in den Frühstücksraum geeilt war. Er hatte sich fein gemacht und trug nun anders als sonst nicht das leicht zerknitterte, dunkelblaue Leinenjackett und die Jeans, sondern einen grauen Designeranzug, der ihn sehr mondän, aber auch etwas geschäftsmäßig wirken ließ - fast so wie Laursen!

Da sie ihren Fuß, obwohl er kaum noch angeschwollen war, nicht zusätzlich belasten wollte, hatte sie ihn gebeten, ihr letztes Treffen ins Gästehaus zu verlegen, und Jindrich hatte ihn hineingelassen in das Allerheiligste, nun, da aus dem unbedeutenden Prager Journalisten Pavel Klima der Sohn des Spitzendiplomaten Paul Richardsen geworden war.

Ob er sich später wohl ebenfalls so nennen würde?

Auch er nahm sich noch ein Brötchen und bestrich es mit reichlich Butter und Honig.

Sie waren die einzigen Gäste in dem kleinen in Pinienholz gehaltenen Frühstücksraum. Hinter Panoramascheiben lag ihnen die Stadt zu Füßen, und sie konnten, obwohl es etwas diesig war, auf den Hradschin sehen.

Zunächst hatte er ununterbrochen von seinem Vater geredet. Wie freundlich und humorvoll er sei, so ganz anders als man ihn aus den Medien kenne, sogar das seltsame Zucken um den Mund, das ihn im Fernsehen manchmal etwas sonderbar erscheinen lasse, sei verschwunden, wie weggezaubert. Allerdings sei er kleiner, als er ihn sich vorgestellt habe. Er spiele Klavier und Cello, interessiere sich aber nicht nur für Händel und Mozart, sondern auch für Jazz. Nun, da er aus Altersgründen seinen Posten bei der Wiener Behörde niederlegt hatte, habe er sogar Zeit, mit seinem Sohn Musik zu machen. Der einflussreiche Mann habe ihm auch gleich angeboten, ihm ein Volontariat bei der *New York Times* zu vermitteln.

Natürlich hatte sie sich für ihn gefreut, seinen Redeschwall aber schließlich doch unterbrochen und ihn eingeladen, sich ebenfalls an dem kleinen Frühstücksbuffet zu bedienen.

Da saß er nun zufrieden mit seinem Honigbrötchen in der Hand, aber es gab da noch ein paar Fragen, die ihr am Herzen lagen.

Sie fuhr sich kurz mit den Fingern ihrer linken Hand durch die sorgfältig geföhnte Frisur.

„Hat dein Vater später, als die Gefahr vorüber war, noch einmal versucht, Kontakt zu Zuzana aufzunehmen?"

Er kniff die Augen zusammen. Die Frage war ihm sichtlich peinlich.

„Ich kann verstehen, wenn du nicht darüber sprechen möchtest", lenkte sie ein.

Doch er war kein Typ, der sich vor der Wahrheit drückte.

„Ende Juni 1968, noch bevor die Russen mit ihren Panzern in Sicht waren, hat John Richardsen sich Zuzana vorgeknöpft und ihr in düstersten Farben ausgemalt, dass sie die Zukunft seines Bruders Paul zerstöre. Mit einer ungebildeten Frau an seiner Seite, noch dazu einer Zigeunerin mit einem unehelichen Kind, habe Paul keine Chance, seine aussichtsreiche wissenschaftliche Karriere fortzusetzen. Alle Türen, auch die gesellschaftlichen, wären ihm auf immer verschlossen. Auch seien bereits die tschechoslowakische Staatssicherheit und die Russen auf ihre Liebschaft mit dem vielversprechenden Atomphysiker aufmerksam geworden und nun bestehe sogar Gefahr für Leib und Leben, für beide.“

Er hielt kurz inne.

„Wie hat sie darauf reagiert?“

Nun grinste er. „Sie hat ihm eine kräftige Ohrfeige versetzt. Doch seine Worte sind ihr nicht mehr aus dem Kopf gegangen, und ein paar Wochen später, kurz bevor die Panzer kamen, hat sie den bitterbösen Abschiedsbrief, den John ihr schon beim ersten Mal vorgelegt hatte, abgeschrieben und auf ihre große Liebe verzichtet. Aber mein Vater hat nicht so schnell aufgegeben und sie noch einige Male in dem Haus an der Kleinseite aufgesucht, wo sie und Mila bei ihrer alten Tante lebten. Obwohl sie ihn über alles liebte und auch schon wusste, dass sie mit mir schwanger war, hat sie ihn abgewiesen, weil sie seiner Zukunft nicht im Weg stehen wollte. Sein Herz war gebrochen. Er hat nie geheiratet.“

Und Zuzana? Hatte er überhaupt erfasst, welches Opfer seine Mutter gebracht hatte?

„Das Haus an der Kleinseite, das Alzbeta in Brand setzen wollte, hat Zuzana später von ihrer Tante geerbt.“

Das hatte auch Parler angedeutet.

„Es war natürlich kein Zufall, dass ich die schöne Oberwohnung bekommen habe und auch meine Freunde in dem Haus leben durften.“

Er lehnte sich einen Augenblick auf seinem komfortablen Stuhl zurück, dann schenkte er ihnen beiden noch etwas Kaffee nach und tat sich einen Löffel Honig hinein.

„Da ist noch etwas, das dich interessieren dürfte. Das Versöhnungsgespräch zwischen meinen Schwestern und Zuzana war ein voller Erfolg." Jetzt lächelte er fast so süffisant wie Parler. „Helena und Marie werden tätige Reue leisten und zwei Roma-Mädchen einstellen. Es sind Cousinen von Barboras Kellnerin Vera. Die eine arbeitet in irgendeiner Spelunke als Küchenhilfe und möchte Köchin werden, die andere ist Änderungsschneiderin und träumt von Helenas Mode."

„Da hat Barbora deine Schwestern wohl ordentlich unter Druck gesetzt?"

„Ich glaube, das war gar nicht mehr nötig", klärte er sie auf. „Und da wir schon beim Thema sind, mein Vater wird eine Stiftung für die Förderung tschechischer Roma-Mädchen ins Leben rufen. Von einem EU-Beitritt unseres Landes verspricht er sich keine Hilfe für die Roma."

„Über die Frauen lässt sich wohl am ehesten etwas verändern, so versucht man das auch in Entwicklungsländern", meinte sie nachdenklich. „Zuzana hat mir erzählt, dass du wieder mehr über die Probleme der Roma schreiben wirst."

„Lassen wir das Politisieren, Gesa." Er schlug die Augen nieder und trank noch etwas von seinem Kaffee. „Was ich einfach nicht verstehe, ist, warum Zuzana, obwohl sie nach ihrer Haftentlassung als kriminelle Herumtreiberin geführt wurde und Prag nicht betreten durfte, das Haus an der Kleinseite behalten und sogar vermieten konnte. Es scheint fast so, als hätten die geheimnisvollen Kräfte der Tante noch aus dem Jenseits gewirkt."

Er sah sie erwartungsvoll an.

„Bist du unter die Esoteriker gegangen?"

„Da wäre ich in guter Gesellschaft", zwinkerte er ihr zu.

„Die Tante muss einflussreiche Gönner gehabt haben, die sich später wohl auch um Zuzana gekümmert haben. Sie kann sich zum Beispiel nicht erklären, weshalb sie als Porzellanmalerin in der Karlsberger Manufaktur arbeiten durfte, noch dazu ohne entsprechende Ausbildung."

Sie dachte an die Zeichnung mit der Göttin Kali und den Zettel mit der gestohlenen Uhr.

„Wie auch immer. Ich glaube, dass das alles irgendwie mit Kafka und den Briefen zu tun haben könnte, und werde dranbleiben an dieser Geschichte, gemeinsam mit Jana."

„Geht sie mit nach Amerika?"

„Sie arbeitet noch an ihrer Doktorarbeit über Kafkas Schwager. Außerdem kann sie mir von Prag aus, wo sie an der Quelle sitzt, besser helfen."

Wie redete er nur!

„Wenn ich diese Geschichte mit Fakten belegen könnte, wäre das ein grandioser Einstieg bei der *New York Times*."

In diesem Moment meldete sich sein Handy. Er entschuldigte sich, stand auf und ging in Richtung Dachterrasse.

61.

„Es tut mir leid, Gesa, ich muss etwas früher aufbrechen als geplant."

Er griff in die Seitentasche seines Jacketts, nahm ein Blatt Papier heraus und setzte sich noch einmal zu ihr.

„Eines der Gedichte habe ich dir abgeschrieben, ein ganz kurzes, allerdings nicht mit der Hand, sondern am PC. Die Verse habe ich etwas umgestellt."

Sie musste sich ein Schmunzeln verkneifen. Natürlich würde er keines der Originale hergeben, so weit ging die Liebe dann doch nicht.

Er legte das Mörike-Gedicht auf den Tisch und rückte etwas näher an sie heran.

„Soll ich es uns vorlesen?"

Sie nickte ihm zu.

Und dann setzte er an mit seiner vollen, dunklen Stimme.

Schwarz gekleidet, geht einfach die Braut;
Schöngefaltet ein Scharlachtuch
Liegt um den zierlichen Kopf geschlagen.
Es klang wunderschön, genauso wie es klingen musste.
Als ginge, luftgesponnen, ein Zauberfaden
Von ihr zu mir, ein ängstig Band,
So zieht es, zieht mich schmachtend ihr nach!
Es rührte und beschämte sie, auch wenn es kein Original von
Kafkas Hand war. Nun senkte sie für einen Augenblick den
Kopf, bevor sie sich unsicher lächelnd zu ihm hinüberbeugte
und ihm einen Kuss auf die Wange gab.

Ein harmloser Kuss. Da hatte es ganz andere Küsse gegeben
zwischen ihnen. Nicht nur auf den Mund.

Und dann hatte er noch eine weitere Überraschung für sie.
Dieses Mal griff er in die Innentasche der Jacke und überreichte ihr eine CD.

Rusalka. Von Antonin Dvořák.

Eine Oper.

„Worum geht es?", war sie neugierig zu erfahren. Sie kannte
nur wenige Opern, anders als Max, der sie in den letzten beiden Jahren vorsichtig an dieses Genre herangeführt und inzwischen sogar dafür begeistert hatte.

Die Hamburger Staatsoper!

Es wurde Zeit, dass sie nach Hause kam.

„Es geht um eine traurige Nixe, die sich danach sehnt, der
Wasserwelt zu entfliehen. Sie möchte eine Seele besitzen, um
endlich die Liebe eines Menschen erleben zu können. Mehr
sage ich dazu nicht, sonst klagst du noch wieder über meinen
langatmigen Vortrag", schmunzelte er. „Außerdem muss ich
jetzt los."

„Verrate mir wenigstens, ob es gut ausgeht."

„Das tut es nicht."

Nun war er wieder ernst geworden. „Aber das mit uns, Gesa?", wiederholte er die Frage, die er ihr schon einige Male
gestellt hatte.

242

„Ja, Pavel?"

Hoffentlich verdarb er nicht noch alles.

„Meinst du nicht auch, dass das mit uns ganz gut ausgegangen ist?"

Diese Reife hatte sie nicht erwartet. Berührt von seinen Worten stand sie auf und bat ihn, ihn zum Abschied noch einmal in den Arm nehmen zu dürfen. Auch er stand auf, doch die Umarmung fiel heftiger aus, als wohl von beiden beabsichtigt.

„Ich habe leider kein Geschenk für dich, Pavel", sagte sie mit unsicherer Stimme. Da griff er plötzlich von hinten in ihre aparte Fönfrisur, zog ihre Haare nach unten, so dass ihr Gesicht ein Stückchen höher kam, und sah ihr tief in die Augen. Sie spürte seine Hände in ihrem Nacken.

„Du hast mir doch schon ein Geschenk gemacht, Rusalka, hast du das vergessen?"

Ein Schauer lief ihr über den Rücken.

Schnell löste sie sich von ihm.

Er wandte die Augen ab und jetzt fuhr auch er sich mit der Hand durchs Haar, durch seinen modisch zerzausten Pagenkopf.

„Nun muss ich los! Zu einem zweiten Frühstück, einem Familienfrühstück, in einem noblen Prager Café."

Sie sah ihn erwartungsvoll an.

„Bei Jiri!"

Da musste sie auf einmal laut und wie befreit lachen.

„Jana wird auch dabei sein", setzte er etwas zögerlich hinzu.

Ob er sich wohl für sie so fein angezogen hatte? Oder eher für seinen Vater?

„Ich freue mich für dich", sagte sie mit fester Stimme.

„Hoffentlich geht das gut."

Er hatte Bedenken?

„Es geht nicht um Jana, sondern um Zuzana", klärte er sie auf. „Als sie sich gestern Abend zu Paul und mir gesellte, wurde es peinlich."

„War sie falsch gekleidet?"

„Das nicht, abgesehen vielleicht von den Schuhen."

Bravo, Zuzana!

„Wenn sie dabei ist, benimmt sich mein Vater etwas albern."
Er hielt kurz inne und zog die Stirn in Falten. „Er nennt sie seine bezaubernde Amsel und sie ihn ihren Lancelot. Zwei Menschen in ihrem Alter!"

Wusste er das wirklich nicht anders zu deuten?

„Ich finde das wunderbar."

Wieder schien er einen Augenblick zu überlegen.

„Vielleicht hast du ja recht", meinte er schließlich, sah ihr dabei aber nicht ins Gesicht. „Vielleicht ist es ja doch kein Märchen, und es gibt sie wirklich, die große Liebe."

Dann nahm er den Nylonbeutel mit den Pumps, nickte ihr zum Abschied noch einmal zu und verschwand.

Verschwand so einfach aus ihrem Leben.

62.

Sie sah auf das Mörike-Gedicht und die CD, die vor ihr auf dem Tisch lagen, überlegte einen Moment, zog ihren Mantel über, steckte die beiden Geschenke in die Manteltasche und ging noch einmal hinaus auf den Dachgarten, um etwas frische Luft zu schnappen und einen letzten Blick auf die Stadt zu werfen.

Ja, Prag war eine faszinierende Metropole. Aber sie würde nicht so bald wiederkommen, da war sie sich ziemlich sicher.

Als sie Max am letzten Abend endlich erreicht hatte, war er schon wieder guter Dinge gewesen.

„Hast du Wasser gefunden in Prag, Gesa?"

Sie hatte einen Moment gezögert.

„Eine kleine Quelle an einem verwilderten Hang, die aber schon wieder am Versiegen ist."

Da war es einen Moment still gewesen am anderen Ende der Leitung, und sie hatte sich endlich nach seinem Befinden erkundigen können.

„Zum Glück mussten sie die Steine nicht herausholen. Ich habe sie deinem Bruder Heinrich, dem Geologen, vermacht. Zur gründlichen Analyse. Jetzt freue ich mich darauf, morgen früh endlich wieder eine Runde zu joggen."

Als sie ihm dann von der Vereinbarung mit Laursen berichtet hatte, war er etwas kleinlaut geworden.

„Dann wirst du ihn jetzt häufiger sehen?"

„Es ist vorbei, Max", hatte sie ihm leise geantwortet. „Ich habe ihn herausgeholt aus meinem Herzen."

„Und die Blutung?"

„Ein Rinnsal. Nur noch ein Rinnsal."

Da hatte er tief durchgeatmet und wieder war es einen Augenblick still gewesen.

„Dann kann das mit uns ja endlich beginnen", hatte er schließlich gemeint.

Beginnen? Dabei hatte es längst begonnen. Sie hatte an das Kind gedacht und sich sanft über den Bauch gestrichen. Doch diese Nachricht hatte sie ihm nicht am Telefon übermitteln wollen.

„Wenn du mich noch willst?"

Er schien zu überlegen. „Vorausgesetzt, du freust dich über meine Überraschung und krittelst nicht daran herum."

„Das verspreche ich dir. Nun rück schon raus damit!"

„Sonnabend wird geheiratet, in der kleinen Kirche in Juelsminde, wo wir im letzten Sommer dieses herrliche Vivaldi-Konzert gehört haben. Spute dich, damit du rechtzeitig da bist. Gesine und die Jungs holen dich vom Flughafen Fuhlsbüttel ab und dann geht es gleich weiter nach Dänemark. Alle werden da sein zu der Hochzeit, deine Eltern, Stefan, Heinrich und Natalia. Von meiner Seite sind es ja nur Theresa und Frau de Wall."

Da war sie baff gewesen. Aber nur für einen Moment. Nein, das würde er nicht tun, soweit würde er nicht gehen, eine so weitreichende Entscheidung würde er nicht über ihren Kopf hinweg treffen.

Er schien genau zu wissen, was in ihren Gedanken ablief.

„Damit wir uns nicht missverstehen, meine Liebe, nicht wir, zwei andere werden heiraten. Aber wenn du möchtest, könnte ich die erforderlichen Unterlagen kommen lassen."

Hatte er ihr da gerade, wenn auch etwas verklausuliert, einen Heiratsantrag gemacht?

Natürlich hatte sie sofort an das letzte Sommerfest denken müssen und geahnt, um wen es sich handelte, doch als sie ihre Einwände hatte vorbringen wollen, war er ihr ins Wort gefallen und hatte sie daran erinnert, sich mit Kritik zurückzuhalten.

„Auch ich habe eine Überraschung für dich, Max."

„Verrätst du es mir?"

Nein, das mit dem Kind hatte sie ihm nicht am Telefon sagen wollen.

„Es ist ein kurzes, enges Kleid, das meine Brüste so richtig zur Geltung bringt."

Er lachte laut.

„Willst du mich scharf machen, Gesa, trotz meines Nierenleidens?"

„Du hast es nicht anders verdient."

Genauso wie am letzten Abend fuhr ihr auch nun wieder ein Lächeln übers Gesicht.

Ja, sie freute sich auf ihn, auf ihn und ihre Kinder. Und vielleicht würde es ja gutgehen mit Heinrich und Theresa, und möglicherweise würde diese Heirat das Leben für sie und Max sogar um einiges einfacher machen.

Zufrieden sah sie auf ihre Uhr, die wunderschöne Uhr, die er ihr zu ihrem neundreißigsten Geburtstag geschenkt hatte.

Es wurde Zeit.

Noch einmal sah sie zum Hradschin hinüber. Dann nahm sie das Mörike-Gedicht, zerriss es und übergab es dem Wind.

Zeit zum Aufbruch.

Sie ging zurück in den Frühstücksraum, hängte sich die schwere Umhängtasche über die Schulter und machte sich auf den Weg nach unten, wo Parler mit seinem dunkelblauen Audi an der rückwärtigen Ausfahrt des Gästehauses auf sie wartete.

Hinweise zu den Gedichten:
Eduard Mörike, Gedichte, *Peregrina* I – V, Stuttgart 1867;
s.a. *Maler Nolten*; Projekt Gutenberg-DE.

Dank
Ich danke meinen Freundinnen Renate Ahrens, Dr. Christina
Bachmann und Alena Simova, die mir in allen Phasen des
Schreibens mit fachkundigem Rat zur Seite standen und mich
darin bestärkten, dieses Buch zu schreiben.
Für die elektronische Umsetzung meines Projekts danke ich
Herrn Michael Ludwig von der Ahrens GmbH, Verden.
Mein Dank gilt auch der Michael Meller Literary Agency
GmbH, München; Frau Claudia Winkler vom Ullstein Verlag,
Berlin; Wolfhard Opitz, Henrik Bonnesen sowie Petra Sehrt
für ihre wohlwollende, konstruktive Kritik.
Und ich danke meinem Mann Heinz Gerhard für die Unter-
stützung und für seine große Geduld.